春の華客
旅恋い
山川方夫名作選

yamakawa masao
山川方夫

講談社文芸文庫

目次

春の華客／旅恋い

山川方夫名作選

娼婦

沙梨《さり》の腕環は素晴らしかった。阿紀《あき》の耳飾りも碧玉だった。そして指にはお揃いの凝結した血の色の宝石が光っている。一月の夜の国電の、黄ばんだ照明の下に、二人の高価な装身具は別世界の豪奢さをきらめかせた。胸には、ともに白い蘭の造花を咲かせている。未婚の処女を示すように、それが涼しく上を仰いでいた。

二人のそばに人は来ない。硝子器に容れられた高名の宝玉のように、彼女たちをとりまいて厚い真空の帯があった。乗客たちは、なんとなく近寄りがたく、そろって遠くからこの美しい二人づれを見まもることのほうを選んでいたのかもしれない。……二人は、微笑した瞳を床に落している。いま過してきた新年のパーティの、まださめやらぬ華やかな上気、そんな興奮ゆえの沈黙だろうか。たのしく盗み見ながら車内の人びとは、そう思っていた。が、愛らしく頬を染めて沈黙をつづけている二人の上気は、自分たちが車中の人びとの目をひき、目に立つ存在であるということだけの、いわば見られていることだけで充足した、そんな幸福のせいかもしれなかった。

丸顔の、妹ともみえる阿紀が、あまえて沙梨の肩にもたれかかる。二人は、そうして車内の各所からくるながし目を全身に照り返しながら、仲の良い姉妹のようにふと目を合わせた。たしなめる年長者の態度で、沙梨がなにごとか囁く。美しい黒瞳を窓外に向けた阿紀が、くりかえしうなずきいよいよ首を沙梨にもたせる。……と、瘦せた沙梨の白く長い華奢な指が、ふと肉づきのいい阿紀の肩を抓った。笑っている沙梨にうらむような目を向けると、つとそれを正面にうつして、にわかに阿紀はびっくりしたように目を大きくした。あきらかにそれは知人を見た目つきだ、と人びとは思った。

人びとはごく自然に阿紀の視線を辿って、その尖端の二人の紳士に瞳を停めた。かれらもすこし人びとを離れ、肥ったのと瘦せたのとが、たがいに首を支《か》って目を閉ざしている。裕福な身装《みなり》で、どうやら宴会帰りの重役らしい。ウン、と大きな欠伸《あくび》をして、肥っている大きい紳士のほうが、泪のたまった目をひらいた。太い親指の腹で目やにをこすった。そうして阿紀を含む車内の眼眸に、当惑したように帽子に手をやって座り直した。阿紀の円い肩に、細い沙梨の肩先がかすかに触れた。斜めにその沙梨が窓ガラスに頰を当てる。立ち上った阿紀は、まっすぐに二人の紳士の前に歩んだ。好奇的な車内の目がその動作を注視している。車体の震動によろめきながら、ゆるやかな風に揺れる嫩葉のように、その阿紀はたのしげに笑っていた。肥った紳士は目をぱちくりさせ、おどおどと気圧されたような瞳をそらせた。

「あの、つきあっていただけません？」

それは離れた車内の目に、なんとかさんじゃございません？　といったと見えた。なんとかさんじゃありません？　といったと聞こえたような気がした。痩せた小柄の紳士が横腹をこづかれて目をさました。

「ねえ、つきあっていただけません？」

小鳥の歌のように朗らかに、阿紀は同じ態度をくりかえした。人ちがいなのかな、と人びとの不審げな目が、好意ある光をつよめながら阿紀にそそぐ。ある人びとは沙梨に眸をもどす。沙梨は、漆黒の窓に映る夜気にうかぶその自分の白い頰を、ひとりとみこうみしているふうであった。

「……きみひとり？」

第二の紳士は理解がはやかった。阿紀の態度にふさわしい穏やかな笑顔で訊き、金鎖を出して時計を見た。

「ううん、あそこに」

阿紀の視線を追うまでもなく、ぽつりと一人だけ離れた沙梨の白い横顔を、紳士は眺めた。

紳士は呟いた。

「よかろう。たいした高級品じゃないか」

そして度ぎもを抜かれぽかんとしている肥ったほうの紳士に、からかうように同意をもとめた。

「君もよかろ?」

「も、もちろん」巨大な体軀の紳士は、痩せたほうの目下らしかった。「こ、高級品です……だが、またなんと大胆な……」

彼はそして忠義面でおずおずと小男に忠告した。

「……こういう夢みたいなことは、あぶないということですぞ」

痩せた紳士は豪放めかせて笑った。

すでに阿紀が口をおおい、けたたましく笑っていた。笑いの中で、小さな声でいった。

「じゃ、次の代々木で降りてね」

答えのかわりに紳士たちは顔を見合わせなにごとかひそひそと私語しあった。かわりばんこに大きくうなずいてみせた。

「ありがとう」

やはり小さく呟くと、阿紀はあわてた女子中学生みたいなとってつけた不器用なお辞儀をつづけて、逃げるように席にもどった。善意にみちた他の乗客たちは、それを子供っぽい阿紀のしでかした人ちがいだと考えた。車内を見わたす二人の紳士の笑みを含んだ表情も、正当には理解されなかった。

いつのまに出したのか、白いハンカチで阿紀は口を抑えていた。すこし嶮しいまでに澄まして、沙梨は窓外に冷淡な眸を落した。

次の駅の来るのが待ち遠いのか、席に落着けずいたたまれぬ様子で、紳士二人が出口に向った。やがて、その二人を避けるように、阿紀の腕をとった沙梨が、別の出口に歩いた。

「ああ恥しい」

人びとはこんな阿紀の声を聞いた。

「私って、あわてものね、ママ」

「あら、ママだなんて……阿紀」

身をひるがえすように沙梨はひらりと人びとを振り返った。人びとは名の知れぬ香水の匂いが漂いだすように思った。

「……今日、私たち疲れちゃったのよ」

「そうね、くたびれちゃったわ」

「沙梨、おなかへっちゃったの」

「うん、うんと美味しいお夜食つくろうね。でも私、また肥っちゃって、困るな」

手をおたがいの肩にのせてうなずきあう二人の頰に、やわらかな花びらのように薄い微笑がひろがる。親しげな微笑を反映のようにうかべて、そしてひとびとはまだ二十そこそこであろうこの二人づれに、ふたたび新年のパーティ帰りの仲良しの姉妹を発見していた。

器具つき薬品つきただしホテル代向うもちの一時間で、彼女たちはそれぞれ銀座に立つ最高級の女たちと同じ料金を定めていた。チップつきの数枚の紙幣を得て、二人はほがらかに二人の紳士と代々木駅で別れた。

肥ったのが、「さよなら、お嬢さん」と挨拶して、「うむ、じつに熱心だ。じつに、巧みだ」とひとりごちた。

「リッパなもんだよ、ふむ」

と痩せたのがいった。

扉が閉まると、車内の二人はそのホームに立つかれらの前を、まるで別人のように澄しこんで通りすぎた。ふたたび阿紀は沙梨の肩に首をもたせ、二人は幸福げに笑った。

「ママ。新年そうそう、なかなか景気のいい相手でよかったわね。こんどのディナア、うんと奢りましょう。……どこがいいかしら。とにかく、最高級のレストランさがしといてね。そんな場所に場慣れするのだって、お勉強の一つなんだもんね」

そして阿紀は小さな欠伸を一つすると、「ねむたいの、阿紀」といった。

沙梨はやわらかくその肩を叩いた。

「私ね、昨日ね、死んだ夢をみたの。ううん自殺だか殺されたんだか、そんなことはわかんないけど、私、それを夢だと知っていたの。そして一生懸命その死にかたを意識してたの。紫色のりんどうみたいなお花に埋まっててね、指の先から水晶のように私の身体が透けていくの。……いい匂いがしてたわ。そしてね、シェルシェルとかいうへんな名前の神父さまが出て来てね、私のためにお祈りをしてくれるの。……」

幼児をあやす若い母のように、沙梨は低声でいつまでもしゃべっていた。それを寝物語のように聞いて、阿紀は怠惰になんべんも重くうなずいているのだった。

彼女たちは、住宅地のかなり高級なアパートの、一つの部屋に帰った。

歩き疲れたの、といって早々に寝床にもぐりこむ阿紀の額にキスをしてやり、手ばやく顔の化粧をおとしクリームをすりこむと、沙梨も床にはいった。スタンドの灯りを消した。

阿紀はしかし、起きていた。暗闇の中で、二人は睦言《むつごと》のようにひそひそと語りあった。

「今日のやつね、ラストのデブ、あいつったらね、あんたら女性の唯一つにして最高最大の幸福は、良妻賢母たることですぞ、だなんていうのよ。……知らないと思ってんのかしら。フンベツくさいやなやつ」

失笑をからくも怺《こら》えて、こんどは沙梨が乗りだして囁く。

「どうしてそんなこと、わざわざ私たちにいうのかしら。へんね」

「そうよ。ちょっと見たら私たちが商売オンリイの女じゃないことくらい、わかりそうなのにね。でも、そう見られたことは成功ね」

「成功ね」

「ねえ沙梨、良妻賢母だって私たちの理想の一つよねえ」

「そうよ。……あたりまえのことよ」

沙梨の耳たぶをいじりながら、でも眠られぬほど昂奮しているのでもない口調で、むしろ面白そうに阿紀はつづけた。

「ねえ？　だって私たち、食うに困るからだけじゃなく、私たちの理想のためにあのアルバイトを選んだんですものね。自分ひとりじゃ食べて行けないもんで、だれか適当な男をめっけて結婚するなんてさ、女の敗北だし、だいいち心にとがめるじゃないの。同権主張の資格ないわ。……あら、そうでもないか、うん、家庭の主婦だって立派な職業だからな。……だけどねえ沙梨、私たちだって、まず食うに困らなくしといてさ、そしてお仕事のほうでも食うに困らなくなったら、ちゃんと結婚して、家庭もお仕事のほうも、ちゃんとうまくコントロールして行くわよねえ。ねえ？」

「そうよ。良妻賢母とアルバイトなんて、お仕事とアルバイトほどの関係もないことだわ」

「そうさ。……私たちだってさ、なにも家庭的な幸福の不感症でもなし、忘れてるわけでもなしさ、ましてべつにそれを否定したり無視したりしてるんでもないわ。ただもっと貪欲で、それだけじゃ満足できないだけのことよね」

阿紀の指を耳からそっとはずし、やさしく沙梨はいった。

「阿紀、そんなお話、もう止めようよ。私たち、去年半年でずいぶんお金たまったけど、今年は重大な年のはずよ。お勉強のほうがきっと忙しくなって。……私たち、あんな卑俗な豚どもとは、はっきり別人のはずじゃないの。そんなやつらのいったことに、くどくどとかかずりあっている暇はないのよ」

「そうね、もう一週間で学校もはじまるのね。私たち、うんと頑張って、バッテキされましょうよ、ね？」

そして二人は黙った。……彼女たちの「学校」とは、じつは某劇団所属の俳優養成所であり、彼女たちのいうお仕事とは、俳優修業のことであった。二人は、そろって昨年の春、そこに入所した一年生なのであった。

十分後、二人は充ちたりた健康な鼾をたて、やすらかに眠っていた。

稽古も勉強も、研究生の生活は、もともと好きで選んだことであるだけにあまり辛くはなかったが、よほど富裕な家庭のバックでもなければ、研究生の生活をつづけるのは不可能だし、その苦難をへなければ大スタアになることも望めない。沙梨も阿紀も（これはともに好みの芸名で、あまり本名が平凡なので二人で辞書をひいて命名しあったのである）家へ送金をせまられるほど、それほど困った家庭の子女ではなかったが、家に迷惑をかけたくない、独立したいという健気な一心から、半年ほど前、二人してアパートの部屋を借りて間もなく、この合理的で有利なアルバイトをすることに意見の一致をみた。級友にはバーの女給のアルバイトが圧倒的に多かったが、二人には時間にしばられることもなく収入の多いこっちのほうが、はるかに頭のいいものと考えられたのである。

このアルバイトはお金も入るし世相も見え、直接に男性の裏側もわかり、同時に貧乏な新劇人、という固い殻も破れる。さらに粧《よそお》いをこらす趣味にも叶い、メイキャップの勉強にもなり、肉体を通じて他人たちを、そして自分の魅力というものをたしかめ、たちまちにその考えたことの結果が出る実地研究にもなる。いわば理想的な副業だと思われたのであった。

二人は一生を演劇に捧げる覚悟だった。真剣に演劇を生涯の仕事とする心算《つもり》だった。そして先輩の女性たちに、美しい人がほとんど一人も発見できないことが、彼女たちの自信を強めさせた。自他ともにゆるす二人の美貌は抜群であった。

沙梨は長身で、北欧的な頰の翳りをひきたたせる巧みな化粧と眉の描きかたは、むしろ彼女を年齢より老けて見させた。細く徹った鼻すじと、陶器を思わせる白い肌が、聖浄とさえいえる清潔な印象をつくり、美しい鼻腔と、深く澄んだ眸が魅惑的である。スラックスと、頬に煙草の烟のまつわるのがよく似合った。バレエ・ダンスの得意さを示す均整のとれた固い肉づきの、羚羊のように長い脚を誇っていた。

阿紀は、つねに明るく、無邪気に若々しく肥っている。つぶらな瞳というのだろうか。長い睫《まつげ》のしたの大きな黒瞳が、いつも濡れたように輝き、眉は愛嬌よくさがっていた。肉づきのいい薔薇色の頬は、いつも歯磨会社の広告のような美しく白い歯並みを見せ、たのしく豊かに笑っている。ほがらかな彼女の出現は、あたりを清純な花々がいっせいにひらいたかがやかしい春の野にした。健康でみずみずしく、その小さな唇は、葡萄を食べるとき、兎そっくりになった。

二人はよく笑い、よく騒ぎ、よくしゃべり、よく勉強した。だれがなんといっても――もちろん、だれもなんともいわなくても――二人は、大スタアになることに心を定めていた。

「なんちゅうたて俳優《はいう》はチレエでなけりゃイケン」

なにかというと沙梨は、演劇史を受持のA先生のこの口癖を真似た。すると、習慣のように阿紀がもったいぶってたちまち和す。

「美とは謎だ。……カラマアゾフのドミトリイ曰く」

これは演劇論の先生の口真似である。二人は、こんな文句を、志おとろえたおりの合言葉にしていた。

だがこの少々鼻にかけられた二人の美貌も、相対的な衣服、持物の贅沢さも、ふしぎと級友の嫉妬は買わなかった。それは二人が単純でロマンティックな少女の良質にのみ充ち、陰険で感傷的でお節介でねたみ深く、わがまま勝手で図々しく大人ぶるその悪質に欠けていたためでもあろうか。たしかに二人は好かれた。……ただし、いささかの優越感を含めて。級友のほとんどは、貧乏と不器用とくそ真面目さだけを、いい新劇俳優になれる不可欠の条件であり資質だと信じていたのである。

二人は、たしかに役柄の「文学的理解のインスピレエション」の才能に乏しい、と教師たちに指摘されることでも共通していた。「なにさ、まるで学芸会みたいにうれしいのね」彼女たち二人の幸福を、ただ幸福であるが故に反撥する演劇少女たちのあるものは、よくそう二人にくりかえした。

そのほとんど唯一つの非難は、しかし二人にはこたえなかった。じじつ、彼女たちはうれしかったのだから。

「H座のSの演技ってまるで国定教科書だね」

「うん。カレの現代俳優論も、芸談としちゃ認めてやれるけどね」

そんな小生意気な聞きかじりをたのしく囀《さえず》りながら、嬉々として二人は、休日にはかならず高級レストランやホテルでフル・コースの食事を「勉強」し、週二回はかかさず例のアルバイトで稼ぎ「人間」を熱心にお勉強して、その楽屋にほかならぬ神聖な養成所での毎日では、つねに本当の「沙梨」と「阿紀」にもどって、真摯にバレエやら活舌法やら講義やらの学習に精を出した。彼女たちの充実した日常は、明朗でなんの曇りもなく、夢みる大スタアに日一日と近づいて行くよろこびが、二人の毎日を明るい光でみなぎらせた。

年があけ、新学期がはじまっても、彼女たちの幸福にはなんの翳もなかった。さまざまなポーズを課せられる演技の実際的な研究にも、二人は良い成績をとった。ある教師は、彼女たち二人を、コメディエンヌの資質ありと評した。それは、役になりきって芝居そのものを理解しない——いや、理解しようとすらしないその資質の、もっとも光彩を放つのが喜劇の舞台だからでもあろうか。

あいかわらず明朗な阿紀はとにかく、沙梨はしかし、このごろ自己というものに無感覚になったような気がしていた。「役」に抵抗をかんじるときはっきりと身におぼえる、あの「自分」としか呼べぬ固いしこりが、なにかぼやけがちなのである。かえってアルバイトのときは、その贋もの自分に、「自分」が化していることで安定するのに、お仕事のほうでは、なにかその安定が稀薄化し、「自分」がはるかな遠いところにいるように思えたりするのである。彼女は、それを自分が体当りで演技することに精進した結果であり、そうしてやがて「自分」を失くすことこそ最上の演技なのだと自負しつつ、しかしなにか忘れ物をしたみたいな、空ろな淋しさと気がかりとをおぼえていた。

「酔いなさい。自己を失くすことこそ芸術家の最後に要求される最大の才能です」

だから、そのころ、そんなあてどのない言葉が沙梨の口癖となった。ただし、むしろはしゃぎながら口にするのである。

養成所は一月の半ばから講義を再開していた。その二週目の火曜日、演技の実地研究の時間である。先週、所属劇団の演出家を兼ねている教師が、男女の研究生たちにめずらしくポオズの宿題をあたえていた。男には「水夫」、女には「娼婦」である。

新築の中間色に塗られたホオルは喧々囂々《けんけんごうごう》のさわぎだった。アイウエオを発音する舌と口腔の状態が精密に図解してある紙の貼られた安っぽく薄い板壁に、がんがんと若い男女の声がひびき、笑い声が炸裂して、喧騒は部屋にこもりガラス戸をびりびりと鳴らした。

――もっとも、これはいつものことであるが。

教師が入ってきた。いま売出しの女優がひとりつづいている。研究生たちが顔を見合わせて無意味な笑い声をあげる。この場合、笑いは好意や悪意の表現ととるべきではない。上気した浮動的な陽気な気分の表白であり、例のないことへの緊張の失禁であろう。教師はうつむきがちに、劇団が本年最初の公演に、ギャンティョンの「娼婦マヤ」を選んだこと、今日の高点のもの何名かを、その本公演の舞台に抜擢出演させる旨をぼそぼそと告げた。とたんに、ごうとあたりが鳴り、教師の、「……正式の座員だけではいささか数が足りないので……」と呟く声が消された。

ホオルが研究生たちの呼吸をとめた沈黙にしんとしたのはその直後である。

「沙梨！」と、低声で阿紀がいった。

「阿紀！」と、沙梨もその手を握りしめた。娼婦役なら、二人以上に研究を重ね、かつ自信をもっている者はおそらくない。それを生きてみせられる者はいない。

二人に、かがやける日が来ていた。予約された幸福へのスタートに二人の胸はおどり、頬が火照る。どう考えても、ながいこと人知れず勉強した娼婦役については、二人の敵はいない。……二人はかごめをして遊ぶように左右にそれぞれの腕を持って、すでに苗字のＡＢＣ順ではじめられた教壇での級友の演技をみつめた。脚本どおり、そこでは二三人、脚をくみ火のついていない煙草を咥《くわ》えたのが、窓外を白目で睨みながら水夫役の通りすがりの男子研究生と台辞《せりふ》をかわしている。熱心に見入っていた二人の頬に、同時にごく自然な憫笑がのぼった。

「なにさあれ、男をこわがらせてるだけみたい」と、阿紀が呟いた。

教師が壇上で顔をしかめた。

「肩が張ってるね、君、ちょっと……こんなふうに」

みずから娼婦のしぐさをする。が、誰も笑わない。声も出さない。教師は汗を拭いた。

「Ａさん、ちょっとやってみてくれませんか、ここんとこ」

入口の扉に背をもたせていた女優が、したりげにうなずくと、首をかしげて笑いながら教壇に近づいた。

湧きあがる讃嘆の合唱のさなかに、吃りかげんの教師のディテェルスの指示が聞こえて、人びとは口をつぐむ。壇上の女優は、なんでもない彼の指摘と教えに、はじめて聞くように目を光らせ、合槌をうつように幾度もうなずく。それでさらに教師は調子にのる。ある優越的な、相手をよろこばすことに酔いしれた得意げな興奮が、女優を俗っぽく世帯じみたただの三十女にしていた。

「なるほど巧いや、よく見てるのね」

女優が教壇を下り、ひとこともいわずにもとのところに立つと、また阿紀が無邪気な感想を述べた。沙梨はあの教師に目があればきっと私たちを認めるはずだと信じて、教壇から目を放たずにこっくりした。それを待っていたように、阿紀もうなずく。

「口では生意気なこといってるが、君たちこんなポオズさえできないのかね。猿真似にすら、なっとらんよ。芝居は、もともと模倣です。が、ただの外観の真似とはちがう。自分でしようと欲することの模倣なんだ、うん。誰もプロスティテュエになんかなろうと思わんかもしれんが、こんなことじゃ、君たち、ロクに男をひっかけることもできやせんよ、まったく」

呼吸つぎのようにそんなことをしゃべりながら教師が笑った。ふと、人びとは彼の笑いが高価なのを感じた。ふだんは冷笑さえろくに見せない彼である。

二人の番がきていた。

もう一人とともに教壇に上ると、沙梨は椅子に掛けて得意の脚を組んだ。前で阿紀ともう一人が煙草をふかすのである。認められる幸福に、二人は呼吸がつまった。

教師はだが、見学する他の研究生に向って、調子にのったおしゃべりをつづけていた。

「いいですか、はっきりいっちまえば芝居はすなわちひとつのエロ・シインなんだ。心理的、精神的にね。ドラマティクとはそういうもんです。でもですね、裸の人間てやつね、この裸の人間を見せることはエロではない。ここが問題だ。人間のほんとうの裸をみせるのがエロです。しかし、なまの裸の人間そのままではエロではない、ドラマではない。つまりだね、つまり役者の芸ってのは、ほんとうのものをそのまま見せることではない。ほんとうらしいものを、ほんとうらしく見せるということに、ある。いいね……」

壇に上っただけで胸ふさがるばかりの沙梨たちは、しかし耳がガンガンして聞こえないのと同じだった。教師が振り返った。

「はい、すみません、はじめて下さい」

男子研究生たちの「水夫」が壇を横切りはじめる。沙梨と阿紀は、冷静に、充分な自信をもって、演技をはじめた。美しい律動的な流れのなかに、「娼婦」を生きはじめていた。……数瞬後、だが、突然に沙梨の動きが停り、阿紀の動作も硬直したように停った。二人は同時にふとおたがいの顔を見合った。恐怖に釘づけにされたように、はっとその表情までが停った。

壇上に、二人は化石していた。

目に見えぬ糸に結ばれたように二人は動かなかった。人形に似たその二人を凝視しつつ、なにごとかの起る予感に人びとは呼吸をのんだ。……二人はだが、身じろぎもしない。二人はただ、剝製の小鳥のような瞳で、呆然とおたがいを眺めていた。

……二人は見たのである。それは演技ではなかった。おたがいに見る眩暈《めまい》するほど正確なそれぞれの正体、それは娼婦だった。二人の目は、ほんとうの娼婦の自分たちが、鏡の中のようにおたがいを見据えたまま凝固しているのを見た。

壇上にいる「娼婦」、それは演技されたそれではなく、真実の娼婦、真実の自分だった。そして、それこそが見うしなわれていた本来の自己のすがただった。……二人は海底の石のような不動の肉体の重みをおぼえながら、同時に人びとに娼婦でしかないそれぞれの素肌をさらしていた。それは、たしかになまの裸の自分であり、人びととの視線はその剝きだしの肌に直接に刺っていた。この上ない羞恥と苦痛が来て、しかも、二人は動くことができなかった。

知らずに演技をつづけていた二人がやっと気づき、うろたえて二人を見た。それをしおに、はじめて喘ぐような生身の呻き声を立てて、二人は壇にうつぶすことができた。二人は叫ぶように泣いた。阿紀の泣声がひときわ甲高く、大きかった。

狼狽したのは教師であった。

「ど、どうしたね、え？　恥ずかしいの？　こんな役。いくら俳優の卵でも？　ああ。そうかね、そうかね。でも、どうしたのだね。困った。困った。ま、降りたまえ。泣かんともいい。弱ったね。ああ、泣かんともいい」

女優が口に手を当てて笑いながら扉をはなれた。

「先生があまり露骨に注文をつけたりおっしゃったりなさったからよ」

「……いやぁ」

「ご熱心がすぎてよ」

困惑し顔を真赤にしている教師の前を過ぎると、なおも笑いながら彼女は沙梨と阿紀の肩に手をかけ、やさしくゆすぶった。

「あんたがたって、お嬢さんねえ。ま、お起きなさい」

はげしく、沙梨はいやいやをするように首を振った。阿紀も振った。二人は、またあためて泣きじゃくった。

「お嬢さんねえ、ほんとに。さ、もういいのよ」

ひとり泣かなかった娘が、自分だけのけものにされたように脹れて、泣くかわりにうすら笑いをして壇を下りた。そのとたん、約束したような揃った動作で、やっと二人は顔をあげた。

いぶかるような目を光らせ、涙で汚れた顔で双方から女優を見上げた。

「弱ったわねえ。……誰かこのお嬢さんがたを、あやしてあげてくれない？」

三度、女優はいった。同時に、同質のショックを同量にうけ、二人はこの言葉を聞いた。

お嬢さん……そう、それこそが私たちの、ほんとうの演技ではなかったのか？期せずして、そのとき二人は、養成所の研究生としての自分たちこそ、彼女たちにとっての真の演技にほかならなかったこと、いわばほんのアルバイトのつもりだった演技された娼婦の行動が、じつは本物の自分たちの実生活にすぎなかった事実を、同時に霹靂《へきれき》のように悟ったのであった。

光にまみれたように濡れた二人の頰に、またあたらしい涙がながれた。

顔を覆った掌の、お揃いの指に嵌めた真紅の誕生石が、沈黙した室内の視線をあつめてきらめく。真珠母色の午後の空から落ちる真冬の冷ややかな陽射しが、しばらくのあいだ、うずくまって泣きつづける、二人の若い女を縁どるようにくっきりと浮彫りにしていた。

春の華客

春である。落ち着かない季節である。繁忙と無為とが、われわれに席を温める閑暇もつくらず、たゆとう光とともにわれわれをせかせかした気分で押し流し、追う意識に追われ、追われる意識を追って、われわれはゆっくり自分と語りあう余裕を持てない。この慌しさの結果として、つまりわれわれは無為以外のなにものでもない。自分と語ろうなどという野心を打ち捨てて、それならいっそ誰かになにかを語ろうと決めたらどうであろう。どうせ無為は避けられない。案外、春における安定とは、そのような他人目当ての、気忙しない不安定なおしゃべりの中にのみあるのかもしれない。よろしい。では一つお話をぼくは始めてみよう。季節？　もちろんそれは春だ。春でなければいけない。

――ところで、ぼくがこれからおしゃべりの材料をさがしに行く街の風景の中で、しばしば非現実的な姿の中に現実がかくされているみたいに、この計画と予想の時だといわれる「春」の現実もまた、あるいは非現実とひとに思われるものの中にあるのだ――こんな言葉は、この春の夕べの物語の発端には不向きだろうか？　……いや、ぼくはこの言葉が、意外に適切な発端であるのを信じている。すべて、物語はアポロジイから始まるのである。

さて、場所はどこにしよう。東京生れのぼくは田舎を知らない。都会にするのが得策である。では具体的に、有楽町あたりにしようか、そうだ。環状線の各駅のうち、乗客の乗降がもっとも激しいといわれるその駅の構内に行ってみよう。いま時刻は四時半。もちろん午後の話である。そして、春のこの時刻は、まだ申分なく明るい。——

電車の轟音は頭上にある。この雑踏は気早やな退社の人びと、あるいはある種の、つまり銀座の女と呼ばれる人びとの出勤の時刻のせいだろうか。舗装道路を跨ぐガアドの下に、雑多な人の渦が後から後から入り交り、流れ、つねに構内を埋めて犇《ひし》めいている。その「動く必要」の中に揉まれながら、古毛糸のように公衆電話のボックスからつながる人の列が、怒ったような表情で、「動くことの出来ぬ権利」を主張している。一見してわかる女子学生の多いのは、劇場とお汁粉屋を含む喫茶店の櫛比《しっぴ》するこの有楽町で、彼女らに連絡をとるべき人びとと必要の多いこと、及び現在の閑暇を物語るわけであろう。

構内にはまた三角形の小さな花屋がある。駅の新橋寄りの三分の一を支えているガアドの下を、自動車やバスをのせて鉛いろの道路が斜めに駈け抜けている。飾窓を含む花屋の三角形の一辺はその道路に面し、構内の切符売場と平行したもう一辺が、それに鋭角で結んでいる。

売場は一坪とはあるまい。極端に狭少ななりに手入れの行きとどいたこのタイル張りの清潔な花屋の窓に、ぼくはよく高雅なカトレアなどを発見したものだ。ピンクの蝶が一時に群れ集ったように、今その窓に飾られてあるのはデンドロリウムである。店先に出されたガラスの陳列棚の上には、ゼラニウムの鉢がある。銀紙を貼った花籠。日本風の竹籠。小綺麗な一輪差もならんでいる。——赤や青や黄、橙、乳白の肌の上に淡い紺青の雪片が斑らに舞い散ったような、ガラス製の花瓶。ガアドと駅の構築に遮られて、届いてくる光は僅かであるのに、その小さな花瓶たちは、それぞれ内側に灯《ひとも》したような明るい光を放って、いきいきした歓喜にかがやいているように見える。たいそう美しい。だが、一輪のカーネーションや薔薇を挿してこの花瓶を飾るのなら、都営住宅の台所などが、きっともっともふさわしいのではないだろうか。

足を止めて花々を眺めて行く人もある。一方、そのままそこに立ち止って、うろうろと周囲を見廻しつつたたずむ男女がある。あるいは物珍らしげに店頭の球根などをのぞき、あるいは始終きょときょとと前後左右と時計とを睨みあわせ、あるいは仮面の表情で巨大な駅のコンクリイトの柱に背をもたせている。左様、あきらかにかれらは約束の人を、時間を待っているのである。そうだ。かれらの中に主人公を探してみようか。草いろのジャンパアの律義者らしい男がいる。直立不動のままかれは眸さえ動かさない。兵隊がえりらしいかれにとって、待つことは衛哨と同じ仕事なのであろう。薄地のスプリングを着た、よく肥ったオフィスガールらしいのがいる。彼女は人が前を過ぎるたび、目を細めてしげしげとその顔を見まもる。用心深く微笑の準備がととのった表情である。きっと近眼なのに違いない。黄色いドルマンのセーターに焦茶のスラックスをはき、颯爽たる十代《ティーン・エイジャア》を装ったらしい、二十二、三歳の顔色の悪い女がいる。両手にぶらさげた買物籠が、滑稽にもその彼女にとてもよく調和している。……どうも面白くない。主人公にするにはどうもみなぼくの趣味にあわなさすぎる。趣味にあわぬものは、ぼくの空想を育てない。それは致命的だ。もうすこし我慢をして待ってみよう。

四時四十分。人待ち顔のかれらの中には空しく帰るのもいる。首尾よく到着した相手といっしょに、雑踏の中に吸い込まれて姿を消したのもいる。出札から流れてきて加わるのもいる。……なかなか適当なやつはいない。いま改札口を出た少女なら可愛いのだが、あまりにも連れが悪い。下着と口臭の不潔そうな厭味なブルジョア男である。それに、ほがらかに〝ガイ・イズ・ア・ガイ〟を口ずさみながら、彼女はどこかにまぎれてしまった。おや。紺のスプリングの襟に、純白のジョーゼットを巻いた小柄な女がきた。ふと振りかえる襟脚の毛が少し乱れている。これはどうだろう。立ち止ったところをみると、待ち合せ組の一人にはちがいない。ちょっと前にまわって観察しよう。……お化粧はしてない。唇に淡い紅があるばかりで、なんとなく濃紺の葉影に咲き出た百合のような、小さなその顔の印象である。安堵とも、物憂げとも見える平和な表情だが、形のいい濃い眉がすこし嶮しい。意志の強さを示すような明確な線で結んだ薄い小さな唇。——まだ若い。もしかしたら正真の十代かも知れない。なめらかな頰のあたりに、でもどことなく憔悴《しょうすい》した、いや、疲労とも怠惰ともみえる翳が、しかし清潔にへばりついている。よろしい。これはいい。ぼくはこの女性を主人公としよう。肌の美しく、しかも怠惰な表情の女性は、まったくぼくの好みである。たたずむ人びとと同じように何かを待ちつつ、しかも彼女はなにも待ってはいない。彼女一人だけ、すでに待ちのぞんだものの中にいるみたいだ。つまり、周囲の人びとの印象には、つねになにかの欠除がともなっているのに、彼女のそれには充足しかないのである。人びとのどこかいらだった険悪な眼眸、また不貞腐れた唇もと、そしてさまざまな感情の殺戮《さつりく》をおもわせる無表情や仏頂面のなかで、そのお白粉気のない白い小さな面差しは、ひときわ目立ってすでに目標に達した平安をうかべている。よし。ぼくは彼女にきめた。いかにもはき慣れたようにぴったりと足にあって、うっすらと埃さえかぶっている彼女の靴は、小さな真紅のパンプス。しかし決して新調のそれではない。

彼女は恋人を待っているのである。そうしよう。もとより恋人に逢おうとする娘でなくて、誰があんなに輝く眼眸などをもつものか。それも、あまり化粧や服装に特別な気づかいはないから、きっと気分としては委ねて信頼しきった恋人である。それはまたいままでの生活の中でただ一人の恋人、自分の独占を彼にゆるし、また自分でもそれに満足している相手である。無論、このような約束は初めてではない。月に一度は逢っているのだ。きっと、しかもそれも定期的に。この緊張のない、まかせきったごく自然な幸福の表情は、彼女が彼を愛し、また愛されているのを語っている。だが彼女の育ちの良さをおもわせる素直な白い喉は、乳白の花瓶のような清潔な固い線でもある。彼女の待つ恋人とは、きっといままでの生活にただ一人しかいないそれ、共通した歳月のある相愛のそれ、そして肉体関係のないそれに違いない。

だが……恋人とは、いささか月並である。なんとか趣向を考えよう。この彼女の安定した表情は、あんがいぼくの夢を裏切って、人妻のそれではないか？　とかく女は魔物である。見たところ中流以上の家庭の子女であるし、処女と見えぬこともないが、しかし父母以外の他人との生活の匂いが、華燭の典の経験をおもわせるある落ち着きが、その穏やかな挙措にうかがえはしないか。たとえば、ほつれた首筋の毛などを、ふとかき上げるごく物慣れた態度などに。たしかに、彼女にはその若さとはうらはらの、大人びた孤独、子供の世界を脱け出た自恃に支配された、ある不羈の印象がある。しかもその動作と表情には、まだその生活に入ったばかりの板につかぬ初々しさ、どこか危険を充分に乗切っていないぎごちない新鮮さもある。そう。ではこうしよう。彼女はつい一週間前挙式したばかりの新妻である、と。

もちろん、誰が新婚の夫と、こんなところで、そしてこんな恰好で待ち合せるものか。もしも相手が夫だとしたら、この上流家庭出の新妻は、もっと粧いをこらし、むしろ婚約時代の化粧と羞恥とをけんめいに再現しつつ、より義務のような姿勢でたたずむだろう。同性？　馬鹿な。自分が充分に幸福であることを、まるで打ちあけ話のように期待され、強制されるにきまっているそんな相手に逢うのなら、虚栄心と軽蔑、いや剝離感が、おそらくプライドの強いだろう彼女の顔に、もっと厚化粧の幸福をほどこさせているにちがいなかろう。

とにかく、このような素顔での彼女の待ち人は、やはり夫以外の男性、それも相当以上に親しい、幼な馴じみの従兄弟みたいな人物がもっとも自然だろう。だが、現実のただの従兄弟では話が面白くない。……それならこうしよう。いま考えたぼくの話を、彼女がその男と逢う前に、ちょっと聞いておいてもらおう。

彼女がはじめて彼と逢ったのは一昨年の秋のことである。便宜上、彼女は名和英子、彼を伊東草二としよう。名前は象徴でも比喩でもない。この場合、ただの符号である。

草二はまだK大学経済学部の学生であった。二人が紹介されあったそのパーティでは、彼女は父の貿易会社を実質的に切り廻しているという彼の顔と名前をしか覚えなかった。

はじめて紹介された従兄弟の同級生という以上の印象は残らなかった。

突然草二から電話がかかって来たのは、もう冬外套の手ばなせない季節のある午後である。受話器を耳にあてて、よく透る事務的な草二の声の響きをそこに聴いたとき、やっとまさぐりあてたように精悍で潔癖そうな草二の俤《おもかげ》が、はじめて英子のイメエジの中に固定した。声は背後に鋭いリベットの騒音や、つんざくような自動車の警笛を絶間なく流して、それはほの白く閑散としたビル街に吹く凩《こがらし》の、金属的な叫びをけたたましく伝えているようでもあった。簡単に失礼を謝して、声はいった。

――お話ししたいことがあります。ちょっと有楽町駅まで来ていただけませんか。花屋の前です。ぼくは五時に行けます。

その早口の口調には、まるで取引上の連絡のような細心の準備と、事務上の命令のような響きがあった。英子はびっくりした。まず軽い困惑があり、ついでそれは同量の反感に変った。断ろうと思った。明確な口調でその断りをいいたいと思った。これは草二の口調の影響であろうし、また十八歳の彼女の負けん気のせいでもあろう。しかし、行く理由の見当がそもそもつかぬように、判然たる断りの言葉も浮んでは来ず、むしろあきらかなのは拒絶する理由が無いことであった。彼女はその日、ひまであった。

――このまえ一度パーティで紹介されただけのお近づきで、まことに図々しいのですが、じつはちょっとお願いがあります。もしもいらっしゃれない理由が感情的なもの以外にないのでしたら、いらして下さい。ここで断られたら、ご都合をうかがって、またかけます。逢って断られた方がぼくとしてはさっぱりしますし、もちろん、そうしたら二度とご迷惑はおかけしません。

生返事さえせず、英子はただ沈黙をつづけていた。――さっきからその左胸部には、一度ダンスをしたときの、長身の草二の痩せた胸の固さが甦っていた。浅黒い皮膚の内部に、ただ骨と筋肉をしか持たないような彼。彼の肉体。……現在の彼の事務的な言葉への抵抗感は、あの夜はじめて着たロオブをとおして敏感な乳房にふれた、記憶の中のその堅い胸板の感覚に酷似していた。つまり草二の冷静な声音は彼の記憶を貼りつけた胸の皮膚のしたに、ある反応を喚びさましていたのだ。それは彼女のうちのなにかを、まるで城塞の一角に突入してきた敵軍に向う城兵のように、防禦のためのように、一度にそこに呼びあつめた。ある固さの感覚のために呼びあつめられたなにか、それは呼びあつめたある反応と同じく、反撥でもあれば興味でもあった。彼女の実感した抵抗の本体とは、じつはこの闘いなのであった。

――ご返事をいただきたいんですが。

草二はくりかえした。英子は、ともあれ明確な口調で、しかも早く答えたかった。ひとり追いつめられたような気分で、ついにほとんど怒りをこめた叫びのように、彼女はいった。

——……じゃ、参ります。

瞬間、英子は相手から攻められた将棋の一手に詰っただけで軽率に駒を投り出したときのような、ばかばかしい後悔を感じた。負けないという理由のないことは、べつに私の負けではない。行けない理由のないことは、ただちに行く理由とはならないのだ。……しかし、すでに電話は切られていた。

　彼女は思った。嘘をついて断るのはかえってやましいし、面とむかって断れるだけの自信は私にはある、と。——あるいは英子には、いまさきの故のない敗北感に発した、自分に負ける理由のないことで、自分の勝を錯覚してみたいという、故のない勝利感への無意識の希求があったのかもしれない。彼女がみずからに埋め合せしなければならなかったものは、その敗北感の故のなさそのものにすぎなかったのだから。

　睫毛を拭くオリーヴ油の凍っていた寒い日のことであった。英子はすぐ、機械的に外出の身仕度にかかっていた。スッポかすなどということは、彼女の好みにも、またやや戦闘的となったその思考の能力の範囲にもなかった。英子はエゴイストにふさわしい律義さと潔癖と自尊心の持主であった。彼女は好みの黒のプリンセス・スタイルの外套を着て出かけた。そのとき、あの俊敏な、精悍な声の記憶の上に「無理じい」とか「慇懃《いんぎん》無礼」とかいうレッテルを貼った彼女は、だって仕方ないじゃないの、と紹介者の従兄弟にでもいってやりたい気がしていた。自分にそういうことの要らないのを彼女は忘れていた。

つまり彼女の心は動いたのである。いうまでもなく、英子自身は行くことに納得していたのである。行くからには自分の好きな服装で行きたい。胴の細く、もっとも彼女に似合う優雅な型の黒い外套を選んだのは、べつに草二への関心や好意を意味するものではない。彼女は自分から断りたかった。向うが「お願い」を引っ込めたり、向うが断ることなどは許せなかった。それは、たとえ相手の写真がいやで断る心算でも、一応お見合いには盛装の最美の姿でのぞみたい女心と同じ、女性としてのプライドの保護本能がさせたことである。彼女はただ、断る資格をそなえていたかっただけだ。

　英子は五時五分前に約束の花屋の前に着いた。彼女は知らなかったが、それはあたかも新装の有楽町駅が開かれて間もない頃で、予期しなかった蛍光照明のその青白い光は、急に彼女の心までに、新しい光を投げたようであった。それは彼女を新しくした。無意識のうちに抱いていた草二への反撥、浮かびでた古い記憶のうえに錯綜した奇妙な敵愾心じみた感情は、意想外なこの新粧の構内でいつのまにか消え、無意識のうちに物珍らしさへと移行していた。しゃれたレストランめいた四囲をつぶさに点検しつつ、英子の関心はひととき新しいことのみに向った。同じ物珍らしい興味で草二の出現を眺めたい気にもなった。新しいものにとりまかれたことが、草二を待つ気持ちを、新しく芽生えさせたのである。

二分前になった。だが、近代的な白光に浮きでた蒼ざめた人びとの中に草二らしい姿は見えなかった。やっと彼女に「スッポかす」ことのありえたと意識されたのはこのときである。家を出しなに頸や耳朶にふった母のフランス香水が、後悔のように急に鼻腔に漂ってきた。しかし彼女の性格は五時きっかりまで構内にたたずむことを命令した。彼女は無駄なばかげたことをする自分が嫌いだったが、約束の時刻を待たずに帰ることは、自分をよりいっそう嫌いな自分にしてしまうように思えた。いや、彼女はただそれをはっきりとさせたいがために、自分の馬鹿さに未練であったのにすぎなかったのかもしれない。

その事務的な才能や言葉でもわかるように、草二は機械的な、まるで自分の行動を時計のように正確・明白に処理したがる人種だった。その主義のとおり、彼が改札口から店頭にやって来たのは、駅の精確な時計の指した五時きっちりである。会釈すると、彼はまず喫茶店へ誘った。それを断って立話を要求するなどは、大人げなかった。肩をならべて、長身の彼の歩度にあわせながら、英子はいまさき右手をあげて近づいてきた彼の笑顔が、天真といえるほど無邪気だったのを、ふと意外なことのように思った。それは未知のそれであった。新鮮な快感があった。人慣れた大人のうかべる、習慣以外に無意味なあの微笑を、内心彼女はこの職業をもった学生に想像していたのである。彼はこんなことをしゃべった。

「夜おそくまで会社に残っていて、自動車でこのへんを通ると、よくあの駅を改築する徹夜の作業が見えてね。夜の暗闇の中で、はげしく白い火花が散っているんですよ。きっと何かの切断か熔接なんでしょうね。深夜。火花。――誰にも知られずに都会の夜ふけに燃焼しているはげしい白い焔。……ちょっといいもんですよ」

評判のKストアの巨大なクリスマス・ツリーの下であった。草二はそして英子に振り向き、急に声を立てて笑った。

「なぜ深夜工事をするか知ってる？　それはね、つまり工事がはかどるからさ。昼間は落ち着いて工事なんてできやしないんです、とうてい。ダイアが混んでいてね」

やがて、珈琲と菓子を前に置いて、西銀座の静かな喫茶店の二階で、ビジネスマン然とした草二の切り出した話とはこうであった。

「じつはぼく、あなたにぼくのガール・フレンドになっていただきたいのです。ぼくだって、映画をみたり、散歩をしたく思わないわけじゃない。そんなとき、一人で行く方が、二人で行くより、より気楽ではないときがあるんです。そしてその相手も、誰かきれいな女のひとの方が、汚ない不精髭を生やしてないだけでも、男よりいいに違いない、と想像することがある。お茶を飲みに行くときも同様ですし、ダンスにしたって、買物にしたってそれは同じです。そして、ぼくには気に入る女性がない。気に入るって、つまりそういうガール・フレンドとして比較的永続してつきあいたい人がいない。たいてい一度でもうたくさんです。この前偶然お逢いしたとき、ぼくはあなたをそんな相手として夢にも思わなかった。だけどこのごろ、誰かいないか、と思うぼくのイメエジの人は、いつもあなたなんだ。——笑いたければ、どうぞ。ぼく自身吹き出したいような事実なんですから。あなたが笑わなければ、ぼくが笑う」

本当に草二は声をあげて笑った。つられて英子も笑いかけながら、返答に窮したまま、彼のそこだけは笑ってはいない目をじっとみつめつづけていた。

「つまり、一月に一度、夕方の五時から九時までの四時間、あなたの時間をぼくにさいて下さいませんか。一月を三十日として、ご結婚なさるまでのあなたの時間の百八十分の一だけを、ぼくとともに過していただきたい。べつにいわゆる『専用』にするつもりはありません。一月に一度でいい。結婚がまあ、その人と半々の生活をいとなむことなら、ぼくはあなたの夫の九十倍遠い距離と重さで、あなたの生活に割り込ましてもらいたいんです」

草二は英子を凝視していた。黙って、英子も不審げな長い凝視でこれにこたえていた。しかし、たいして驚いた様子もなく、突然くすくすと笑い出した。「でも私、やはり一日の半分は寝ていますわ。いまのお話はだからぜんぶ事実の倍ね」

「ああそうか」草二も笑い出した。「つまりあなたの一月の時間の九十分の一、あなたの夫の四十五分の一の存在でいいんだ」

白く美しい、野獣のような健康な歯並である。草食獣をおもわせる薄い真白い歯が、笑いにほころびた下唇に微かに触れたまま、じっと動かない。草二の笑いはそこに静止していた。一瞬、英子の表情もこわばり、眸は彼の茶目がかった瞳からはなれた。

この事務的ないい方は、じつはおたがいの責任の範囲と所在とをあきらかにしたいという、小心な誠実さの表現なのであろう。突飛な要求に呆れかける気持ちもあったが、真率なその言葉は理解された。気障《きざ》ではあったけれど、よそおった感じはなく、フランクで開けっぴろげな印象があった。……むしろ彼女が抵抗を感じたなら、それはその発言にある無恥なばかりに裸体の草二の、体臭と圧力とにであっただろう。柔かい肉づきのない、硬い胸板の記憶に、やはりその感覚は似ていた。

英子はふと、あの真新しい有楽町駅での期待どおり、草二が新しい光で彼女を照し出したのを思った。新粧のあの構内で持った、自分と無関係なある新しさへの関心にこたえて、この光は充分に新鮮であり、意想外かつ無害であると思えた。この臆病な潔癖さに、英子は興味というより同情を、同情というよりある安全さを意識したのである。彼女は、さらにこう思った。こんな男は魅力的ではない。私にはけっして彼を好きになどならぬ確信がある。……つまり、英子の確信したのは、この交際の安全さであった。

しかし、結局英子がこの草二の計画の共犯者として、たのしげに乗気になりえたのは、つまりは彼女の中に草二とよく似た性格があったせいだ。きっと、それが本当の理由だろう。

「……具体的にはどういうことですの？　この契約」

「毎月一回、夕方五時に今日の所で逢います。映画なり散歩なりはそのときの気分の一致次第です。九時にもとのところで別れます。送るのが普通ですけど、送らないほうがかえってはっきりしてて気持ちいいみたいなので」

「ええ。それは私もそうだわ」

「じゃ、引き受けて下さるんですね。ありがとう。――一月に一度というのはね、おたがいの生活の九十分の一というそれぞれの重みを、より軽くも重くもしない適当な間隔だし、それは永続きさせるためのちょうど適当な距離だと思うからです。どうあってもこれは守りたいな。あ、それから、断っておきたいんですが、ご都合の悪いときは前もって連絡下さるなりして、黙ったまま時間を、つまり約束を違えないで下さい。ぼくもそうします。待つことはいやなことですし、きっと危険ですから」

「じゃ、もしもこのお約束をつづけるのがいやになったら？」

「口に出していうのは、この約束をぶちこわすことのようで、後味が悪い。最後までぼくらは約束にしたがって始り、終った、とこうしたいな。ですから、いつも九時の別れぎわに、ぼくが、じゃまた来月、といい、あなたが同意する。この手つづきが欠けたら、それが最後です」

「いいわ。面白いお約束ね。私、お約束します。このお約束にしたがうのを」

そろって一見非現実的とみえるほど現実的で、曖昧《あいまい》さを嫌うよりむしろ恐れるという二人の趣味は、このようにして一致した。その夜英子と草二とは、以後おたがいを名前にさんづけで呼びあうこと、言葉づかいをいっそくとびに兄妹のようにしてしまうこと、費用はすべて提案者の草二が負担することなどを決め、映画を見て九時に来月の再会を約して別れた。

それがこのカップルの出発点である。あのとき草二は、まだ二十だった。……ところで前置きがだいぶ長くなったが、五時にはまだ少し余裕がある。さきほどと同じ姿勢のまま、どこか遠くに眼眸を向けてたたずんでいる赤いパンプスの英子は、きっと草二とのコオスを心にふたたびいきいきとたどり直しているのだろう。では大急ぎでぼくもそのコオスをいっしょにたどってみることにしよう。それは読者への親切というものである。

――あのとき草二は、まだ二十だった。二人は、あれから正確にその約束を守った。英子と草二はおたがいの時間の百八十分の一だけをともに暮したのである。話をした。映画もみた。芝居にも、拳闘にも、寄席にも行った。ドライヴもした。公園にも足をはこんだ。酒場に入ってみたこともある。だが、二人のすごす時間は毎月十日の午後五時から九時までであり、場所もだいたい有楽町界隈に限られていた。二人は唇さえ交さなかった。英子は草二の家を見たことはなく、事務所も知らなかった。そして草二も英子の部屋を見たことはなかった。いつも有楽町駅の階段で、本郷に家がある英子は、大森に帰る草二が右手をあげて去って行くのを、黙って見送ってはみずからの階段に足を向けた。――そうして同じ平穏無事のうちにまる一年がすぎ二度目の春がめぐってきた。草二の計算どおり二人の仲はかわることなく、英子の確信どおり二人の交際は無事であった。正確に同じ重さであり距離であり、それぞれのもつ同量の好意がそれぞれ年輪を加え、親しく安定してきているにすぎなかった。草二は大学を出、貿易の仕事は本業となった。そして二十の英子に縁談が起った。草二の存在はそれを拒絶する理由の存在ではなかった。お見合いもすみ、結納《ゆいのう》を取り交したのは三月の九日。つまり先月の約束の日の前日であった。

翌日、花屋の前で草二を待った英子は、その縁談を彼に告げ、約束を終らせる予定でいた。だが、その日あらわれた草二の、まずいった言葉はこうであった。

「ちょうど六十時間だね。いままで君といっしょに暮したのは」

英子は胸をつかれた。慧敏に草二が全てを察知しているような気がした。でも、それにしてもいままでまる三日とはいっしょにいなかった事実が、奇蹟のように信じられなかった。二十年の生涯のうち、この奇妙な親しい連帯感をわかちあっている草二と、たった三日も共に過ごしていないのだとは……そして、あの夫は、夫たるべき人は、草二のいうように、その彼を四十五人も集めた存在？　……その日も英子は真紅の小さなパンプスをはき、紺のスプリングの襟にジョーゼットの繊細な白をのぞかせていた。歩きながら、はじめて彼女は草二の外套の腕に、紺の袖口から淡紅の裏地が見えるその腕を組んだ。

「――草二さんは、本当に他の女の方とつきあわないの？」

「そりゃ、たまにお茶ぐらいつきあうのはいるさ。けど、みんなそれどまりだ」

「私とだけだったこと、信じていいのね」

「もちろんだよ」

強い語調だった。不意に、胸におののきが走った。『だけだった』と過去完了の形でいったことを、草二はとがめないのだ。――

「でも、ぼくは英子さんがぼくとだけでなくったって、当然だと思ってるぜ。君とぼくとの時間は、一月のその百八十分の一しかない。もしも英子さん、君がぼくとだけしかつきあってなかったら、へんだよ」

「私だって、へんかも知れないのよ」

「いや、君はひとつもへんじゃない。……でも、いいんだ、そんなこと。ぼくが君としかつきあわなかったのは、ただぼくの勝手なんだから」

すがるように、英子は腕に力をこめた。胸の波動が激しかった。彼も、草二も、過去形を言葉に使っていた。

「誰と君が結婚しようと、君の勝手だ。ぼくは当分いろいろな事情でそれができない。いくらいい球でも、今は見送るほかはないんだ。だってバッター・ボックスにはいる資格がないんだから。だが、思うな。……こんなカップルだって、悪かなかったって。ぼくは君がぼくと同じように充分に幸福なことを信じるし、また祈ってるんだ」

その日、二人はふたたびその話題にはふれなかった。が――その夜、別れしなに草二は階段に足をかけて、いった。「来月から苗字が変るんだってね。グッド・ラック」

そのとき、すでに約束は交してしまっていた。「じゃまた来月」「ええ」と。……英子は、とうとう約束を口に出して破ることはできなかった。いや、沈黙して、その約束の手つづきを欠けさせることができなかった。振り向きもせず、平静な歩度で真直に階段を上って行く、いつもながらの草二の後姿を眺め、そのとき、不意に英子に怒りが来た。引き留めることさえ、無駄に思えた。英子はしばらくそこに立ちつくしていた。……目を閉ざして、結婚の相手のおもかげを描いてみて、そして英子は絶望した。その絶望の裏には、しかし怠惰な安寧の味がかくされているようであった。英子が、結婚を決意したのはそのときであった。

水道橋駅を出て都電を待ちながら、英子は安全地帯の上に立って、今日草二と送った四時間を回想していた。さっきの怒りも、心の中で草二にたたきつけた、そのエゴイズムにふさわしいあらゆる罵言も、消えてしまっていた。今夜、まるで二人は呼吸のあったダンスのように、なにもいわずに曲るべきところは曲り、折れるべき小路を折れぶらぶらと歩きつづけていた。いまはそれが不思議だった。行くべきあてなどなかったのに。そして、今夜ほど四時間が、長く、また短く、つまり四時間でなく思えた日はなかった。——私は気分に身をまかせていた。私には、私だけの時間が流れていた。そして私はあのひとにもたれていた。あの私の姿勢を、気分を、時間を支えていたのはあのひとだった。私はあのひとに、本当の私自身を、すべてまかせきっていたのだ。……

奇妙な興奮の余燼は、電車を降りてもまだつづいていた。英子には、あの怒りのあと、今日はじめて新しいなにかが始ったような気がしていた。だが、それは裏を返せば、今日、完全に何かが終ったことの確信かもしれなかった。ひとつのカタストロフの過ぎたことを、英子は感じた。この劇では、そこにのみドラマティクがかくされている、それはカタストロフかもしれなかった。

もう、何の想像力も好奇心もない自分が、意識や理性の支えさえも失くして、ただ足との砂利をみつめたまま、電柱の光の暈《かさ》を拾い、まるで機械のように歩いている。英子は、突然自分の中のなにかが、草二によって、完全に盗み去られてしまっているのを感じた。そうだ。草二の逃亡は掠奪者のそれだ。……彼とすごした六十四時間、いいかえればその間に緩慢に息の根を止められてしまっていたもう一人の自分。それはあの十八歳の負けん気の自分、無垢な理性への情熱に生き、清潔なプライドを誇っていた自分ではなかったかしら。階段を上る今日の彼への怒りは、その殺戮に完全な終止符をうたれたそれではないのかしら？　そう。絶望の中で感じた私の安らぎは、死のそれであったかもしれないのだから。……そして、一つの季節の終焉の、あの別離に似た甘い哀切さが胸にこぼれてきて、涙が浮かんできたとき、英子は思った。「あのひとはもう来ない」と。「だが、約束どおり、私は行こう。だって約束はまだ終ってはいないのだもの」と。――

英子は腕時計を見た。コンスタンタンの女型は五時一分前を示している。あと一分。草二は来るだろうか。いや、私の結婚を知っている彼は来はしまい。私はただ、それをたしかめに来たのだ。――しかし、英子の心の中には、草二の利己心が、かならずここに彼をこさせずにはおかぬ確信もあった。奥深く沈ませようとする彼女の期待の底からある恐怖にちかい興奮が、するどく、戦慄のように逆流してくる。見給え。英子の頰に血が昇った。

あれから一月。でも私の服装は、このまま逢ったときと寸分違わない。ふと英子はそう心に留める。いまはなにか注意を集注させる対象が必要だ。さもないと私は崩れてバラバラになってしまうだろう。落ち着きなく改札口を眺めながら、彼女は透けた純白のジョーゼットの、光線の具合で鱗翅のように見えるそのマフラアを直すように、指で神経質にそれをいじった。

五時。改札口にあらわれて、右手をあげて合図する男がいる。草二だ。英子の顔に、ごく自然な、溢れ出すような親しい感情が動く。よかった。目算どおり、彼はきっちりと精確にあらわれたではないか。それでこそ、ぼくの話もいよいよ次の段階にはいれるのである。

すでに灯された構内の明りと、弱まりかけた屋外の日光とが平均したこのような時刻には、光は頡頏《きっこう》し分散して人びとの顔ももっとも見定めにくい一刻となる。その面影の漠とした人の渦の中から、まっすぐ英子の方に泳ぐように近づいてくる草二は、シルヴァ・グレイの春外套を着、ラフなホオムスパンの背広の襟をのぞかせ、意外にも太縁の眼鏡をかけた青年である。英子はじっと静かな目で彼を迎えている。それまでの感情の昂ぶりは消え、朗らかに彼女はなつかしげな微笑で唇もとを綻ばせている。——近づくと、快いバスで、草二はいった。

「元気？　あいかわらずだね」

「ええ元気。草二さんこそあいかわらずね。まるで時計ね」

一米ほどの距離に足を止めた草二の腕を、ごく自然に英子は右腕に抱えた。そして押すようにして駅の外へ歩き出して、この習慣が、このまえの夜から身についたものだと知って、別人のようにらくらくと腕をとったことに英子はある困惑を感じた。しかし腕は解かない。自分の意外さが、むしろ彼女をはしゃぐような表情にした。——もちろん、非礼のようだが、ぼくはこの二人を追尾しなければならない。この悪趣味はきっと好奇心ある読者の名によって許されるだろう。だから、ぼくは同じその読者のために、多少うるさいだろうこの姿を消し、しばらくは物語の発展をこの二人の人物にまかせてしまうことにしよう。……

歩きながら、英子は、甘えるように、吸いつくように、草二の顔を仰ぎ見ている。照れた苦笑に素顔をかくして、草二は、むしろ英子を見ないようにして、こんなことをいった。

「幸福らしいな。英子さん」

「ええ、幸福。とっても」

「よかった。ぼくは幸福な君を見たかったんだ。君が幸福であってこそ、ぼくに自分も幸福だと思う口実が得られるんだから」

「じゃ、こんなこと考えてた？　もしも私がいなかったら。なんて。……」

「うん。じつはたぶんそうじゃないかと思っていた。だけどぼくは来ることにした。もし君がいなければ、もうぼくには君がいないことだけでも、はっきりこの目で見とどけたかった」

「そう。私も同じこと考えてたの」

「ぼくはこうも考えてたんだ。もしも君がいなくっても、ぼくは『約束』を守ろう、と。つまり、ぼくは一人で歩きまわって、一人でお茶を飲んで、一人で君との架空のおしゃべりをたのしむ。そして九時にあそこへ帰って、こういう。じゃまた来月。——だけど君はいない。もちろん答えはない。ぼくらの約束は、そうしてはじめて終るんだ、と。……おや、このまえと同じ洋服だね。襟巻も、靴も」

「ええ。いや？」

「……どうしてなの？」

「べつに。ただ、べつなお洋服着るのがこわかったの」

「ぼくも、君がいっぺんに苗字の変るように、君自身の変ったのを見るのがこわかったな。だけど、こうも思っていた。変った君を見れば、ぼくもきっと変わることができるだろう、とね。ぼくはいままでのぼくが少しいやになってたんだ。まるで貝殻の中の貝みたいで……」

草二は饒舌であった。反比例して英子は寡黙になった。映画をみることに決めて、まず二人はある小路の瀟洒《しょうしゃ》な茶房にはいった。立て混んではいたが卓の距離は離れている。店の中は雑然としたざわめきに波立ち、閑散でないことがかえって二人をらくな気持ちにした。そして、かつてない草二の饒舌とその話題が、映画館に行く予定を二人の頭からうばった。

「英子さん、だけどやはり君は変ったよ。同じ服装なだけにそれが目立つ。なにかずっと大人になったみたいだ。世の荒浪かなんかくぐっちゃってね」

「そうね。私も本当はさっきそう感じたの。きっと結婚のせいね」

「君が結婚して倖せそうだからいうんじゃないが、ぼくも現実の問題として結婚を考えたくなったよ。そうしなきゃ、ぼくも、君も、ぼくは本当に軽蔑することができない。軽蔑ってへんな言葉だけど、つまり、この季節を抜け出ることができないように思えるんだ。生き方をあらためるよ。ぼく、必要を感じてきた」

「あら、いい傾向ね、きっと」

「いや、結婚なんてほんの口先きだけのことかも知れない。つまり、愛のない幸福じゃなく、幸福なんて抜きにした愛をしたくなってるんだ。他人や会社のことなんか考えずに、がむしゃらに、無茶苦茶に、額に風を感じながら、一人で行きあたりばったりにはげしく生きてみたくなってるんだ」

「あなたは臆病だったわ。あまのじゃくに見えるほど自分の殻に閉じこもって、慎重に、用心深く危険をさけてきたわ、その反動?」

「そうだろうね。危険に裸を曝してみたいんだから」

「結婚なさるのなら……」ふいに声を沈ませて、英子がいった。「相手は、処女じゃなくっちゃいやでしょうね」

「勝手だけど、そうだね。だけど男の方は童貞でない方がかえって望ましい気がするな、その方がきっと巧く行くよ」

「そうかもしれないわね。私も、夫婦ってものはそのほうがいい気がする」

「はじめての相手は、ぼくは玄人にする心算さ。でも……」そして草二は笑い、いったん英子の眸を覗きこんでから、独りごとのようにいった。「こんな話をするのも、君が奥さんになったからだろうね。……今日ね、英子さん、ぼくは帰りしなに、じゃ又来月っていわないよ。契約は解消だ」

「どうして？　いやになったの？」

英子に霹靂《へきれき》のような驚愕がきていた。……だが、では、彼女が今日来たのはなんのためだったか？　とにかく、つづけることは想像もしてはいなかったはずだ。このまえは失敗した。だが、今日が最後、今日ではっきりキリがつく。そんな確信が五時に有楽町駅で彼を待たせていたのではないか。英子は混乱した。彼女は自分の意志と希望の正体を失くしていた。いや、はっきりつかむことができなかった。キリとはこんなものであったろうか？　いや、キリはこれ以外の形ではありえないのだろうか？

「違うさ。もちろん君の夫に気がねをしてるんじゃない。一つの季節が終ったんだ。真夏に外套を着てるみたいに、いま、ぼくはとても重苦しい気分なんだ。もしかしたらまだ肌寒い頃なのかも知れないけど、ぼくは思いきって外套を脱いでしまいたい。ぼくは約束を止めたい。それ以外に、次の季節に移るふんぎりがつかないような気がするんだ」

聞きながら、でもしばらくは言葉を喪ったまま、英子はいらいらと目の前の白磁の珈琲カップから目をはなした。——二人の卓の中央に、細長い銀製の一輪差があって、そこから一本の白いチュウリップが咲き出ていた。みずみずしい花弁を正しく合掌させて、それは珠のように玲瓏《れいろう》とかがやいている。海の潮が、逆にどんどん沖へ退いて行くような恐怖をはらんだ惑乱、そして取残され干上った砂丘のような空漠とした心で、英子はただ瞳に沁みるその花の白を、ふと鮮やかな啓示を見るような目で眺めた。

街はすでに暮れ切って、暗い地上にただよう色とりどりの蛔虫のようなネオンが、美しく川面にも姿を映している。そうぞうしい選挙の演説や連呼、トラックやスクーター、自動車や電車の騒音や、他愛ない広告塔からの文句やレコードの流行歌が、雑踏する暮夜の銀座にあふれていた。その音響の川底にひしめく小石の流動のような、多くの人びとの行進に同調して、いま、二人の跫音もその不断のざわめきの中にあった。店々の華やかな照明が、いい合わせたような二人の無言の表情を、仮面のように平板に、また立体写真のように素顔の血色を消しつつ彫りを深め、あるときは若草のように清新に、あるときは老人のように唇もとに皺を畳んで、ときにはまた超現実主義の絵画か彫刻のように、つぎつぎと美しく、醜く、奇怪に、また平凡に映し出した。二人は映画に行くことを忘れていた。一月まえのあの歩行のように、ふしぎな一体化の恩寵が作用していて、無言のままべつに方向を決めるでもなく、二人はただ、同じ速度で同じ方向に歩いていた。

共通した煙のようにとらえどころのない幸福感が二人の虚脱を支えていた。だがその底にめざめているふしぎな焦立ちが、南洋の土人が使うある狩猟の器具のように、相手に投げつけたつもりでもかならず自分にかえってくるので、ただ二人は黙ったまま、それぞれの肩にふれる相手の外套の微妙な感触に、うつろな袋のような自分を、相手の充実した確乎たる実在を、ただ過敏な感覚で探りあっているのにすぎなかった。知らぬ間に二人は競歩の競技のようにいそいでいた。正面に黒い森のたたずまいが二人を待ちかまえていた。日比谷公園であった。無意識のうちに人気ない暗がりを求めていたのだろうか。とにかく二人にしてみたら、寄りそうように歩度を合わせながら、なにものとも知れぬ力に動かされて、ただ前へ前へと交互に足を出しているのにすぎなかったのである。さきに公園に気づいたのは草二であった。立ち止った彼の腕を、英子はまるで二人して共同の敵にたちむかうように取って、「はいりましょう」といった。まだ七時にはならなかった。入れない理由はなかった。

貧しげな外燈に暗澹《あんたん》と照し出されたひろい円形の広場には、さまざまの動物をかたどった石像が点々と灰白く浮かんでいて、芝生はやわらかく中高に膨んでいるようであった。二人は一瞬森閑とした人気ない静寂をそこに錯覚した。が、暗い木蔭に沿って並ぶベンチには、無数のカップルとその私語が、夜の暗闇という葉影の下を走る小川のように、じつはいきいきと隠密なざわめきをつくっている。この暗がりにはいるとき、目に見えぬ番人に手渡してきた入場券のように、そこでは人びとは羞恥をもたない。カップルは皆一心にそれぞれの世界に没入していた。二人は、いつかここを歩いたことがあったのを思い出した。何事も起らなかった。あのとき、羞恥を去っても、二人の無能力は手を握りあうことさえできなかった。

二人は満員のベンチの前を物色して歩いた。外れの一つに一組の男女と並んで坐った。隣りの男がつと無関心な眸を投げると、胸にかかえた若い女の顔に、むさぼりつくような接吻をはじめた。草二は男の頭頂部に、たしかに大きな禿を見たと思った。英子がベンチに背をもたせた。二人はそして期せずして、ここの夜空はやはり比較的澄んでいるなと思った。

草二もそれにならった。同じように間の抜けた表情で二人は春の夜空をながめた。

——英子はにわかに孤独を感じた。やはり事もなく終るであろう今夜の別れを想像した。すると彼女に一月前のあの怒りが激しくよみがえった。彼女の中でなにかが爆発した。……さっき、不気味に退いて行ったようだった潮が、こんどは津浪のようにいちどきに轟々と驀進してきて、それは白いチュウリップの影像を粉々に打砕き英子の耳を聾にした。英子は自分の要求の正体をかんじた。明瞭に把握された自分を感じた。歓喜があった。それは、全身でその潮の中に躍り込む鮮烈な勇気、めくるめくその自己の炸裂に似ていた。

玲瓏と整った白い花に見ていた啓示とは、それを粉砕したい慾望だった。英子は低く、強くいった。

「草二さん。私にあなたの童貞を頂戴」

　しずかなその顫え声の言葉が、草二に、目の前の空間で一回転してから襲いかかった。雷に打たれたように、彼は動かなかった。

「私は結婚したわ。私はもう処女じゃないわ。でも、ほんとうの意味で私から処女を奪ったのは、草二さん、あなたなのよ。あなたには罪があるわ。私、はっきりとあなたの童貞も、交換に私が奪ったとわからなきゃ、今の夫と落ち着いて暮して行くことができない。ね、奪われたのは私だけ？　いや。いやよ。そんなの……」しだいに自己催眠にかかるように、英子の声は熱をおび、低く、そしてふるえた。「——いや。そんな、そんな……」

いいながら、英子は草二の首を腕に巻いた。唇がわななき、声は喘いでいた。

「私、もういままでの私じゃない。私、あなたと約束を始める前の私にもどりたいの。今夜でもう、あなたとははっきり別れたいの。このままでは約束はいつまでもつづくわ。いつまでも私、百八十分の一だけあなたに取られてるわ。私の、私の夫のためなの」

　いう英子の唇を、草二のそれがあらあらしくおおった。固く目をつぶって、熱いものがその眦《まなじり》をすべりだすのを感じながら、英子は腕に力をこめた。指が草二のうなじに鋭く爪を立てた。

　唇をはなして、草二はいった。

「そうだ。そうしなきゃぼくたちの約束は終らないんだ。あのままでは約束はいつまでもつづく。今夜でぼくたちの約束を終らせるためには、いままでの六十何時間にない新しい瞬間をつくりだせばいい。新しいぼくらになったのを、おたがいに確認しあえばいい。ぼくたちの安全のための距離をぶちこわせばいいんだ。……」

このようなとき、このような草二の言葉ははたして滑稽であろうか。とにかく、このようなとき、言葉は呪文の役目を果せばいいのである。そして草二に真剣な力を湧かせるべき呪文とは、このとき、このような言葉の中にしかなかったのだ。草二はつづけた。

「いままで、ぼくらはおたがいを口実として、約束の方を目的としていた。それを逆に、いまは約束を口実に、おたがいを目的にすればいいんだ。本当はそうだったんだ。そうだ」

低いが、しかしほとんど叫ぶような声音だった。草二は、腕を英子の脇に差入れて立ち上った。強くひっぱられながら、英子は腰が抜けたように、下半身に力がなかった。膝がガクガクして、他人のそれのように思えた。崩れ落ちそうな空ろさを、草二に支えられて立ち上った彼女の耳は、一瞬、周囲にたむろする幾組もの男女の囁きを、木の葉を渡る風のそよぎのような深い静けさとともに聞いた。

喘ぐように英子は草二を見上げた。

「……私、あなたが私から奪ったのと同じものを、あなたから奪ってしまいたいの。それではじめて、私たち、もとの一人ずつの自分に戻れるんだわ。……」

英子は、空ろな眸をかがやかせて、病人のようにそぞろに歩き出しながらいった。かつての他人の侵害をゆるさない、無垢なプライドを誇っていた自分、その清潔な孤独さと自由が、そこにいきいきと恢復してきていた。――英子はいくどもこの言葉をくりかえした。そう。私はたとえ百八十分の一であっても、私を侵害した草二の影を、こうして排除するのだ。私は、こうして私の孤独の夾雑物を排出し、私の完璧な自由を、失った土地をふたたび回復するのだ……。草二のこんな呟きが、そのとき英子の耳にはいった。「――うん。そうだ。これではっきりキリがつくんだ。とにかく、ぼくたちは今夜で約束を終らせなきゃいけないんだ」

――そうだわ。これが私の求めていたキリだったんだわ。

いいようのない充足が胸をみたし、英子に、そしてやっと現実がかえってきた。胸を突かれたように、英子は立ち止った。頰に、急に夜目にも鮮やかな紅が昇った。さっきにわかに自分に襲いかかってきた得体の知れぬ感情の激発、大胆な発言の内容、意外な、突拍子もないその要求の実体が、一瞬、目から鱗の落ちたようなあからさまな羞恥となり、稲妻のように彼女を照し出した。

体が、新しく小刻みに慄えだした。針鼠のように、英子の全身には、無数のそんな目に見えぬ矢がささっていた。だから、強引に草二にひっぱられて、ふたたび歩き出した英子は、全身の劇しい苦痛に顔をしかめた。許しを乞うように、草二の横顔を眺めた。が、草二は期することあるような表情で眼眸を動かさなかった。無縁な道づれを英子はその彼に感じた。……悲しかった。空ろなその肉体の中で、羞恥はしだいに残照のように漲ぎり、熱くなった。

ふと、「約束」の終局に向って歩を進めている現実の夜風が、乾いた英子の眦に冷たくふれて過ぎた。まるで死刑台に曳かれる囚人のように、必死になにかを考えようとする彼女の心は空転をつづけて、いまは英子は力強い草二の腕にすがって、ただ僅かな生を呼吸しているだけのような気がした。――

築地の魚河岸が朝の世界であり、銀座がその店舗の開業時間のごとく、昼から早い夜にかけての世界であるとすれば、つづく深夜のそれは同様に西へ進んで、国電の路線を越えた烏森あたりであるといえないこともない。とにかく、公園を田村町に抜けた二人は、やがて烏森の一軒の曖昧ホテルの前に足を止めた。

二人は目を合わせた。なんの躊躇もなく、そして二人は同時にその軒をくぐった。肥った婆さんが、奇妙にそらぞらしいキンキン声でお泊りか御休憩かとたずねた。――部屋にはいっても、このような宿の軒をくぐるという想像上では多大の勇気を必要とするだろう行為が、軽くただ肩を押されただけで越えられる現実でしかなかったことに、英子はひどくおどろいていた。事情は草二も同じだった。彼は肩をすくめ、英子に笑いかけた。

——だが読者諸君。いくらなんでもこれ以上この二人を追うことは、あなたがたが許してくれても倫理規定が許さない。ここらでぼくはいったん引揚げ、しばらく二人を水入らずのままほうっておくことにしよう。どうせ九時にはまた有楽町にあらわれるだろう……。なに？　二人はもうあらわれない？　何故だ。約束から踏み出してしまったから？　もっと遅くなるだろう？　なるほど。しかし、こうは思われはしないか。二人はやがて、あの烏森の安ホテルの一室で、済ませた料理皿の上に投げ出された、丸められたナプキンのようなおたがいの行為の残骸を、それぞれ心の中に凝視しつつ暗澹たる放逸を感じとることだろう、と。すると、そんな無為の二人には、あと為すべきことといえば、帰ることのほかなにもない。だいいち英子は新婚ほやほやの人妻である。遅くなってはならない。もはや草二と別れぬつもりならともかく、別れるつもりであの宿にはいったのではないか。帰ってくることは必定である。——え？　それにしてもふたたび有楽町駅に来る理由がない？　いや、それは違う。誤解だ。あらわれない理由こそない。彼らは、もう約束を守らないとはいわなかった。今夜で約束を終らせたいといっただけだ。すべてはそのための努力だ。今夜九時、ふたたび約束を交さずに背を向けあうための努力である。ゲエムを途中で下りることは二人の趣味ではないし、能力外のことだ。第一それなら今日を待たずして、つまり今日の行為を待たずして、約束は破棄されていたろう。彼らはきっとゲエムをもとのところで終らせに戻ってくるに違いない。そう。あの律義で正確好きな二人のことだ。かならずや九時ぴったりにいつものところで約束を終らせにやってくるのに違いないのである。……

ところで諸君。諸君はたとえばエレヴェエタアを待ちながら、畜生、早くおれの階にやってこないかな、とじりじりすることはないか。そんなときもしあなたが八階にいるのだったら、一階などを指している針を、ぐっとひっつかんで一挙に八階へ持ってきてやりたくはならないか？　もちろんそんなことは不可能だ。できるのは神様ひとりである。それは時計の針についても同じことだ。だがしかし、時計の針をいっぺんにまわすことは、物語の作者には可能である。語り手として、作者は物語の時間を支配し、いや、かえってそのため退屈をあたえないことを読者から希望されているのである。ぼくとしてもこんなおしゃべりはつまらない。退屈である。よし。ではいっぺんに時計の針を九時にまわしてしまうことにしよう。そして皆で有楽町駅に行ってみようではないか。二人はきっと正確に九時に、あそこで別れるのに違いないのである。……おっと、九時きっちりにしてしまっては、二人の話が聞けない。それは別れる時刻だ。では頃あいを見はからって、九時五分前に針を止めよう。

さあ、ここは有楽町駅構内。さきほどの花屋の店頭である。九時五分前。さっきからもう四時間がたち、日がその間に沈み、ラッシュの時刻が去ったとはいえ、このあたりのありさまにはあまり変化はない。多少がらんとした感じの構内は、蛍光燈の照明だけに占められ、疲れたような、張り切ったような人びとが、あいかわらずぞろぞろと蝟集し、あいかわらずの混雑、混乱を呈している。強いていえば外光の消えたこの構内が、かえって明るく静かに見えることぐらいだ。――ただ、花屋の中は見ちがえるほど晴れやかに美しい。まるでそれはひとつの華やかな光である。数箇の自動車の前照燈様のライトに一時に照し出された店内は、そこだけ小さな舞台のように眩しいほど明るく、店に溢れた花々の色彩も鮮やかな生気に輝やいている。赤白水黄のカーネーション、黄菊、清楚な純白のマアガレット、舞いつどう桃色の花弁のデンドロリウム、アスパラガスの淡緑、その全部の後の壁に沿って、やさしく繊細な緑の茎で細やかな雪片を結び合わせたような霞草が、すがすがしく光を浴びて咲き乱れている。――どうも都会育ちのわれわれは、健康な青空や野原の背景でより、人工の燈下で見る切花のほうに、より「花」の美しさを感じるのかも知れない。さて、もう九時は間近である。

ほら。やはり来た。いま改札口からあふれてきたあの二人づれは、やっぱり英子と草二ではないか。きっと義理がたく新橋駅から電車に乗り、九時に間にあうよう急いで来たのにちがいない。すべてぼくのもくろみどおりである。どれ、では懸案どおり近づいて話を聞こう。

「――さあ、終りだね、これで」

いったのは草二である。眼鏡の奥に、明瞭にある感動が光っている。が、英子は答えない。一見して疲れているのがわかる。なにもいわない。ただじっと相手の瞳の中に、いまの自分の本当の姿を見ようとするかに眺め入ったままだ。……草二は、なにかをいおうとしている。が、いわない。案外、彼は、二人が新しい恋人どうしとして生きはじめているのを、その証拠を、必死に英子の表情から読みとろうとしているのかもしれない。見たまえ。あの目は正確に相手を見ている目ではない。むしろ自分の夢をつくろうとする目だ。

「いままでぼくは約束のうちにしか生きている自分を感じられなかった。ぼくを生かしたのはそう秩序だった。だがいまは逆だ。英子さん、はじめて、ぼくは……。いや、このことは止めよう。ただぼくが、いま、幸福なんてことを忘れているとだけいっておこう。いままではぼくらは、ただの約束の男、約束の女として、百八十分の一ずつの男女として、一月に四時間の『約束』を暮していた。だが、いまは違う。ぼくは草二、君は英子だ。べつべつな、百八十分の百八十の人間なんだ。もう、だからぼくは君に約束することができない。当然なんだ。約束とは、相手を、そして自分を、人工の秩序で限定してしまうことだ。ぼくにはもうそんな限定はない。もう約束ができる資格はない。——ぼくは君を失から奪いたくなるかもしれない。君からのがれたくなるかも知れない。とにかく、一人の男として、ぼくは君との未来を、すべて偶然にしかまかせざるを得ない。まるで運命を、天にまかせるように。……」

「そうね。天の秩序……自然の、偶然の、もう私たちの手のとどかないそんな必然の秩序。もう、私たちは二人の『約束』を生きるんじゃないのね。私たち一人一人の自由を、そんな一人一人の運命を、勝手に生きるだけね」

長い草二の言葉を引き取るように、英子はいった。眸は遠くすでに手の届かぬどこかを眺めている。――もしかすると、英子は先月のこの日に感じた贋のカタストロフの価値を、彼女に結婚を承諾させたその贋の価値の重さを、いま本当のカタストロフに居ながら、はじめて是認しているのかもしれない。

「そう。もう人工の秩序は消滅した。いま、ぼくらはおたがいに全的《トータル》な人間になっているんだ。やっとこれで約束の前に戻れた、いや、約束の外に出られたんだ。約束は終ったんだ。……さあもう九時。お別れだ。英子さん、六十八時間、どうもありがとう」

「ありがとう、私も。……さようなら」

「さようなら」

微笑して右手をあげると、草二はいつものように背中を向け、後も見ずに去った。その歩調は機械のようにいつもと同じである。……見送る英子は、英子に英子を見ようとして、かえって自分をしか見なかった草二とは逆に、その後ろ姿に自分を見ようとして、かえって正確な草二をそこに眺めていた。さびしさがその頰に宿ったのは一瞬である。草二に、誰にも知られない、彼のなかの深夜工事にのみ有効な自己を構築する作業が、成長があった季節は、すでに去ってしまったであろう。これから、彼は真昼、額に風を感じながら、新しく彼なりに生きて行くことであろう。——英子の頬の翳りは、すぐにけだるい微笑にかわった。それはわれわれが夕方の彼女に見たある充足、あの投げやりな疲労と清新な若さが奇妙に混合した、孤独で怠惰な安逸を思わせる態度なのだ……

——だが、なぜ彼女はいつもの階段の下で草二を送らないのだろう? なぜ仄かな充足の表情のままこの花屋の前を動かないのだろう? もう彼女の「約束」は終ったはずではないか。いまさら彼女に何があろう。……彼女は動かない。もう九時はとうに過ぎた。だが彼女は動かない。まだ動かない。これは意外である。

おや。改札口にあらわれた一人の立派な若紳士が、にこやかに笑いながら英子に近づいてくる。三十前後の温和な色白の男、商家の若旦那ふうの男である。誰だろう。相手はたしかに英子である。落ち着いた英子の表情が、微笑にほどけて、仔猫のようなつくった親しさが、ふと媚びるように浮かんでくる。意外の表情ではない。とすると彼女はこの男の来るのを知っていたのだ。いや、待っていたのだ。二人は親密に話しはじめる。が、言葉は聞きとれない。

男の柔和な瞳をながめて、英子は狡そうに目をそらせている。笑っている。——わかった。男は夫である。一週間前に結婚したばかりの、この英子の亭主である。そうなのだ。そうでなければならない。ついぼくは彼の存在を忘れていた。

「心配したよ、本当に。結婚当夜に行方をくらますなんて……。どこに行ってたんだ？」

「……お友達のところ、学校の。……」

「あの晩から？　……一週間も？」

「ええ、ずっと……。だから、ほら、着のみ着のままなの」

「……まったく、とんだわがままな花嫁さんさ。おどろくべきお嬢さんだよ。七日間、怒るよりぼくはむしろ呆れてたね」

男はたいそうな上機嫌だ。

「やっと、でも決心がついたらしいね。今日九時半にここへ迎えにきてくれと君が電話してきたとき、じっさいぼくは嬉しかった。一週間我慢して待ったが、結局それが無駄にはならなかったんだからね」

「ごめんなさいね、私、子供だったの」

おそらく、二人はこんな会話をかわしている。――そうなのだ。夕方はじめて見た彼女に、どことなく憔悴した投げやりな印象、大人の名をあたえられた少女の印象、そして少々だらしのない安息があったことは、つまり自分の席をはっきりと持たぬ彼女の、いわば家出娘めいた孤独のせいだったのだ。……なるほど。これですべては符節が合う。英子は、いわば初夜を待たずに逃げ出した花嫁。つまり処女の人妻なのであった。

「わがままして、ほんとうにすみません。ばかだったわ、私。……でも、もう平気。もうわかったの、はっきりと。私、立派にあなたの奥様になれるってこと」

「そんなこと、いままでわからなかったの？」

「ええ、ついいままで。今日お電話したときでさえ、わからなかったの。たぶん、今日の九時頃までにははっきりわかるだろう。そんな気持ちで私、お電話してたの。そしてやみくもにお友達の家を出たんだけど、やっといま、ほんの十分ほどまえにそうわかったの」

「もしわからなかったら、君は……」

「わかんないわ、それこそ。だって私、なんの当てもなかったけれど、でもわかるってことだけは信じてたわ。やはりわかったわ、そして」

「じゃ、帰ってきてくれるんだね、ぼくのところへ、やっと……」

——見たまえ。いま、幸福に英子は頰笑んでいる。すぐ、それは夫にもうつってきた。

二人は、どちらからともなく手を取り、いつか二人して一つの笑いを笑っている。それはきっと他人の目を逃れたあと、別室で新婚の夫婦がかわすだろう、あの半分ずつ幸福を受け持った、ほっとした、どこかおずおずした、しかし少くともその瞬間だけは切り離すことのできぬ化合液のような笑い、あらゆる夫婦間の出来事の予兆を、一瞬そこにかいまみせる二人だけの笑いである。男も女もなく、そこには夫婦という一つの単位しか見えないのだ。そう。この瞬間、はじめて二人は本当の夫婦としておたがいに存在しあったのだ。甘えるように英子は二度目の男の手をとり、出札口に向う。

「下高井戸、二枚」

かすかに、男の声がひびく。

形のいい白い額に、青白い光の破片をのせ、英子が切符を受け取る。赤いパンプスの疲れた動きに、ゆっくりと歩度を合わせながら、男は紺いろの小さなその肩を抱くようにして、改札口を通る。仲良く、そして二人は同じ階段を上り、人ごみのなかへまぎれて行く。小さなその二人の後姿は、やがてかれらのあらわれてきた駅の雑踏のなかに、ふたたびもとのようにその姿を消し、そして、ぼくの視界からも去って行くのである。

遠い青空

僕の疎開していた神奈川県の二宮《にのみや》という町は、三浦・伊豆とならぶ二つの半島の根もとを北にゆるく抉った相模湾の、海岸線の恰度中央辺りにある。東京から東海道本線に乗れば、茅ケ崎、平塚、大磯、二宮の順序でざっと一時間半あまり。小田原や国府津の手前である。後になって湘南電車が開通して時間もいくぶん短縮されはしたが、そのころ、僕はまだいわゆる汽車にのって、採光の悪くいたるところ窓硝子の破れた埃っぽい車内で押しあいへしあいをしながら、週に五日、三ノ橋の焼ビルを改装したK大の旧制予科の仮校舎に通学していた。当時日吉の本校舎は、占領軍のコックの学校になっているという噂だった。

ある冬の日の帰途、僕は平塚で定期を見せて下車した。別に大した理由はない。満員の乗客に押されてフォームに一足先きに下りた僕は、そのままそこで降りる人々の渦にまきこまれて、ごく自然に、——というより、抵抗する気も起こらないまま、人々といっしょに階段を上り、改札口を過ぎてしまっていた。目的も意志もありはしない。またさして強い衝動のせいでもない。まあ、どうせ真直ぐ家へ帰ったって配給の馬鈴薯とミソ汁の夕飯、それに待っているのは停電くらいのものだ、ままよ、ちょっと気の向くまま時間をつぶしてやれ。強いて言えばそんな気まぐれのせいだったろう。とにかく僕は足の赴くまま、ぼんやり駅前の広場に出た。

東京とちがって高層建築のない田舎都市の空はひろい。焼けてまだいくらも経っていないせいもあって、それも特別に突き抜けたように高く、だだっ広く感じられる。その平塚の空いっぱいに夕闇が青黒く澱んでゆき、低い商家の窓々に競走するみたいに明りが灯りはじめてゆく時刻だった。僕は独りを感じ、ちょっとスリリングな気持ちで当もなく町を歩みはじめた。自らの意志でこんな所で道草をくうなんて初めての経験だったし、やっと十八とはいえまだまだお坊っちゃんの僕には、それはささやかながらも一つの冒険に違いなかった。恰度旧正月の季節で、疎開人種から取上げたらしいチグハグな絹物の衣裳を身に飾って、白壁のように塗りたくった安白粉の剝げかけた娘たちが、それでも娘らしいしなや嬌声をつくりながら、まだひけらかし足らぬ物欲し顔で、お祭りの夜みたいに三々五々大通りをぞろぞろと無意味に歩いている。いくら派手な着物を着いくら白粉を厚く塗っても、その下には太陽と潮風に鞣された健康な皮膚と巌丈な体軀とがあり、風船のように緊張した巨大な尻や時々袖口から露わになる逞しく太い腕に見えるように、その娘らしい動作に影のように添って武骨で明るい土の匂いがあった。

上気した眸は黒い石のおはじきのようで、放心と疲労とが美しく無心に輝いている。僕は彼女らの無邪気なデモンストレエションに紛れて歩きながら、何の拘束もない自分の自由に満足し、ついでに彼女らに好意さえ抱きはじめていた。椿油や化粧品の匂いにまじって、通り抜ける度に彼女らは汗ばんだ若い女の匂いを撒く。眇《すがめ》のような不器用な眼つきで不意に愛らしく僕を睨む。赤く毒々しい分厚い唇が笑いかける。笑いかえそうとしながら僕は、ひょいと、まるで僕が知らない男になってしまったような、奇妙に快い錯覚をおぼえた。東京や、二宮での自分とはあきらかに違う自分が、僕の服を着、僕の脚で歩いている。……急に、夢のような架空な快感が、不思議とスリルに富む生々しさで僕をとらえた。胸がドキドキしてくる。僕は歩きながら、こみあげてくる得体の知れぬ嬉しさにひとりでニヤニヤ笑いはじめた。僕は、いま糸の切れた凧のようにふわふわと空中を漂う、位置も重みもない架空の一点にすぎない、一つの自由意志という抽象的な存在に化しているのだ。だから、名前もない。役目もない。話しかけられもしない。決定を要求されもしない。特定の学校の生徒でも、特定の家族の息子でも兄でもない。それは、家計や姉の縁談まで相談される十八歳の戸主（父を亡くした僕の家で男は僕一人だった）の僕にとって、胸の躍るような開放の意識だった。現実の条件のいっさいを脱れて、僕はいま、一人の任意の男である。僕は僕ではない。僕でなくていいのだ。今は僕は、均質で平等な、群衆を構成するその単位の一つにすぎない。……そして僕は、深海魚がふいに海面ちかくにポッカリと浮かび出たときのように、その信じかねるほどの自分の身の軽さに、ひとつの膨脹しきった浮袋を、浮袋の中に充満した空白をかんじた。空白とはつまり僕の消滅したあとの空虚なのだ。いわば僕はその身の軽さに「僕」の死を感じたのだ。

深海魚は海底の暗さと水圧の高さなしに生きることができない。だから僕の感じたスリルとは自殺のスリルだったとも言えるだろう。いつもの僕は死んだ。いつのまにか、快適な自殺を遂げ消滅してしまっている。いま、ボクはカラッポである。ボクは居ない。ボクは無である。……何故かその意識が、僕を青空の恍惚にさそう。ひろびろとした自由の天国に誘う。僕は頬をかすめる寒風も空腹も忘れ、暖かそうなショオルに肩をつつんだ女たちの後を追って、意志すらなくしたようにしばらくは群衆の動きにつれて町を歩いた。生れてはじめての、それは幸福でしかも肉感的な、僕の雲の上の時間だった。……確かに、そのとき僕には未知の僕がめざめかけていたのだと思う。僕は、いつものそれによって一つの役割を強制される現実の受身の状態を、すっぱりと捨て去っていることに、むしろ男性的な潑溂さすら誇らかに感じていた。通りすがりに、アセチレン瓦斯くさい女たちの肌の匂いがする。あたりはすっかり夜になってしまっている。僕はいつか外套の襟を立てて、(学帽なんて持ってもいなかったのだ) 鞄を脇にかかえこんで、ヤクザみたいなことさら肩を張った歩き方で、黄色い裸電球の光に洗われる桶の中の馬鈴薯のような土臭い雑沓をいくども往復して、いつもなら顔をしかめてそっぽを向くにちがいない娘たちの赤く霜焼けのした腕や臼《うす》のように重い胸に、わざと肩をぶつけたりもして歩いた。少し金があったので僕は菓子屋で塩餡の牛糞みたいなソバマンジュウを食べた。それから本屋でエロ本を立ち読みした。もう少しで僕は本屋の前をすぎる娘たちの一団に話しかけるところだった。すべての風景がたまらなく僕にたのしかった。そんな僕の朗らかさは、或いは無の明るさだったかも知れない。風景というより、僕はすべてに僕自身の透明な空虚をうつし、うつっている僕の無を楽しんでいたのかも知れないのだ。ふだん真面目な顔を役目のように装っていた僕の、それは潜在的な、その日暮しの旅ガラスへの憧憬だったというのか、また隠されていた青年期の興味の露出だったというのか、とにかくそんな行為の一つ一つが何の気恥ずかしさも要らず、僕にはただ素直にたのしかった。

その日の、たかだか一時間ほどの幸福の記憶を、いまだに僕は忘れない。……胸のドキドキするほどのたのしい道草の味、そのとき初めて紹介された未知の僕、任意の存在となることの魅力、それは現実の僕にとって、地上にたいする青空の位置にある僕のすがただった。そして、僕はそれからというもの、積極的にそれらを僕の中で生かしつづけてゆこうと努めはじめたのだ。新しい自分を身に識ることには、一種淫美な快感さえもあった。新しい自分――それは、からだこそ大きく一見タクマしいくせに、ラグビイ部の先輩からの強制のような勧誘さえことわり、どの部会にも属さずあまり友達とつきあおうともしない、小心者で臆病で、つまり狷介な内実の東京での僕（僕は疎開さわぎのため動員に一日も参加しなかったおかげで落第していたし、一年上の前の同級生たちの会話には訳のわからない方言のような、動員中の共同生活の匂いがする特別な語彙や語法を感じて、とてもついては行けなかった）、クラスで常々眉を寄せて黙々と孤立している学生の僕でもなく、二宮の母と姉妹だけの家庭での、家計簿を十日目ごとに検閲する分別くさい几帳面な長男の僕でもない、一人の別な男だった。……そうして、その夜からというもの、僕は「道草」する愉しみにすっかり病みつきになってしまったのだ。

――今でも、僕は誘惑とその動悸とを、楽に思い出すことができる。学校の帰り、少しでもポケットに金の持ち合せがあると知ると、もう僕は落着けない。むしろ、汽車が平塚の駅につくのを、目をつぶって一瞬でもいいから忘れ去りたいような気分になる。駅が逃げればいい、永遠に着かねばいいとさえ思う。――全く、それは僕たちが今、黄昏の銀座をホッツキ歩きながらふと襲われるあの様々な誘惑の不可解さに似ている。休みの日にそこへ出掛けたいというわけでもない。要するにそれは帰路に限られているのだ。――三度に一度ほどの割で、僕は誘惑に負けた。茅ケ崎をすぎると、僕は苦労して満員の車内を押し分けて手洗いに入る。それが誘惑に負けた第一のしるしだ。そこで僕は髪の毛をわざと適当にみだし、詰襟の学生服の第三釦までを外して、固い襟をつかんでぐっと裏返えす。下のワイシャツにはちゃんと亡父のネクタイが結んである。ズボンは勿論替ズボンだ。あとマフラアを按配して学生服をかくせば、上には冬の外套を着ているから、少々貧弱だがそこに一人の青年紳士が出現する。何喰わぬ顔で僕は表に出る。そして僕は、汽車が平塚駅の構内に入ってゆくのを待ち兼ね、片手でデッキの鉄棒にぶらさがると、右足をぶらりとそとに垂らす。やがて靴先がフォームのコンクリイトを擦りはじめる。信じて貰えるかどうかわからないが、それはひとつの淫らがましくすらある恍惚にさそう、開放がはじまる合図であり、また僕の平塚への「今日は」なのだ。汽車がガタガタと肩をゆすってフォームを深く進んでゆくに従い、靴底のザラザラした抵抗の速度も徐々に下火となる。僕は飛び降りる。そうして、傍目もふらず口笛でも吹くみたいな晴れやかな顔になって、さも用事ありげな速足でフォームの階段を上ってゆくのだ。僕は、すでに「無名氏」になってしまっている。

それは、母も姉妹も、また学校での友達も誰一人として知らない僕の秘密だった。僕はそれがバレるのを極端に警戒した。そこでの僕を人々に知らせることは、それを東京や二宮での生活に持ち越すことだし、そしたら折角のその愉しみは、その存在理由といっしょに消失してしまうだろう。僕にはそんな一種の信仰があったようだ。同時に、僕はまた、他の場所での僕を平塚に持ち込むことも避けた。本屋に入っても、真面目な興味をひく本はわざと東京での僕にのこして手も触れずに、いわゆる通俗なスポーツや娯楽・エロ雑誌の類いばかりを立ち読みした。映画も名画といわれるものは敬遠した。しかし、白状するが、冗らない映画に欠伸ばかりしていたのも事実だった。きっと僕は映画への興味というより、一人でそんな愚かしい映画を気楽に眺めている、自分の無責任でヤクザな立場そのものに快感を感じていたのだろう。僕は、両方の僕を混同せず、夫々の区別を厳格に守ってこそ、自分を歓ばせている僕の二重性が維持できるのだと信じていた。僕はだから、いわば平塚での僕を他でも秘密にして置くように、他での僕を平塚で秘密にして置きたいと考えたのだ。

たいてい、僕は駅前のイチノセという菓子屋兼喫茶店みたいな店に鞄などを預けて、それから当時平塚に三軒あった映画館のどれかに入った。それがすむと、もう当なんてない。海岸まで散歩したり馬入《ばにゅう》の近くまでさまよったり本屋をのぞいたりして、訳もなくぶらぶらと町中を歩きまわる。——駅からまっすぐ北に行くと、八幡神社がある。戦前はその右が飛行機工場、左が海軍の火薬廠で、おかげで全市は爆撃で丸焼けになった。そのころは火薬廠あとに万年筆工場とゴム会社とが看板を立て、飛行機工場のほうは自動車会社にかわって間もなかった。たぶん僕は殆ど全市中を歩きまわったろう。市はまだ立ち直れず、いたるところに焼跡があり、中心部ちかくにもここかしこに畑がある。何か銹びた金属の鉄気《かなけ》くさい匂いや肥料の臭気が漂う道路は、都市計画か八間幅ほどのだだっぴろさで、風が吹けばもうもうと物凄い砂埃りが立ち、雨が降ればたちまち泥濘に化してしまう。よくある田舎の都市みたいに、平塚も中心部をのぞけば田園都市といえた。でもすべての緑までも薄汚れて、さした歴史がないせいか、平塚は品位とか伝統の美しさとか、情趣にははなはだ貧しかった。

喫茶店。映画。散歩。喫茶店。――平塚での僕の運動の、それはほとんど唯一の形式であり、順序であり、循環であった。そして、僕が一寸したことから一組の男女と知り合いになったのは、ようやくその繰返えしの単調さと町の平凡さに鼻白みはじめた頃のことであった。

三つの映画館のうち、唯一つの洋画専門のL劇場というのが、須賀《すか》と呼ばれる市の東南の一角にある。そこは、小さな漁船の船着場を東に控え、平塚も馬入寄りの外れにある、もっとも人気の荒い土地だという噂だった。それがそんな土地のせいかどうかは知らないけど、僕が彼らと知り合ったのも、そこで売られた喧嘩が発端だったことはたしかなのだ。

苗字は知らない。その男は大五郎という名前だった。自己紹介によれば渾名をドンダイといって、自分じゃドン・ファンのドンだろうと言ってたけど、後で知ったところではドンカンのドンでもあったらしい。与太者にしてはめずらしい気持ちのいい僕と同い年の男だった。

春が間近かかったとはいえ、それはまだ猛烈に寒い日だった。道ばたの白梅が凍りついたように固く、細かく顫えていた。僕は三時まえにすでに平塚に着いていた。……すでに書いたように、しかし僕は平塚でくう道草にそろそろ厭きはじめていた。生活というものはいつも一種の形式の繰返えしなのだろうが、そこに下車しようとする度、僕は自分が芸もなく同じ形式をくりかえしてしかいないことに、決して夢でも架空でもない、実生活のその重みと味気なさといったものを、やがて感じはじめたのだ。当然僕は退屈した。なにかとんでもない変化を心待ちにしていた。そんな僕は、自分の反射的な行為とか気まぐれといったような、僕の軽率さを恃むような気持ちでもいた。大体、僕は自分の生来の軽率さをそんなに憎んでも嫌ってもいなかった。もしかしたらそれは僕を思わぬ方向にみちびき、僕を変えてしまうかも知れない。未知への遁走に役立つかも知れないのだ。そのころの僕にとって、未知とは危険のシノニムでもあったろうが、中途半端なままで終ろうとしている状態の僕の冒険趣味には、そんな軽率さでも大切だった。勿論、だからといって何でもかでもにそそっかしく首をつっこんでみようと決めたのではない。その日の突飛な僕の行為には、そんな心理的な底流があったというだけの話だ。つまり、僕はその日L映画劇場の中で、隣りに小柄の可愛いい少女が座ったのを幸い、ふと何の気もなくその手を握ってしまったのだ。強いて大胆になったのでも、意識的だったのでもない、ごく自然に……というのも変だ。いわば、ごく遠慮なく、といった動作だった。温和しく手を握られたまま、少女は首をめぐらして僕を眺めた。僕は真赧になった。だって、女の視線は明らかに次の行為を待っていると思えるのに、僕は突嗟に何をどうすればいいのか、まるきり見当がつかなかったからだ。と、そのとき「変化」が来た。後から肩がぐいと小突かれると、おい、ちょっと表へ出な、とお定まりの文句が、押し殺したような男の太い声で耳たぶに当ったのだ。

一瞬救われたような気がした。定跡どおりの小説の中を歩いているような気もした。ひどくしらじらしい気持ちもした。しかし次にたちまち僕を襲ったのは氷のような恐怖だった。あらためてカーッと首筋から全身が火照りはじめてくる。でも、止むなく僕は素直な女の柔い手をはなして、男について映画館を出ると、裏の板塀にかこまれた細長い空地に出た。男はガニマタをふんばって僕を睨んでいる。ドン・大五郎との、それがはじめての対面だった。

だが僕よりざっと四、五寸は低い、肩の筋肉の盛りあがったその男は、茹でたカニみたいに角ばった平たい顔を紅潮させ、垂らした両手の先におどろくべく大きい石斧のような拳をつくって、正面から僕を睨み倒そうという猛牛みたいに立ちはだかっている。僕は憂鬱であった。もともと戦意のないのを認識して、僕は鼻血を出してながながとノビているウドの大木みたいな悲惨な自分の姿を思うと、なさけないがまたひどく滑稽な気がした。すべてがバカバカしく、恐怖というより、すでに白ちゃけた諦めがきていた。腕力の自信なんかあろう筈ない。卑屈に地に両手をついて詫るなんて造作もなかったのだが、彼の口汚なく吐きかけてくる罵倒のセリフは符牒や訛りのため聞きかえさずに殆ど理解することができず、そのうちに彼はいよいよ怒りはじめ、詫る機会なんてどこかへ行ってしまった。イキリたって顔を真赤にしたムキなその男がおかしく、つい、ニヤニヤと僕が笑ったのがキッカケになった。男は「オンバアを脱げ!」と大喝した。

もう仕方なかった。逃げられっこはなかった。僕は学校の屋上で毎日のようにみる喧嘩を思い出して、一応、応じる姿勢だけはとった。不思議に、するとはじめて闘志が湧きはじめた。僕だって一つや二つの手ぐらいは覚えていた。

そのとき、睨みあった男の顔に、やにわに悪戯を発見された子供みたいな弱々しい狼狽がうかぶと、何かに射すくめられるように彼は棒立ちとなり、僕にはお構いなく別人のようにしおたれ首を垂れて立ちすくんだ。——振返って、僕は背後五米ばかりのところに、先刻手を握った女が寒そうに白い雨外套の襟を立ててじっと嶮しい表情で男を睨みつけているのを認めた。

「大《だい》ちゃん、あやまんなさい」

「……だけんど、よう、ミサ……」

するとその小柄で円顔の女は、おどろくべきことを言った。

「このひと、きっと強いわ。きっと東京の与太者さんよ、あやまんなさい、大ちゃん。喧嘩なんか、やめるの」

しばらくは僕はそれが自分のことだとは思いも寄らなかった。僕は振返ったまま、赤々と燃える夕映えを背にうけ海岸の塩気を含んだ湿っぽい風に毛をなぶらせて立つ、怒気というより恐怖を面にあらわした少女の、小さな蒼白い顔に茫然とみとれていた。彼女の声はテキパキした江戸っ子の口調だった。少女は同じような焦点のない声で、今度は呟くように言った。

「このひと、きっと自信あるのよ。だから喧嘩なんか、しないわ」

そろそろと大五郎が近づいてきた。緊張した無表情な顔で、僕は振返った。

「……すまねえ、兄キ、お見それして」ピョコンと頭を下げ、叱られた小学生のように意気を喪失して、彼は上目づかいに僕を面映ゆそうにちろちろと眺めた。少女の言葉は、この男に意想外に強力な効果をもっているのだった。

なにか異常を感じながら、僕がさっぱりわけがわからなかったのも無理はあるまい。女はさっきと同じところをみつめたまま観音様のように動かない。喧嘩相手は何もしないうちに僕の傍で詫っている。どうやら僕を東京のヤクザとまちがえているらしいが僕は自分がダマされているようなへんな気持ちだった。——よし、じゃ僕ごとこの嘘にダマされてやろう、そう僕が決心したのは、しばらくして、とにかくこれで鼻血を流さずにすむと見きわめをつけてからだ。僕はできるだけ唇を歪め軽い吐きすてるような口調で、「そうか、じゃ喧嘩は止そう。俺は杉田って言うんだ。このへんに顔見知りのねえ男だ」と言った。もちろん本名じゃない。杉田と言うのは、六尺ゆたかの大男であとで土建屋に入った、僕のクラスの与太者の中では親分だった男なのだ。

「……お嬢さん、どうも失礼しました」ついでにふてぶてしく僕は言って、はじめてその同じところを動かない色白で首の細い、どこか子供っぽい感じの女が、焦点のない瞳をひらいたまま、唇を細かくふるわせているのに気づいた。頰に泪のあとが光って、少女は放心しているように見えた。大五郎がとんで行って彼女を支えるのを、異様な衝撃をかんじたまま、僕はぼんやりと眺めていた。彼方には、雲間を射し貫く幾条かのはげしい赤光が天に昇っていた。

その日、それから駅前のイチノセで、僕はこの奇妙なカップルと友達になった。大五郎はまずくどくどと自己紹介をしてから、女を紹介した。女は美佐といって、意外にもやはり同い年だという。もうすっかり元気だったが、あまり口をきかない性質《たち》らしく静かだった。——美佐。白い雨外套の袖からのぞく真赤なセーターの手首が、びっくりするほど細い。しかし決して瘦せてはいない。華奢な、しなやかな骨細のからだだった。血管の透けて見えそうな白いなめらかな皮膚にも、すこしまくれた紅のない淡いさくら色の唇にも、切長の一重の目も、どこか稚い病弱な少女のような果敢《はか》なさが感じられた。片頰にやさしい微笑をうかべたまま、美佐はほとんど口もきかず、瞳も、ちらちら僕が見る毎にたいてい放心したように壁の一点をみつめている。すべて動作のおおような、怠惰な、無表情な、いつもくたぶれたような目つきの、……そう、いつも男から何か働きかけられるのを待っているような感じの女だった。僕はやっと彼女が東京生れのことを聞き出したが、美佐のことについては、何故か彼女自身も大五郎も、妙に寡黙で語ろうとしない。僕は二人の関係がどうもよくのみこめなかった。

大五郎は、しかし、疑いというものを持たない男だった。杉田さん、杉田さん、と嬉しそうに僕を呼びはじめて、僕が面白がって話すでたらめなギンザのヨタモンの出来合いの身の上ばなしをなるほど、うん、よくわからね、とすっかり信じこんでしまった。そのころになって、やっと僕は自分の危険な軽率さに後悔をはじめた。そこで仲間の仁義という言葉で、僕は僕についての一切のことを固く彼に口止めした。大五郎は気負いこんで言った。

「絶対に口外しません。誓うですよ。なあ。よう、美佐?」

美佐はおどろいたように瞳を戻して、にっこりと肯きながら僕に笑いかけた。その遠いところに生きている人のような、奇妙に関心のない笑顔に、どう応えてよいか迷いながら、僕はしかし、とにかくそれで一応杉田という新しい僕の存在が確認されたのといっしょに、しばらくは身の安全が確保されるだろうことを感じた。

だが、不安は募るばかりだった。いつ、このウソツキ奴、と擲りとばされるかは判らないのだ。すっかり臆病ないつもの僕にかえって、僕は大五郎が、この土地の彼の属する宮松組とかいう与太者の組織について長々と喋るあいだ、河岸《かし》をかえるべきかどうか考えていた。危険とその恐怖は大きかった。しかし僕には、自分がまた道草をくわずには居られないのもわかっていた。嘘が嘘を生んでゆく、そんなときの自分の弱さもわかっていた。結局のところ、なるべく偶然にもこの二人に逢わないようにすればいいのだ。僕はそう思った。しかし、それは相不変平塚へやってくるということでもある。

大五郎が、疲れたという美佐をつれて二人して店を出て行くとき、僕はじっと美佐の後姿を見送っている自分に、はじめて先刻からの逡巡の原因を見たように思った。すでに僕はそのとき自分の弱さに裏切られていた。僕は美佐を好きになってしまっていたのだ。

しかし、子供らしいストイシスムのせいか、僕は自分が美佐を好きになりかかっているのを知ると、かえって楽に平塚を素通りすることができた。道草の味や与太者の恐怖を忘れて、僕は平塚に寄らないのはその美佐のせいだとさえ思い込んだ。他人を愛するより、自分が孤独であることの確証のほうを大切にしていたい年頃のせいもあって、好意をもつ異性にたいして、接近より自己抑制することのほうがそのとき僕には容易だった。

一週間目の午後、だが僕はまたイチノセにぶらりと入って、そこに大五郎と美佐が並んで坐っているのを見たとき、白刃を擬せられたような恐怖に立ちすくんだ。美佐への傾斜をどうころがり雪崩れおちてゆくかわからないという空想的な不安より、僕は嘘がバレたのではないのかと真剣に甚だ現実的な心配をしたのだ。もしも大五郎がそのとき僕に笑いかけなければ、僕は後を向いてきっと一目散に遁げはじめていたにちがいなかった。

「やっぱりここに寄られたね」大五郎は他意のない朗らかさで言った。「今日も外映を観られるですか?」

「いや……」慌てて僕は言った。「今日は海岸のほうでもぶらつこうかと思ってたんだ」

「汚ねえ海岸だよ。今日は天気がいいが、……でも浪は荒れてんだろう」

大五郎は途中から独白のようにいうと、美佐に、やさしい子守りみたいな口調で言った。「どうしる? 美佐。……杉田さんと散歩すっか?」

じっと僕の顔をみつめながら、美佐ははじめて白い木実のような歯をみせて笑った。それが同意の合図だった。このまえと同じ雨外套の美佐は、よくみると毛が濃く、生え際がせまっている。揉上げの長く生えそろった毛がよけい顔を小さくしていた。そして、目のふちと鼻のわきに細かな雀斑《そばかす》が散って、皮膚には脂が浮いてみえた。

それでもイチノセを出るころになると、僕はすっかり落着きを取戻した。美佐は想像していたよりか綺麗じゃない。貧弱な発育不全みたいな温和しい小娘にすぎない。歩きながら、やたらとパットを詰めた背広に毛布の切れ端しのようなマフラアをまいた、小男の大五郎が何か僕にしゃべりかけるたび、笑みを含んだ美佐の物しずかな顔が肩ごしにこっちに向けられるのを感じて、僕は甘い得意な気持ちだった。それに大五郎は、どうやら僕を信用しきっている。うきうきした口調には、率直な好意すら感じられる。すっかり気をよくして、僕は彼を相手に気まぐれな空想をペラペラとしゃべりまくって、それを僕の実際の経験のように思わせるのに熱中した。とにかく大五郎はその日海岸につくころ、僕を兄キ、ギンザの兄キと呼びはじめていたのだから。

歩いて、二十分程の距離であった。ひろい砂浜を前にした小高い枯芝の丘に立つと、突然、思いがけぬほどはげしい潮風が、真正面から僕らの顔に当った。海は、目の高さからまるで傾斜した青瓦の屋根のようにこちらへと雪崩れてきて、幅ひろい鳴動が赤土の丘を撼《ゆるが》す。一面に三角の白い旗に似た風浪《かざなみ》が立って、海は渚からはるか離れた僕らにまで、細かな繁吹《しぶき》を冷たく散らしてくる。つよい風は時に砂粒すら混えている。僕は両手で顔をおおう美佐の、下腹部に密着した白い雨外套に、あきらかにその二本の腿の太さを見た。

日当りのいい海岸には一人の漁師の姿もない。丘ちかくまで、幾艘かの漁船が引上げてある。いつもその船を岸辺に曳くワイヤア・ロオプの杭は、灰いろの砂丘のかげで烈しい砂塵に打たれている。——僕らは早々に烈しいその風を避けて、小丘の裏の若い数本の松のある窪地で、言い合わせたように横になった。そこには嘘のように風が無かった。

濤の音が、頭にひびいていた。仰向いて枯草を枕にしながら、僕はまるで意外な発見のように、視野いっぱいにひろがるよく晴れた青空をぼんやりと見ていた。澄明な光を湛えた巨大な泉みたいな天空のなかに、なにかを覗きこんでいるような気持ちがする。皮膚の裏側まで光に洗われてしまったように、そのとき僕は空虚だった。

「私、こんなに眩しい青空なんて、嫌い」

ふいに美佐が言った。彼女は僕の左に並んでいた。しばらくして、僕が言った。

「……じゃ、どんな空が好き?」

答えはなかった。見ると、美佐は仰向いたままの横着な姿勢で鏡を出して乱れた頭を直していた。僕の視線にきづくと、彼女はにっこりして顔を僕のほうにずらした。それから芋虫のように、背をそらし、横目で僕をみながら腰をずらして、二三度そんな動作をくりかえすと、両手で鏡を持ったまますぐ近くに来た。

「……私ね、黒子《ほくろ》が顔に五つもあるのよ。小さいけど。でも今みたらこっちの眉毛の中にも一つあるの。だから六つ。……」

「眉毛の黒子はいいんだ。お金ができるんだってさ」

「あらそう? うれしいわ、それじゃ。……ね、見て」

眉のその黒子を見せるようにかぶさってくる美佐を避けて、僕は半身を起した。仰向いたまま、何故か声を立てて嬉しそうに笑う美佐を、大五郎が鎌首をもたげたように、真剣な興味にみちた目でながめていた。真面目な、いわば敬意に充ちたやさしい目つきだった。僕は、そのときはじめて大五郎が、まだ美佐を犯していないのを知ったように思った。……肩をゆすって、彼は僕にしょっぱい顔で笑いかけると、弁解のように言った。

「俺、このところどうもへんなゲップが出てやりきんねえ。俺、珈琲、だから好かないすよ」——

その日、僕はすこぶる上機嫌で彼らと夜おそくまであそんだ。もうすっかり安心してしまっていた。以来、僕はこの無邪気なカップルを信用して、朗らかにイチノセで待合せしてつきあうようになった。——勿論、相不変僕は杉田だった。そんな嘘は、しかし、一つも心には咎めはしない。僕はドンダイをつかまえてでたらめなホラを吹くのが面白くて仕様がなかった。彼の口の固さは、確かに一寸類がなかった。だから何の警戒も要らない。僕は彼を相手にして僕の空想力を野放しにする。話してゆけばゆくほど、僕は自分がどんなにみっともない、だらしのないチンピラ不良に僕を似せようと専心しているかに気づいてくる。クリミネル・チャイルド。それは一つの無頼な夢の具現なのだ。戦争のおかげで人並に家族というものの結合のはかなさを充分に理解しながら、しかしやってきた平和な社会の中で、現実にあいかわらずその家族というしきたりの中に、厳重に身動きもできぬ位置や役目とともに、しっかりと僕は嵌めこまれてしまっていた。そして僅か十七か八で、家庭の金銭上のことはおろか、家族の揉事とか生計の相談、姉の縁談とか親戚の家のいざこざの交渉まで、否応なく背負いこまされていた僕の、それは真剣になれる唯一つの遊びだった。だから、せめてこの平塚で実現し、大五郎に説得したかった僕の像とは、つまりそんな家族内で信用されているのとはまるきり逆な男だった。……だがそんなことはどうでもよい。とにかく、僕はそこで懸命に現実の僕を抹殺し、口先きだけででもそれから遠くへと逃れるのに、自瀆に似たある秘密な愉しみを味わっていた。そう、それはまるで初めての道草の宵のような、東京や二宮でのシカツメらしい僕が、緩慢な死を遂げつつあるという快感でもある。そして、こんど生れた新しい僕は、もはや任意の男ではなく、ホラ吹きの一人のヤクザなのだ。テエブル・マナアの知識を開陳したときのことだ。ついに、僕は自分がある華族の妾腹の息子で、家では事々に虐待されるが、将来はカタギのホテル経営者になるつもりで、来年からはそのホテル学校に入学するのだという、奇妙な実話までつくりあげた。

ところで、美佐は、……いや、美佐のことを書いてしまう前に僕のアルバイトについてふれておこう。

平塚での数時間は、当然、不自由のないていどの小遣いを僕に要求する。財布はすぐカラッポになる。都合しようにも、僕はそれまで自力で一銭も稼いだことさえない。——だがいったん平塚のことを口外しないと決めた以上、金を費う理由を明らかにすることはできず、そうそう家計からへソクルことはできない。僕は家計簿を一々検査する僕の役目と、その家計の予猶のなさを呪った。内幕を知らなかったらかえってネダれるのだ。僕は責任上、使途不明の出費を母に納得させることはできない。内幕の苦しさを知ればなお出来ない。困じはてて、僕は父ののこした本を整理のため売るという口実で、そのいくらかを着服することに決めた。……だが、すると運のいいことに、その茅ケ崎の古本屋で、アメリカ煙草が安く手に入ることがわかった。僕は早速本を売った金を資金に、洋モクのブロオカアをはじめることに決心したのだ。同類は学校にごろごろしている。捌くのに大した苦労はない。僕は勇をコして茅ケ崎に行き、古本屋の親父と交渉した。茅ケ崎には米軍戦車隊のキャンプがあり、交渉の最中にもパン嬢が二人ばかりおじさん煙草買ってと頼みにくる。——交渉は成立した。

月窓社というその古本屋は、茅ケ崎の駅を海岸の方に降りて、少し右に歩いた右側にあった。それから週に一二度、朝の学校の行きがけに僕はそこへ寄って、薄暗い奥に火鉢を前に坐っている主人かカミさんに向って、黙ったままピョコンと右の親指を立ててみせる。すると彼らは赤褐色の鷗外全集のうしろを探って、いくつ？ と言いながら蠟引きの細長い函をとり出す。僕はワン・カートンをたいてい六百円か七百円で買った。……外套の内側にかくすような素人っぽいヘマはしない。堂々とボストン・バッグに押しこみ、上に黒と黄の縞の、ラグビイ選手のようなセーターをこれ見よがしに詰める。そして僕は運動部の学生のような大股で、颯爽とちょうど試験期だった学校を歩き、料亭とか宿屋の息子たち、金持ちの坊やたちにそれを売りつけてまわったのだ。いつのまにか僕はかつてとは見違えるほどふてぶてしく、また朗らかになり、ヤクザめいた仕種までが板についてきてしまっていた。

学校には、そのころ殆どあらゆる種類の職業人が学生として来ていた。保険屋、バンドマン、会社員、会社社長、エロ作家、バアテン、日雇い、ガイド、ダンス教師、男メカケ、……一番多いのがP・O・Wなんてジャンパアを着たセールスマンとブロオカアだ。学校はさながら奴等の取引所、連絡所、事務所兼販売所であった。皆それぞれの生業にムキになっていたので、僕の変化なぞは何の関心もなく見すごされてしまったのだ。

当時、東京発三時二十分という伊東行きの列車があった。湘南沿線の学生たちの中で、多少とも不良とか与太者、ズベ公をもって任ずる者は、殆ど皆その列車の最後部の箱で顔を合わせて東京をはなれてゆく。勿論、程度の上の悪者たちは、明るいうちに列車にのるなんてことはしない。だから、つまり毎日その箱に集る連中とは、戦争による生産階級のブウムでもなければ東京の大学に行くなんて思いも寄らなかった百姓や漁師の伜たちで、その中でもチンピラの連中だったわけだ。不良というより、夢のような毎日に浮かれて少々羽目をはずしすぎていたのだろう。サガミなまりの、ヨウ、ヨウ、となんでもかでもそう言葉のあとにつける、牛革のサンダルから赤い太い足指のはみ出てるような学生たちだ。

僕は用心して、決してその箱だけには乗らなかった。彼らは顔を覚え、身許調査するのがじつに迅速である。彼らと顔見識りになるというのは、つまりヤクザな僕を東京と二宮に持ち越してしまうことだ。そして大五郎は、その仲間じゃないということだけで僕に好意をもつほど、連中をひどく嫌っていた、嫉妬もあったろうが、要するに軽薄な都会かぶれで、アメリカかぶれだという。ドンダイは勿論国粋主義だったが、それにしても嫌悪というより、その口調はむしろ憎悪だった。きっとあまりに彼らが美佐に関心を示しすぎたのが、まず気に喰わなかったにちがいない。

だいぶ日の永くなった或日、僕が偶然三時二十分の列車を平塚で降りたときだ。駅前の広場の植えられたばかりのポプラの幹に背をもたせて、わらわらと列車の最後部から下りてきた揃いの紺スプリングの学生たちを、大五郎が執拗な憎悪にちかい目つきで眺めているのに気づいた。大五郎は、そして玄人っぽい眼つきであたりに眼配せをすると、ぶらぶらとポプラを離れ、学生の一人に因縁をつけて、とたんにおどろくほど爽快な喧嘩をおっぱじめた。大五郎の仲間は金次というどこかの網元の伜と、もう一人、名を知らない真面目な若い百姓タイプの男だ。野次馬がとんでくる。女の悲鳴がきこえてくる。両手両足をつかって大奮闘の大五郎の太い首筋がちらちらと見える。しばらく見物してなお足りずに、僕は乱闘を肩越しに見ながらイチノセに入った。美佐が珈琲茶碗を前において、壁の画でも眺めてるみたいないつもの眼眸でひっそりとそこに坐っていた。今日もふだんの雨外套を着ている。黙って僕が横に坐ると、美佐は飲みかけの鉈豆くさい珈琲を細い白い指で僕の前に押した。飲めというのだ。

「今日ね、もう珈琲これでおしまいなんだって。とっといてあげたわ」

平和なその目を見て、僕は彼女が大五郎の喧嘩を知らないのだとわかった。ふと僕に悪意が——、悪戯好きないじめっ子のような気持ちがうごいた。

「美佐、ドンダイ、喧嘩してるぜ」

「うそ。いけないって言付けといたもん」

美佐はまじまじと探るように僕をみつめた。冷たい珈琲を前において、スプーンを玩具にしながら、二度、僕は言った。

「いま駅前でやってる。相手は学生だよ。きっとまた、美佐をからかった奴なんだろう」

すっと血の気がひき、美佐はとたんに恐怖のかたまりになった。

「杉田さん、ほんと？　見たの？」

「僕、喧嘩みるの大好きだから」

「うそ、うそ。杉田さんもきっと、見るのも嫌なんだわ。杉田さん喧嘩しちゃいや」

「……ドンダイならいいの？」

「いけないわ、喧嘩は、でも、大ちゃん駄目ね、いくら言っても大……ああ、また……」

美佐の頰はいよいよ蒼褪め、発作のような神経的な痙攣がその頰に走った。唇が白く乾いたままパクパクする。もう声も出ない。青い頰がつめたく、陶器のように硬くこわばりはじめてゆく。——既に僕は後悔していた。

「美佐、おマンジュウとろうか」

うろたえて僕は、うつろな彼女の目が描き出しているに相異ない惨澹たる大五郎の死闘のさまを覆いかくすように、美佐の顔に顔を寄せた。手巾であふれ出てくる涙を拭く。泣きじゃくりながら美佐はされるままになって、やがて頭を僕の肩に傾げてきた。

——実は、僕は勿論、もうその頃は知っていたが、美佐は一種の精神耗弱《こうじゃく》者だった。喧嘩というと恐怖のあまり気絶するのだ。直接の原因は東京での空襲の恐怖だったらしい。彼女の頭脳はひとつの明るい廃墟だった。彼女はそれからのまる四年ものあいだ爆撃とか戦争とか喧嘩だとか、人々の雑沓までに異常な恐怖を覚える、痴呆にちかい日々を送ってきていたのだ。

実際、はじめ美佐は雑沓の中に出るたびに悲鳴をあげ、頭をかかえてうずくまってしまったほどだという。戦災で焼死した父母が昔世話をしていた関係で、平塚旭町の大五郎の親父、魚清《うおせい》の店に引取られてからでさえ、魚の血や刃物をみていくども卒倒したのだという。……もちろん、僕は大五郎の口からはそんなことは一言半句も聞かない。すべて弟分の金次から聞いていたのだ。

美佐は家では何一つしない。時折ぶらぶらと大五郎の庇護の下に人ごみを歩けるようになったのも、やっとここ一年ほどのことだという。大五郎との関係は、だからたしかに男と情婦のそれじゃなかった。肉体的には何一つなかったろう、ドンダイを自称する大五郎は、何故か美佐が引取られてから、それまでの多少の女関係をすべて清算して、美佐のお守りを買って出たのだ。まるで自分の彼女のように紹介しながら、実は二人は主従関係で結ばれていた。そして、大五郎は家に引取られた神経異常の美佐をつねに監視しながら、次第に崇拝のような、憧憬に似た愛情をかんじはじめていたんだろうと、僕は思う。大五郎は美佐の周囲を警戒し、守りながら、騎士が姫に捧げるような献身の快感のとりこになっていたのだろう。……僕は、彼のその純情を、騎士としての忠実さを、そして誠実さを信じる。

喧嘩の翌日は一日中冷たい銀いろの霧雨が降りつづいた。僕はまた午後イチノセに寄った。すると入口ちかくに、右の眼のまわりを青黒く絵具で描いたように脹らして、大五郎が坐っていた。美佐はその大五郎からとおくはなれて、知らん顔で一輪差の百合を弄《いじ》っている。僕は異常をかんじて、何となく二人の中央の卓に坐った。

「……どうしたんだ、ドンダイ」

「口きかないで！」烈しく、美佐が叫ぶように言った。「今日一日、私たち、大ちゃんに口きいてやんないことにしたの。ね、そうね、杉田さん？」

大五郎は苦笑して、面映ゆそうに眸をそのまえの冷えかけた番茶におとした。

「なんだ、私たちって、僕と美佐のことか」

　おあずけをくらった小熊のような大五郎に失笑しながら、僕は照れかくしでではなく、むしろ面白がりながら言った。美佐が僕の横に来て、ぴったりと体をくっつけて座った。僕たちは無邪気に笑いあいながら、黙りこくった大五郎を眺めていた。

　大五郎が、そのとき眼の隅でちらりと僕らをみると、そのまま無表情に目をそらした。それがはじめて僕にコチンときた。いったいなんで僕にそんな顔をすることがあるんだ。——思ってからしかし、すぐ僕は自分のあまりの幼さを反省した。だいたい、他意がなかったとは言え、喧嘩したのをいいつけたのは僕じゃないか。僕は思った。そうだ、僕は内心自分でもおそれているより、実はもっとはるかに子供なのかも知れない。まるで、幼稚園の子供たちみたいにこうして仲良く美佐と肩を寄せて、それがどんなに大五郎に惨酷だかを考えもしない。どんなに彼を傷つけるか思ってもみない。たしかに無邪気だけではすまされないことじゃないか。……大五郎は形のわるい薩摩芋みたいに腫れあがった顔をうつむけ、巌丈な肩幅を羞じるように小さくして、でもどこかふてくされたテコでも動かない感じで床にじっと目を落している。僕は子供だ。しかし、こいつは大人なんだ。こいつは、女だって知ってやがんだ。……俄に僕は敵意に似たものを感じた。美佐を好きなのはお前ばかりじゃない、それに、僕はまだ女なんか知らないんだ。——それはいわば「大人」への敵意、いや、すぐ前を走る競走者への憎悪に似た、戦闘的な意識だった。僕は頑張って彼を追い抜き、彼に手のとどかない世界へ美佐を奪ってやりたかった。……とまれ、はじめて僕に美佐を奪ってやろうという意識の、あからさまに兆したのがその刹那だった。

僕は急に不機嫌な「杉田」の顔をつくると、ぶっきら棒に珈琲を二つ注文した。ほとんど同時に、今日は大ちゃんには何もやんなくていいの。お仕置きなの。そう美佐が言った。美佐はだから僕の二つだけの注文にひどく満足して、喉の奥に音を立ててしばらく愉しげな忍び笑いをつづけた。

黙ったまま、僕は美佐の小さなまるい肩を抱いた。意外に弾力のある肉づきが感じられた。美佐は僕の胸のなかに倒れてきた。小鳥のようにせわしなく、雨外套の胸を柔かく上下させて、首を仰向かせてにこにこと笑いながら、肩を抱いた僕の手を両掌でつつむように握った。大五郎は海底の石のようにしずかである。美佐は僕の二の腕を枕にしている。ちらりと銅像のような彼の姿を見て、僕にちょろっと小さな朱桃いろの舌を出してみせた。

「今日ね、大ちゃんったら、ついてこなくていいっていうのに、私のあとばかりついてくるの。——うるさいのよ、とても」

可笑しげに瞳を動かせる美佐に、僕は明瞭に一人の女を見た。理解できないおそろしい現実のなかで、そっと呼吸をころして日を送っている白痴にちかい美佐の、その中の女は、そんな自分の行為や言葉が、大五郎へのもっとも手酷い刑罰であるのをちゃんと悟っていた。

突然、大五郎がよろめくようによろよろと出口に向った。硝子戸の前で足をとめ顔を真赤に力ませて振返えると、充血した目で僕と美佐を等分に眺めて、牛が吼えるようにどなった。

「俺ア、美佐、もう絶対に喧嘩しねえ！　止めただ。もう、絶対にしねえ！」

「――今日いちんち、口きいてやんない」

ぴたりと彼の怒声に定規をあてるように、そう美佐が言った。無感動な、唱うような語調だった。すると、それだけで、風船がしぼむようにみるみる大五郎の力が抜けてゆくのがわかった。うなだれて彼は慄える手でガタピシと硝子戸をあけると、霧のような雨の中をしょんぼりと去って行った。音もない雨脚に洗われた彼の姿が、小路を消えるのを、僕はじっとみつめつづけた。――僕は自分の陰険な眼眸に気づいた。僕は「杉田」が、すでに僕に乗憑ってしまっているのを感じた。

映画を観てから、その夜、僕は美佐と二人で、生れてはじめての呑み屋の酒をのんだ。一時間ほどしたとき、ほんのりと頬を染めた美佐は、握っていた僕の手をふいに唇に当てた。やがて、やわらかな熱いものが手の甲に触れた。美佐が舐めたのだ。美佐はそれから僕の人差指と中指とを、ふとその口に銜《ふく》むと、かるく歯を当ててしゃぶりはじめた。……

もう、僕は耐えきれなかった。そんな刺激的な経験はなかった。痺れるような激越な肉慾が一挙に僕の目をくらませ、オシでツンボにしてしまった。火の玉のように全身が火照ってくる。最早前後の見境いもつかない。金を台に投り出すと、じゃ又、と誰にともなく言いすて呑み屋の障子戸を蹴倒すようにあけて、僕はうそ寒い夜の雨の中を駅に向って全速力でつっ走った。——バカ。バカ。美佐に、自分に、いや全てに、怒ったみたいに僕は、そう繰返えし夢中で心に叫びつづけていた。

生れてはじめての猛々しい慾望の記憶は、裸の僕の肌にぴったりと貼りついてしまっていた。恰度学期末の休暇が来たのを幸い僕はしばらく平塚に行かなかった。再び僕は美佐をおそれはじめていた。

だが、僕はすっかり美佐にイカレてしまってもいた。二宮の家の縁側から見ると、シバザクラの地を匍う雲のような白に囲まれ、母の手造りの独逸アヤメやヒヤシンス、チュウリップが多彩な花をひらいている。ふいに僕は乱暴に見事なその花輪を捲りとってやりたい衝動に駆られる。花をじっとみつめていると、蜂のように、その中心にもぐりこんで内部を見きわめてやりたい気がする。部屋で勉強する筈のノオトに美佐の顔を夢中になって描き、それに手脚をつけて、怺えきれなくなって口中に含んだ二本の指を血の出るほどつよく囓んだりする。海岸の、よく晴れた春の空に向うと、ふいにいつかの平塚海岸での美佐の声が聞こえてくる気がして、青空に美佐を感じる。夥しい陽光に目を射られるたび、なまなましい肉感がよみがえってくる。美佐が、平塚——いや、道草というひとつの青空の中を糸の切れた凧のように漂った僕の、遭遇したその天の涯の青い透明な壁みたいな気もしてくる。……そんな僕には、平塚での、美佐と過す時間以外のすべては、みんな贋のようにすら思える。二宮や東京での僕こそが、実は架空でウソの僕なのではないだろうか？　ここは砂漠だ。僕は僕のヌケガラにすぎない。正直、僕はそんな考えにさえとりつかれた。……しかし、僕は平塚に行こうとはしない。なんだ、たかが白痴の女じゃないか。思いながら、確に僕は美佐をおそれ、そのため大五郎たちを相手に、つい嘘という鎧を捨てて生身を剝き出しにしかねない僕をおそれていた。家族内での役目を忠実に果しながら僕はそれにかまけ、危険を身のうちに感じる間は、だから当分平塚に行くまいと決めていたのだ。

その間に学制は新しく切替っていた。学校も三田の山上に移り旧制の予科二年から僕は一挙に新制大学の二年生なのであった。……今になってみれば、あの日々はまるで朝の夢のように、朧げで実体のないしかし濃縮な時間の堆積だったように思える。一つの停止とさえ感じながら、それは実は猛烈な速度での若い僕の飛翔だったのだろうか。とにかく僕の平塚行きはその冬から春までの僅かな期間だったのだし、自然美佐に憑かれていた季節というのも、そう長いことではなかったのだ。

「杉田さん。杉田さんじゃねえんですか？」

新しい学期が始って一週間ほどした日の午後、帰途の列車の中でそう呼びかけてきた金次の声が、そして無意識のうちに僕の待っていた脳天への一撃になった。――僕は後頭部を鈍器で撲られたように思った。そうだ、僕は杉田、兄キなんだ、と。……

突嗟に僕はすれからしのヤクザの、物に動じない表情をつくって、じろりと振りむくと金次のアバタ面《づら》を正面から見据えた。金次は筒のように丸めたスポーツ新聞を器用に指でまわしている。

「――何か用か」

「いんや、べつに……」口ごもると、思いついたように言った。

「あんた、美佐ちゃんが毎日イチノセで待ってるってよう、知ってるのけ？」

「知らねえね」

「ドンダイもあんた待ってるだとよう」

では、とうとう大五郎と喧嘩する日が来たのだろうか。瞬間、僕はそれがひどく当然な、僕の待ちのぞんでいた決着でさえあるような気がした。もう、僕は覚悟していた。

「……よし、じゃ今日、奴らにあってやらあ」

金次は、するとデコボコの満面になんとも醜怪な薄ら笑いをうかべて、僕の耳に口を寄せた。

「ドンダイよう、あいつ、美佐ちゃんに怒られてんだえ。あんたが来ねえのはおめえが喧嘩なんかしんからだとな、言われてよう、あんたが来てくれるまでは口もきいてやんねえだと。へへ、すっかり怒られちまってるらしいやえ。そんで仕方なくあんた待ってるんだ。ああ」

……その金次の言葉が、大五郎との喧嘩を、すっとまた遠くへ押しやったのを一応は感じながら、僕の喧嘩する決意の必要を、僕はもはや疑わなかった。僕は大五郎に美佐をくれと切出すつもりだった。

美佐にあったのはだから彼女のため夜も睡れない純真な僕じゃなかった。その仮面の杉田だった。懐しげな声をあげて近寄ってくる美佐をおしとどめて、僕は言った。「美佐、今日はちょっと用事があるんだ。明日うんと遊ぼう。五時……いや六時にここで待ってるんだ。な、いいな」

「しばらくだなあ、兄キ……」言って寄ってくる大五郎に、僕は杉田の冷然とした態度で彼を海岸にさそった。新調のフラノのズボンの大五郎は、ふと真剣な顔になって、ついてきた金次に美佐の番をたのむと、小走りに店を出て僕を追った。……何気なく僕はその屈強なガニマタを認めて、恐怖に全身を凍りつかせた。だが、既にスタートはきられている。

踏切を渡り、新築中の税務署の前の通りを、僕たちは無言のまま肩をならべて歩いた。沈黙にたえきれずに、僕は百米ほど前の電信柱を、用件を話し出す期限にした。僕は自らへの命令の実行に必死だった。感心にも、それでその前に来たとき、予定どおり僕はごく自然に口を切った。

「ドンダイ、……」僕らは歩きつづけている。僕の声は意外に快活で子供っぽかった。──実際、一旦決心し、口を切ると、もはや僕はノサれる怖しさも忘れはてて、重荷を卸したみたいに明るくほっとしていた。「俺、美佐が好きなんだよ」

大五郎は黙っている。振返えらず、正面の空をにらみながら、僕はつづけた。「たぶん、美佐も、俺のこと好きだ」

「……俺も、そう思ってただ」

僕はアガっていた。素直なかるい声音のように思いながら、自分の声が、実はカサカサに上ずっていたのだとは、つゆ知らなかった。押し出すように僕は最後の言葉を口に出した。

「俺、あした美佐と遊ぼうと思う」

大五郎の足音が停った。振り返って、僕は足をひらき、向いあうように彼に対した。薬屋のかげから小路が曲っている。たぶんその奥が戦場になるのだろう。僕は全力をつくして大五郎とたたかうつもりだった。

大五郎は小さな鉄砲玉を嵌めこんだみたいな瞳で、じっと僕を凝視している。澄んだ、犬のように無心な美しい瞳だ。僕は彼が何か言うのを待った。……大五郎はしばらくして自嘲するように唇を歪めて、囁くように弱い声で訊いた。

「……兄キ、あんた真面目なんだな」

「もちろんだよ」

さりげない虚勢を張って、僕は突嗟に意味も考えずにこたえた。

「……俺あ、実を言えば最初《はな》っからそんな気がしてただ。いつか美佐は、きっと、……でも、美佐は生娘だだ。おどろかせないでやってくれやな、兄キ。……」

それが彼の答えだった。僕の耳はほとんど何も聞かず、カラッポの頭には無数の銀鈴が鳴りつづけている。ただ、僕は喧嘩することだけしか考えなかった。

「ドン……、喧嘩はしねえのか?」

「ケンカ? 喧嘩は止めただ、俺あ」

彼はさも意外そうに言った。僕はぽかんとした。……白い幾瞬間かの流れすぎてゆくのを僕は感じていた。単純な、しかし緊張した面持ちのまま、彼は放心したように彼方の海を見ていた。遠い空に、彼は彼自身の美佐の像を、みきわめようと求めているように見える。ある確信をもって、その瞳が停った。それが、必死に何かに耐えている姿に、僕に見えた。

「明日、六時にあう。イチノセで」

感情を殺して、淡々と僕は言った。

「さっき聞いただ」

「そうか。……俺の言いたかったのはそれだけだ。じゃ、ドンダイ、また逢おうぜ」

そのまま、僕は身じろぎもしない大五郎の横をすり抜け、まっすぐ駅へ歩き出した。税務事務所建設地と墨書された白塗りの柱の前まできて、僕はその春休みから吸いかけていた煙草の箱を出した。すると、いまさらの恐怖か興奮か、火をつけようとする僕の指が、急に何故かぶるぶると慄えてきた。


あくる日、僕は遅くまで学校で洋モクを売り捌くと、その日の売上げと元金とを合せた一万円ちかい紙幣束でポケットをかさばらせて、勢いよくイチノセの硝子戸をひらいた。めずらしく、いつも早い美佐の姿が見えなかった。

美佐は来ないのではないか。病気なのではないのか。いや、彼が邪魔をしたのではないか。卑怯にも大五郎は美佐をカンキンしたのではないだろうか。それとも、ひょっとすると彼は、昨夜彼女を襲いはしなかったか。……さまざまな妄想、さまざまな疑惑が、ひとりしょんぼりと椅子にすわる蒼じろい学生服姿の、その滑稽なイメエジの僕に重なって一瞬にうかんでくる。僕は自分の間抜け顔をあざわらう声を現実に間近の空間に聞くみたいに、しいて怒ったような仏頂面をつくった。

イチノセは駅の北口広場に面している。いかにも田舎じみて、便所へ抜ける裏口にいつも赤白紺のガラス暖簾《のれん》が吊してある。それが季節にお構いなく安っぽい涼しげな音をたてる。広場にむかう東側の、風景をいつもいびつに流している大きな安物の窓硝子に、Coffe. Cake. Tee. Itinose. と間違いだらけの泥絵具の緑の字が、へタ糞な椰子らしい絵といっしょに裏返しにならんでいる。気早な初夏の到来のように暑い日だった。気づくと、その夕ははじめて美佐を見た時のような、凄まじいほどの夕映えが硝子越しの町々を燃え立たせて、まるで赤い色硝子を透かすように、遠い正面の空に炎のかたちの雲が見えた。

実際には、まだ六時にはなってなかったのだ。おばさんのくれた渋茶をすすりながら、僕は黄昏れてゆく町の、せわしげな蟻の集団に似た雑沓をぼんやりと眺めていた。駅前の広場にはバスの発着所が横にならび、運動会のようにその一つ一つに沢山の人々が縦に行列している。近くの工員たち、男女の事務員たちが、既に今日の仕事を終えたのだろうか、駅へ向う人波、駅やバスから吐き出されてくる人波、そして頑固に動かない人々の列がそこでぶつかり合い、おしあいして、夕映えに赤く染りながら人々は動くこともならず犇めいている。小さなその顔の一つ一つに落日は赤く塗れていた。

六時。ふと物音に何気なく振返えった僕の目に、慌ただしくガラス暖簾の下を離れ、うす暗がりに消えようとする灰白色のズボンが映った。大五郎だ。名を呼びかけて、僕は止めた。きっと嫉妬にたえかねて覗き見にきたのだ……わくわくして、僕は間もなく美佐のくることを確信した。「おばさん、そろそろ珈琲を二つ頼むよ。僕ら、飲んですぐここを出るから」僕はわざと便所の方に向いて言った。

美佐は六時二分に来た。薄く口紅をつけて、無言のまま、僕を舐めまわすように見てたのしげに喉の奥で笑った。いつもの雨外套の帯を、寝間着のようにだらしなく前に垂らしていた。

「暑いだろう。それ脱ぐんだ」

僕は胴をきっちりと締めつけている手擦れしたベルトをほどき後から雨外套を脱がせた。美佐は逆わなかった。はじめて雨外套をとって生れ出た美佐は、すでに全く夏の装いであった。胸のひろく刳《く》られた白のブラウスから、おどろくほど豊かな双つの皮膚の盛り上りが半分ほど顔をのぞけて、滑らかで敏感な肌を無抵抗に曝している。見て、僕は白痴が寒暖にさえあまり関心がないという誰かの言葉を、とっさにつよく思い出した。辛うじて上半身の成熟を支えている花模様のプリント・スカアトの胴は細く、僕が両掌でつくる環の中にそれはすっぽりと入るようだ。伸びやかな白い脚が牝鹿のように踝《くるぶし》で緊っている。小柄で骨細ななりに、ちゃんと均整がとれみずみずしい肉づきの豊かな成熟した肢体だった。新鮮な情感が僕をたかぶらせた。美佐を前にした動作の一々に、どこか大五郎にみせびらかす気持ちがあったくせに、僕は彼の存在をまるきり忘れていた。いそいで珈琲をのみ終えると、僕は美佐の肩を抱いて店を出発した。美佐はよりかかるように半歩僕の前に立ち背をそらせて、後頭部を僕の腋におしつけてくる。押すように僕は歩かねばならなかった。

L映画劇場の最後列に席をとると、僕は早速手巾で美佐の口紅を拭いとった。僕は美佐と接吻した。ガチガチと音を立てて歯がぶつかり、肩を抱き寄せた腕に、美佐ががたがた慄えはじめるのがわかった。僕にも初めての行為だった。喘ぎながら、しかし美佐は繰返えし僕に唇をもとめてきた。僕らはそうして永いことその暗闇のなかで互いの顔をさぐりながら、唇を吸いあって時をすごしていた。……やがて、疲れ切ったように美佐は僕の胸に顔をあてて、かすかに、かすれた顫え声で言った。「私、ねむい」——当然、僕はそれを美佐の合図だと思った。

映画館を出ると、海鳴りが妙に新らしくしずかにひびいていた。日はすでに暮れて、空気の清澄なせいか、夜空に満天の星が綺麗だった。美佐をかかえこむように、僕は次のコオスを胸につぶやきながら角を駅の方角に曲って、ふと板塀の電柱のかげにひそむ人影にきづいた。透かしみるまでもなく、蹲って両肱で顔をかくしてはいるが、その平たい横幅のひろさ、逞しさは明らかに大五郎だ。一瞬、不思議と重い感動に、たじろぐように僕は足を停めた。昨日の薬屋の前での、あの海を見ていた大五郎の、自らの瞳がみとめた何かにじっと重苦しく耐えている顔が泛んできた。——大五郎はイチノセからずっとあとをつけてきたのに違いない。先刻、彼のかくれる影を見たとき、瞬間、未練なその嫉妬とそれをかんじ、僕はいじめてやりたい気持ちさえ誘われた筈であった。愚直な田舎者らしい女々しさシッコさに、腹立たしいまでの軽蔑を覚えた筈であった。——しかし、そのとき、僕はより真実な、動きのとれぬ彼という存在そのものの重みを胸に受けた。道祖神のように大五郎は無表情な背中でじっと息をひそめている。うつむけた逞しい首筋に、かすかに黄色い光があたっている。巌のようなその不動の姿勢に、僕は、いわば彼自身どうすることもできない、人が真面目な限りやりきれぬままにもそれに動かされてゆかねばならない、一人の人間の苦業みたいな偏執、そして美佐への、彼の愛への、つまり彼自身への彼の誠実さを、瞬間、ありありとそこに見たように感じたのだ。……ほんの一刹那のことであった。幸い美佐は気づいてはいない。さりげなく僕は片手にもった彼女の雨外套で美佐に見せないようにすると、わざと知らん顔で大五郎の横を通り抜けた。未知の、後をひく深いショックが僕の胸にのこっていた。

　道を歩きながら、それから僕は幾度となく美佐に怪しまれぬよう振り向き、黙々と大五郎が見え隠れして僕たちを尾《っ》けてくるのを見た。——僕はやっと自分が大五郎を、美佐へのその愛を理解し、ようやく確認しつつあるような気がしていた。彼は今日も美佐が家を出るときからずっとあとをつけ監視しつづけていたのではないのか。僕は忠実で、善良で、涙ぐましい執拗なその献身ぶりを思っていた。きっと、多少感傷的でもあっただろう。とにかく僕は思ったのだ。彼の、その何という善意のひたむきさだ。純朴な可憐さだ。自分への責任感の強さだ。美しさだ。……僕に、そのことを美佐に告げさせなかったのも、たぶん僕のそんな一人の男への尊敬であり、僕自身の後ろめたさであり、また嫉妬だった。

——それにひきかえ、何という僕の軽薄さ、いい加減さ、一人よがりの甘っちょろさ、気まぐれで子供っぽいその残忍さだ。無心な美佐の肩を機械的に抱いて歩みながら、僕は、はじめて自分にも明らかにされた僕の正体への嫌悪に、侮蔑に、歯ぎしりをしたい思いだった。僕は旅ガラスの、その場限りの情慾に目をくらませられているのだ。何という無責任な、汚ならしく卑俗なその野心だろう。いつか僕は、いつまでも尾行を止めない大五郎に、その立派さに、怒り——いや憎悪すら感じはじめていた。そうだ。僕は彼を、うんと裏切ってやりたい。意地悪になってやりたい。うんと恥ずべきことをしてやりたい。大地のように無言のまま、確乎として、不動の彼を、思うさま泥靴で踏み躙ってやりたい。そしてせめて僕というこの存在に、彼と対極的な意味をあたえるのだ。意味——それがたとえ悪漢、いや卑劣漢という意味であってさえも……。

抱いている美佐を、僕はそのときふと人形のようにかんじた。彼女だけは、僕らのそんな人間には、何ひとつ影響されない透明な空気のような固体だった。大五郎の尾行にも、人間的ななんの関心も持たなかろう。人間、——美佐という存在は、すでにそれとは全く無縁なのだ。彼女は、ただ、愛らしい白い暖かな肉をもった、無垢な人形にすぎなかった。

僕は、いっそ逃げ出そうかとさえ、心弱くおもった。要するにそして二人を結びつけることこそが、僕のすべての努力の目的だったのではないだろうか。つまり望遠鏡が二つの視野を一つの焦点に重ね合わすように、本来のそれが僕の役目ではないのか。僕はそんなふうにすら思ってみた。だが、大五郎の尾行という意識は、同時に、僕に約束した行動を強制するひとつの目の意識なのでもある。徐々に冷静さを取戻すと、やがて力なく僕は思った。きっと、どうあがいても、あの目から逃れることはできないだろう。逃れることはできない。僕は、つまるところ昨日口約したとおりの行動でしか目の持主にはこたえることができないのだ。やはり、僕はそれをしよう。それが目の僕にあたえる役目だから。イヤラシク生臭くなろう。それこそが刹那の衝動に忠実な僕のすがただ。……気づくと、美佐が低声で歌を唱っている。軍歌だった。あどけなく唱う美佐は、たぶん歌詞の意味も知らないのだ。立止ると、僕は強引に美佐の唇を吸った。髪の匂いを嗅ぐ。しかし、いくら忘れようとしても大五郎の目はもはや僕を縛っていた。

駅の北口から西に細長く、平塚には柳町《やなぎちょう》と呼ばれる花街がある。そこを抜けて歩きながら、僕は比較的きれいそうな、その町外れの宿をえらんだ。大五郎は僕たちがそこに消えるのを凝然と立って見ていた。――大五郎、はやくその目から僕を解放しろ、そうしたら僕は今にもここから逃げかえるかも知れないんだ。枕もとに青い豆ランプがある船室のような新築のその宿の二階で、生乾きのうすい水いろの壁をみつめながら、僕はそう窓の外の彼に呼びかけたいような気持ちだった。片隅に赤い姫鏡台の置かれた六畳ほどの部屋は、線路の近くなので、列車が通るたびにまるで大地震のように揺れうごいた。

僕は風呂を断り、美佐を宿の寝間着に着替えさせた。美佐はひどく愉しげに青い豆電球を玩具にしたりしたが、またひどく睡たげな顔で、まるで着せ替え人形のように従順に僕に赤い帯をしめさせると、すぐ蒲団にもぐりこんだ。純白のカヴァをつけた枕がもう一つ、その顔のとなりで僕を待った。

豆ランプを灯けると、僕は電燈を消した。たちまち部屋に海底のような青い光がながれた。部屋じゅうをゆるがせて貨車らしい轟音がとおりすぎる。力の抜けたようにへたへたと畳に坐りこむと、僕は裸になった僕の二の腕の青白さに、ぼんやりと意味もなく見惚れていた。

着々とあまりに予定どおり進行してゆく現実のその速度が、妙に僕には落着けず不安だった。むしろその現実の流れを飛び越え、ひとりきりの沼の中に沈みこみたい。……すると、部屋の明りが消えたのを認めたときの大五郎の顔が、心に、痛いように明瞭にうかんできた。沈痛なその目が僕を射抜いていた。僕には義務があった。美佐の白い肉を味わうという役があった。僕の前に投げ出された大地を踏んで歩いてゆくという、唯一つの僕の仕事が残っていた。大五郎という善意の化身への敵愾心が、僕に力をあたえた。二宮での僕をいくたびも慰めた淫美な美佐の姿体、その夢想の記憶が、すべてを忘れさせて、汗ばむほどの激しさで僕にめざめてきた。僕は夢中で夜具のなかにすべりこんだ。しばらくは息も止るような気持ちでからだを固くしていた。呼吸も殺していた。美佐の甘い体臭が匂ってきた。そして……そして僕は規則正しい、美佐の安らかな寝息を耳にしたのだ。

　美佐は眠っていた。本当に眠っているのだ。先刻の言葉は本音だった。眠っているのに鼓舞された僕が、小さな白い顔にギゴチなく両掌をあて唇に唇をあててさえも、その眠りはさめなかった。――信じられなかった。僕は茫然と闇のなかに咲いた夕顔のようなその顔をながめていた。すると、平和な、委ねきった安らかなその寝顔に、突然稲妻が光るように、ある恐怖が走った。美佐は急に頬をゆがめ、眉をひきつらせた。「いや、いや、こわい、こわい、……ああ、こわいよォ……」美佐はクサメをする猫のように、唇のあいだから舌尖を出し、まわらぬ舌で喘ぎながら言った。ランプのためいっそう青白い顔は仮面のように硬直して、魘《うな》されたように全身がくねり動いている。おどろいて僕は暴れぬよう美佐を抱きかかえた。呼吸を切らせながら美佐は白眼をむき、目に見えぬなにかに必死に挑むように、指は宙をつかんで苦しげに夜具をかきむしった。——だが、それは僅かな時間だった。やがて切れ切れの嘆息のような訳のわからぬ声が、不気味な断末魔の悶えのように唇を洩れるのが止むと、徐々に表情はやわらかくほぐれてきた。僕は眼瞼をおさえ、唇の端にたまった泡を拭いた。涎が枕を濡らしていた。そうして、美佐はそのときはすでに安らかな顔に戻り、僕の肩に鼻尖を押しつけて平常の呼吸にかえっていた。

……僕は、じっと嘘のような優しい美佐の顔をみつめた。無邪気にすこし唇の尖きをとがらせ、最早すべての不安の去った寝顔が目の前五寸の位置にあった。あやすように、腋を支えた手で僕はかるくその円い肩をたたいた。僕は彼女がひとつの架空で汚れのない眠りの中に生きているのを感じていた。美佐を怖がらせたのは何だっただろう。そして僕は思った。森の中にねむるガラスの棺のお姫様のように、彼女は自分だけの王国にいつもひっそりと眠っている。現実の記憶が彼女をこわがらせる。彼女には現実こそが地獄であり悪夢なのだ。……美佐の手が僕をさぐってくる。彼女は眠りつづけながら僕の首を抱く。夢になにを見ているのか、美佐は微笑している。ひとつの冴えた空白のように、僕は僕が次第に無力に静まりかえってゆくのがわかっていた。頰を寄せて、もう一人の僕が、彼女の夢と同じ平和な明るい虚空に似た王国のなかで、美佐と抱きあってすでに同じ安らかな眠りに入っているのを思った。眠りの中でしか、真の美佐と抱きあえる者は居ない。現実のめざめているこの僕とは、美佐には余計な、理解のしようのない動物にすぎないのだ。最早、僕には僕が美佐の眠りの中にいる僕とちがうあらあらしい僕になって、その眠りを破壊し怯えさすほどの気力などはなかった。大五郎の目などはどうでもいい。誰が何と言ってもなくってもよい、僕は僕のやり方で同じ一つの生を生きるだけだ。僕らはきっと美佐の夢のなかで、森の仔鹿のようにふたりの裸をならべて同じ幸福な夢をみている。それ以上なにを美佐に要求できるというのだ。そして、それこそが僕の青空に感じた魅惑の正体ではなかったのか。その答えではないのか。——二宮での僕、東京での僕。その瞬間、僕にもすべての現実こそ、僕がいつもそれから覚めようともがいている悪夢のように思えた。

——僕はそっと蒲団を脱け出し、手早く着替えをすますと、帳場に下りて靴を出させた。美佐をそっと眠らせておくように云いつけ、金をはらって、夜の中に歩き出した。擦り寄ってくる人影があった。大五郎だった。

「ドンダイ、安心しな、何も悪いことはできなかった」

肩を叩いて言った。僕は文句なく何ものかに敗れていた。ぼんやりした街燈の下で、それと奇妙な大五郎への友情とを僕は認めていた。上り列車が裂くような警笛をたてて僕らの横を駅に向って走り去った。

「本当だ。美佐は、よく眠っている。規則的な音響が徐々に緩慢につづいてゆく。俺は何もできなかった。……信じないのか？」

虚脱したように、大五郎は僕をみつめていた。

「……俺、俺、死んだほうが楽だっただ。半分は死ぬ気だっただ。……」大五郎の小さな瞳から、不意に、泪が頬にナメクジの跡のような線をひいた。僕はびっくりした。彼が泣くなんて、およそ想像がつかなかった。僕はわざとふざけた口調になった。

「よせよせ、ドンダイ、みっともねえ。……俺はけえるよ」

二三度体操のように両手をふり、伸びをすると、僕は駅のほうに歩き出した。道を、青白い月光が照らしていた。

無言のまま、大五郎は僕につづいてきた。振向いて、僕は叱りつけるように言った。

「お前は番してろよ。いつ美佐が起きるかわからねえぞ」

彼は黙って首を左右に振った。僕は彼の自由にまかせた。人影のない夜道に、二つの跫音だけが無表情につづいていた。

上気した僕の頬を、ひんやりした風が快くなぶっていた。だが僕はいま、大五郎に物を言いかけたときの僕の「杉田」に、もう耐えてゆくことはできないと感じていた。そのとき、もはや「杉田」は無意味だった。

杉田は死んでしまった。「平塚」の意味も消えた。もう、僕は平塚には来ないだろう。……いや、絶対に僕は古い僕として、また杉田として、この町を通ることはないのだ。青空を游弋《ゆうよく》した凧の旅行はおわった。道草は終ったのだ。僕はしらじらとひとつの季節の終末を感じ、平静にそれをみとめていた。——青空の劫掠。すると、そんな言葉が、ふいに唇に浮かんできた。健康で空虚に澄んだ、美しく透きとおった青空。もはや青空は青空の位置にかえっている。僕の愛したそれは、一人の架空の僕をつれて、再びとおい彼方へと去った。いま、僕はただの地上の現実を歩んでいる。そして、あの青空こそ、いまはだから古い僕の墓場なのだ。——そのとき、僕は平塚の夜空いっぱいに散る無数の星を瞳の底にかんじながら、ただ、無性に青空の遠さだけをおもっていた。

＊　＊

——その後僕は再びその二人に逢わない。消息もきかない。必要があって月窓社へ洋モクを仕入れに行ったとき、米軍キャンプの全員が朝鮮戦線に出動して、そして文字どおり全滅したという噂をきいた。勿論パン嬢も居ず、タバコもなかった。まる二年の後であった。

海の告発

1

忘れることは、人間が生きるためには必要なことなのかもしれない、と私はときどき思ったりする。だが、忘れたからといって、それからすっかり解放されてしまうわけではない。あるものは記憶の襞のうちにかくれたまま、こっそりとなにかを指し、なにかを告発しつづけている。たいていの人びとにはいくつかのそのような未整理の記憶がある。そして、ときにはごくつまらないきっかけから、それに直面しなくてはならなくなる。

いま、私が書こうとしているのも、けっして大きな事件ではない。ある初夏の東京各紙の朝刊の社会面に、それは二段ほどの見出しで報じられて、せいぜいその日くらいは一部の話題を賑わせたかもしれなかったが、そのまま人びとの視界からは消えてしまった。つまり、毎日くりかえされ、見直されることもない他の無数の小さな出来事とおなじ道をたどったのである。関係者の名前は、二度と新聞紙上に出なかったし、たぶん、これからも書かれることはあるまい。

私の事件への関心は、はじめは単に社会部の一遊軍記者としての、あたえられた仕事へのそれにすぎなかった。が、洗って行くにしたがい、いつのまにか興味が次第に深みへとはまりこんで、私は仕事の暇をみつけてはそれをしらべ、歩きまわった。もちろん、途中からは記事にする目的もなくしていて、理由は個人的なものでしかなかった。私のような職業の者としては、一種異常な、ばかげたこだわりかたを私はしたのだ。

記憶のいい読者は、あるいはまだ憶えていられるかもしれない。昭和……年六月十六日、一人の人妻が大島からの巡航汽船の甲板で、生後七ヵ月の嬰児を海に放り、もう一人の女の子を抱えあげて、同様に海に放り捨てようとして制止され、捕えられた。嬰児の死体は結局みつけられなかった。

「母子心中未遂か。——嬰児を海に捨てる」翌日の新聞には、そういう見出しで大要次のように書かれている。「十六日午後七時四十分ごろ、東海汽船橘丸が大島から東京に向う途中、後部甲板から、杉並区円山町××公務員松尾浩一さん（三三）妻さと子（二四）は、二女登志子ちゃん（七ヵ月）を突然海へ放りなげた。付近にいた乗客、船員が協力して、つづいて長女能里子ちゃん（三歳）を抱えあげ海へ投げこもうとしているさと子をとりおさえた。同女は母子三人だけで大島に一泊旅行をしてきた帰りで、原因は不明。母子心中の未遂かと見られている。」

記事はその他に目撃者の談話がある。だが、それはとりたてて書くに価いしない。その江戸川の化粧品店主（四五）は、ただ、あっと思って駈けつけてとりおさえた。女は力がつよく、一人ではとうてい抱きとめられないかと思った、とだけしか語ってはいない。

ずっとあとになって、私は放水路の近くにあるその小さな化粧品店をたずねた。ひどく暑い午後で、私は白のアロハを着て近くの鋳物工場で続きものの取材をしてきた帰りだった。手帖を出し細くうねる舗装された道を番地を見ながら歩いて行き、見あげると電柱にコマタ化粧品店と赤いペンキの字が書かれていた。

二間ほどの狭い店の中から、五六歳の男の子が、モチをつけた竹竿をそっと抜き出すようにして出てきて、そのまま空のひろい放水路のほうに駈けて行った。店をのぞきこむと、薄暗いガラス・ケースの向うに、見えがくれしながらよく禿げた頭が動いていた。

私は声をかけた。男は名刺をガラス・ケースの上においてくれといった。小柄で実直そうな男で、彼は満足げな表情でモチのついた掌をバケツで洗っていた。それが四十五歳の化粧品店主だった。

質問にとりかかると、だが、とたんに彼は鼻腔をふくらませて、気負いこんだような、赤い、苦々しげな顔になった。質問の口調が悪かったか、と私は思ったのだったが、それはどうやら見当がちがっていた。

「ありゃあね、ありゃ、ぜんぜん母子心中なんかじゃありませんよ。どうしてあんな記事をのっけたんです？ 私は、あのときはそうはっきりと新聞の人にいったはずだ」

さも不満そうに、やせた店主は私にくってかかった。手の水を切ると腰の手拭いでていねいに指の股までを拭いながら、ケースのうしろの木の椅子に半ズボンの尻を下ろした。

「あの女は、自分は死ぬつもりなんかてんでありませんでしたよ」と、彼は私を見上げながらしゃべった。「あわてて、私が抱きとめて、なにをするんだってどなると、あの女は、ひどく冷たい、ぞっとするような、蛇みたいな目で私をみつめたんだ。私はでも夢中で、子供を捨てるなんて、死ぬつもりか、ばかな、不心得はやめなさいって、そういったんだが、するとね、女は、あんた、どういったと思いますね。私、死ぬつもりなんかじゃありません。――ふつうの声であんた、さも意外そうにそういったんです。これはほんとなんだ。心中なんかじゃありゃしない。本人には死ぬ気なんかこれっぱかりもなかったんだ。鬼みたいな女ですよ、腹を痛めた子を、それも二人も、海へほかそうと思うなんて」

早口で話すうちに、男はだんだんとそのときの感情がよみがえってくるのか、忿懣やるかたないといった顔になって、額の上のほうまで赤くなった。私は黙ったままうなずくほかはなかった。だが、そのとき、私はそんなにも男を不機嫌にさせているその事実に、さしておどろいたわけではなかった。

私は、すでにその事件につき相当にしらべていて、あの夜松尾さと子に死ぬ意志のなかったのを予想していた。

「……まったく、あんな女がこの世の中にいるものかね。ありゃあ、狂人だね」男は泡のたまった薄い唇を手の甲で拭い、煙草に火を灯した。男は話し好きの様子だったが、興奮しやすい性質らしくて、指がこまかくふるえていた。私は訊ねた。

「狂人みたいでしたか？　あの女は。あなたが抱きとめたとき」

「みたいでしたかって、あんた」男は抗弁のような口調でしゃべりかけて、口ごもった。「ま、そういやあ、へんに冷静でね、皆も呆れていたがね。でも、あんなとき普通のままでいるってこと自体が、どだいおかしなことじゃないですかね」

「それはそうですよね」私は右の親指の腹で手帖の頁をこすった。手帖には、松尾さと子、知能指数一二七、耗弱、偏向、障害ハ認メラレズ、潜在性精神分裂症ノ症状ナシ。精神常態者ト認メラレル。と誌してある。前日の公判で控えてきた医師の証言であった。

「とにかくねえ」禿げ頭の男は、骨に貼りついた薄い頰の肉をひきつらせるようにして笑った。

「とにかく、考えてごらんなさい。正気の人間のできることですかね、あれが」

店に走りこんできた十歳くらいの髪の毛の茶っぽい女の子が、ケースに手をかけて不審そうに私の顔を見上げた。「とうちゃん、クニ子がねえ」と女の子はその化粧品店主にいい、干し固めたような小さな円顔の男は、不快げにバットの灰を眼の前の灰皿にたたき落し、「うるせえ、あっち行ってな」と低くいった。笑い出したくなるほど父親とそっくりの顔をした女の子は、びっくりしてすぐに逃げて行った。舌打ちをし、男はガラス板にのこった小さな指の痕を、息を吐きかけてていねいに手拭いで拭きはじめた。
「だいたい、子供をつれて、あの女はなにをしに大島になんか行っていたんですか。御主人だっていたんでしょう。その、主人を、置いてけぼりにして家をあけて。家出していたんですか、あの女は」と、化粧品店の主人は、怒ったような切り口上で私にたずねた。

たしかに、松尾さと子には夫がいた。そしてさと子の行為も不可解だが、さらにそれを上廻って奇怪なのがその前後の夫の行動であった。

もしかすると、この事件の中心は、その夫の行動であるのかもしれない。それがすべての原因をなしているのかも知れない。すくなくとも、それが彼女を罪に追いやったもっとも明瞭な一つの因子をつくったという事実は、疑うことができない。……ただ、私は、あくまでもさと子に目を向けていきたいと思う。なぜなら、「事件」という名で呼ばれる行為を犯したのは、公務員松尾浩一ではなく、妻さと子であり、私の関心も、つまりは他ならぬその事件に関するものでしかないのだから。

デスクで電話が鳴り、ちょうど宿直の番にあたっていた遊軍の私が円山町のさと子の家へ、事件の報らせかたがた夫の言葉をとりに出向く羽目になった。円山町は私の家の近くであり、勝手はわかっていた。水上署から電話してきた浜田は、私に得意の大声で笑った。「おめえはチョンガだからな、ふらふらっと里心がつくってこともねえだろ」

もう、九時にちかい時刻で、私は社の自動車を使った。それが、私がこの事件にふれた最初だった。

円山町は中流の住宅地で、国電の駅から徒歩で十分ぐらいのところにある。ひっそりとした同じような構えの家が、縦横に人の背丈ほどの生垣に区切られて暗く密集しているあたりで、××番地はすぐわかった。だが、松尾浩一の表札の出た低い門は門がかかっていて、潜り戸も開かなかった。私は生垣を飛び越え、大声で呼んだが、玄関にも勝手口にも厳重に鍵がかかり、家はしんとして人のいる気配がなかった。私は舌打ちした。電話はないはずだったし、連絡があって松尾浩一があわてて水上署に駈けつけたにせよ、早すぎると思った。私は近くの交番に車をまわし、そこで意外なことを耳にしたのである。夫・松尾浩一はちょうど一週間前に失踪して、妻さと子の名で正式の捜索願いが出されていた。

家出していたのは夫のほうであった。私はその報告だけをもって社にかえった。が、そのことは翌日の新聞にはのらなかった。――おそらく、それは締切り間際の組みの都合とかなにかの理由で、そんな他愛ない偶然によって落とされたのだろう。夫の家出中におこった事件などというのは数多いし、それだけに重要さが認められなかったのかもしれない。いずれにせよ、大した事件ではなかったのだ。

翌日は厚ぼったい白く光る雲が空を蔽い、蒸暑いいやな天気だった。私はその日のことをよく憶えている。宿直あけの十一時ちかく、私は社を出て近くの小さな喫茶店の階段を上った。いつも、なんとなく空虚な、それでいて明るい、ただ口の中だけが煙草の吸いすぎのようにざらざらと荒れたとらえどころのない気持ちのまま、私はよくそこに濃い珈琲を飲みに行くのである。そこに、浜田が来た。

「昨夜は、どうも御苦労さん」とどなるような大声で彼はいった。

「え?」と私はカウンターに両肱を突いたままで答えた。私は、すっかり昨夜のことを忘れていた。

「なんだ、またミイちゃんを口説いてんのか、仕方のねえ野郎だ」よく肥った浜田はあたりの空気を吹きとばすように哄笑して、私のとなりに大きな円い尻を寄せた。「昨夜のあれ、ほら、東海汽船から子供を海へほうりこんだオバちゃんのこったよ。すまなかったな」

「ああ、あれかい」いいかける私の言葉を待ちもせずに、タオルで顔を拭くと浜田はまたどなるような声でいった。「おら、へんな気がしちゃった。あのオバちゃん、子供をなくしてな、べつに悲しんだりゲッソリしてるわけでもねえみたいなのさ。水上署でちらっと見たんだけどさ、なにかさっぱりとしたね、予定の行動で、やっと一仕事すませました、って顔をしてやがんだ。呆れちゃったよ」

三保子が珈琲を差し出しながらいった。「大きな声ねえ、耳ががんがんしちゃうわ」

「へっへ」浜田は笑った。「すみませんねえ」

「ふしぎね、そのくせハマさんの話ったら、いつもなんの話だかよくわからないの。なんの話?」

「なあにね、この男にね」浜田は分厚い掌で私の背をたたいた。「ケイソツに俺みたいにね、ヨメさんなんか貰うんじゃないの、って話をしてたの、女は、おっかないよう、まったく、魔物だからなっていうおハナシ」

それ以上、浜田は松尾さと子についてはいわなかった。億劫で、私もまたなにもいわなかった。夜の海に、女がその嬰児を投げ棄てたという報らせは、たしかに私にしてみれば一つの事件の発端だったのに間違いない。だが、ひと仕事すませた安堵のうかんでいたというその直後の女の顔。――ふと私は考えていたのである。それはもしかしたら一つの帰結、それに向って進行したある事件の、一つの終末ではないのだろうか。女にそれをさせたものは何なのだろう。家出をしているという夫のことを想い、私は、漠然とそれを知りたく思った。茫漠とした、かすかな、黒い小さな渦の目のようなものが私に生れていた。

もっとも、その渦はまだ、ほとんどの事件のあとに感じそのままいつのまにか忘れられる、なにか割り切れぬ一つのしこりのようなものにすぎなかったが。

もう一つ、奇妙に鮮やかなその日の喫茶店での記憶がある。浜田が私の不器用な身持ちの固さについてからかい、さっきも三保子を口説いていたようだがどうもお前にはそんな真似は似合わないな、といって大きな笑い声をあげたが、私は彼女となにもしゃべっていたのではなかった。口説く必要はなかった。二三日前の夜、私ははじめて三保子と寝ていたのだ。その後彼女と顔を合わせたのはその日が最初だったが、誰も気づいている気配はなく、三保子もそしらぬ顔でふだんと全く同じようにカウンターで珈琲の加減をみていた。三保子はひとつも愛だとか結婚だとか口走らず、ごく単純な浮気としてかえって私がそのことに意味をみつけるのを、平素どおりの親切と明るく無心な態度とで避けているように思えた。

「すまなかったなあ、せっかく、なんとか頑張ろうとしてたらしいとこを邪魔しちゃって」

私が腰を上げると、浜田は上機嫌でそう叫んで、「へっへ」と、またさも嬉しそうに笑みくずれた。「さようならあ」澄んだ三保子の声が、階段を下りようとする私の肩に落ちかかった。「……さよなら。ああ、おれは眠くってしようがないよ」と、私はいった。

私は、おれは上手く一人前の浮気とやらに成功してしまったのだなと思った。足をとられるようなことはありはしないのだな。三保子の顔を想い、おれたちは軽快で、都会的で、うまいこと乾燥してしまっている。なかなかスマートに手ぎわよくやり遂げたのだな、と思った。とたんに、私にふいにはげしい怒りが来た。暗い、屈辱に似た感情がせまく急な階段を下りる私の顔をこわばらせて、私はわざと大げさに、皮肉に唇をゆがめた。私は、自分がある重大なもの、ある真面目な、あるたしかな重みのある感情、自分の底に沈んでいる暗い充実のようなものから、なぜか透明な壁でへだてられている気がした。私はくるしんでいるのではなく、私はそれを認めていた。風に吹かれている街路の上の枯葉のように浮薄だ。なにかを、私たちのただ速度と活気だけに支えられた生活にとっての有害ななにかを、恐怖からおれはすり抜けようとしている、と私は思った。意識的に。とにかく、おれはなにかから逃げ、なにかを失くしている。本能的に。

なんとなく、まっすぐに家にかえる気になれなかった。私は定期を出し、いつも降りる一つ手前の駅で下りた。その二つの駅のあいだに円山町はあり、それに隣接して私の家のある町があった。

ときどき、私はこの経緯をふりかえり考えてみることがあった。もし杉並区円山町が、私の家の近くではなかったなら、もしそれが宿直あけの日ではなかったなら、この事件とはべつに深いつきあいを持つこともなかったろう、と私は思った。たいして面倒だとも思えないていどの距離の近さ、それと宿直あけ。……たぶん、明確にはこの二つが、ふとしたこの二つの偶然が、おれにこの事件をえらび、「洗って」みる最初の実行力をあたえたのだ、と。

松尾さと子が夫の捜索願いを出したのは、正確には六月の九日、火曜日の午前である。私が社名入りの名刺を出し、出された椅子に腰を下ろすと、出てきた昨夜の善良そうな中年の警官は、まるでいい相手をみつけたとでもいうように、多少興奮した感じでとめどもなくしゃべりはじめた。朝刊に報じられたばかりの事件が、彼を刺戟していたのにちがいなかった。

聞くうちに、私は混乱し、はじめてあきらかな興味が湧き上った。私は、急いでいて昨夜とっくりと聞かなかったことを後悔して、いくども眉をしかめたり首をひねったりしながらそれを聞いた。

九日の朝、九時すぎごろだったろうか、と中年の警官はいった。あの奥さんはやってくると、いきなり、夫を逮捕して下さい、といったんだよ。

「夫を逮捕して下さい。あの人は国家のお金を費いこんでしまったんです。早く捕えないと、どこかに逃げてしまうかもわかりません」と、さと子はいった。ふだん着の水いろのワンピースにサンダルをつっかけ、さと子は表情にも声音にも、なんの乱れもなかった。

すこし頬が赤く、額の毛をかきあげる手速いしぐさをくりかえすのが内心の緊張を語っていたのかもしれなかったが、私たち警官にしゃべるときへんにギクシャクしちゃう人は多いからねえ、と警官はいった。松尾さと子はじっと警官の目をみつめていた。

「なんですと?」警官はおどろいて聞きかえした。「タイホ?」

「悪いことをしてしまったんです。うちの人が」と、さと子は生真面目な早口でくりかえした。

「昨夜から、あの人は帰ってきません。A—省のお金を、四十万円つかいこんでしまった、といっていました。あの人は、昨日の朝、家を出たままです」

松尾浩一はA—省につとめている官吏である。警官は緊張した。さっそくさと子の口述書をとり、署に連絡した。さと子は警官の筆記した書類を読み直すと、万年筆を借りて署名し、エプロンのポケットから判をつまみ出しそれに呼吸を吐きかけて捺印した。それはふだん受取りなどにつかう平凡な小さい小判型の判で、それでいいのだったが、さと子がその必要を知ってかちゃんと用意してきていたことに警官はちょっと気を呑まれた。

『私は右記の(右側の欄に住所が書かれている)所に住んでいます。夫は松尾浩一、三十二歳で、A—省の××課につとめています。俸給は七級の五号で、(当時はまだ現行の給料法ではなかった)他にときどき省の外カク団体の雑誌などに原稿を書き、原稿料をとっていました。私たちは四年前に結婚しました。見合い結婚です。それからはずっとここに住んでいます。

一昨夜のことです。夫は私に告げたのです。その七日の夜、夫は、僕は公金を四十万円ばかり費いこんじゃったよ、といったのです。「そんなに、なにに使ったの?」といっても返事をしません。笑いもしませんでした。僕は自首する。どうせ、二三日じゅうにはみつかるにきまっているんだ、僕はとってもヘマだからね、と夫はいいました。その夜はそのまま寝たのです。そうして昨日、つまり六月八日の朝、「もしかすると、当分家へかえらないよ」夫はそういって、いつもと同じ七時五十分に家を出ました。心配で、私はバスの停留所まで送りました。きっと自首するのよ、といいました。うん、と夫は答えました。

家族は四人です。夫と私と、長女能里子(三歳)と、次女登志子(当歳)とです。そのときは子供はつれて行きませんでした。停留所は、家のすぐ近くですから。夫が気おくれしてまだですが、昨日一日待っても、警察からなんともいってきません。自首していないのではないか、と私は考えたのです。……』

さっそく連絡したA—省には、すでに開庁して二時間ちかくたっていたが、松尾浩一の姿は見えなかった。では、松尾は月曜の朝いらいどこかに逃走してしまったのか。

××課の松尾浩一の室長は、私学出身のでっぷりした川口良吉という課長である。だがさっそく有楽町のその官庁を訪れた丸の内署のI刑事に、その川口をはじめ、居合わせた課員のすべてがふしぎそうに口をそろえて答えた。松尾浩一は、昨月曜日、勤務時間の最後までずっと官庁でふだんと同様に執務していた。欠勤は今日はじめてのことにすぎず、それもまだ昼休みまえのことであるから、もしかしたら遅刻して彼はやってくるのかも知れない。

その証言はたちまち裏づけが出現した。差し出された松尾浩一のタイム・カードには、昨日の日づけの横に5・06と捺されていて、受付の男はつけ加えた。「あの人は、いつもぶらぶらと散歩に出かけるみたいにあたりを見ながらゆっくり出て行くんですがね、昨日も、べつに変ったところなんてなかったですねえ、さよなら、といってね、こう、拳でソフトをすこしあみだにして出て行きましたが。ええ、昨日。ひとつもかわったところはなかったです」

しかし、I刑事をもっとも混乱させ、怒らせ、ある意味で落胆させ、表情に困らせたことというのは、それではなかった。調査の結果、たちまちそれは判明したのだったが、松尾浩一には、一円の横領の事実さえ認められなかった。

松尾浩一は、出入りの業者と直接に、そして隠密になにかを取引きできるような、そんな位置にいたのではなく、金券にふれる仕事をしていたのでもなかった。彼は技官であり、机に置かれている書類は地方送りの資材や瓲《トン》数や数量の帳簿の他は、ややこしい機械類のそれでしかなかった。抽出しの中には封筒に入って小額の紙幣もまじえた二千いくらかの現金があったが、それは表記されているとおり、代表として彼が課員からとり立てたある技術関係の月刊誌の購読料で、向うからあつめにくる約束のものがまだ果たされていないのにすぎなかった。あまり広くはないその四階の部屋のどこかからは、立ち往生のかたちになったI刑事への、押し殺したかすかな笑い声もおこった。

「全然、疑わしい点はなかったのかな」と、あとになり丸の内署に彼をたずね、私は不精ひげの濃いI刑事の口もとを見つめながら質問した。「たとえば、机の中なんかは?」一見、工場の係長級の貫禄の、肩幅のひろいまだ若いI刑事は、するとだまって手帖を出し、指をなめて頁をくりはじめた。

「机の中にあったのはですねえ」と、三白眼を向けて彼はいった。彼は頰をふくらませて、私の不信用な語調にむっとしていたのかも知れなかった。「省内各課の対抗野球試合の組合せの表。これには二日まえの日曜日の試合の結果までちゃんと書いてあった。それに鼻紙に包んだ十枚一組のエロ写真ね。それにすこしは野球をやったらしいんだな、自分の打率が細かく打点や長打率まで計算してつけてあるメモ。赤鉛筆でマークのついている競輪の新聞。調べたら大穴はないがなかなか確実な予想をしていた。ええと、あとは靴べラや計算尺や空っぽの仁丹入れ、べつに特別なものはなにもなかったねえ」

どこかで一晩外泊しただけのことだ、これにはきっと女がからんでいる、すべては嫉妬にかられた妻がでたらめな理由で警察の手で夫をつかまえさせ、大いにおそろしいところをみせてやろうと仕組んだ突飛な筋書にすぎない、I刑事はそう思ったというのである。彼はぷりぷりしてA—省の表に出た。

ひでえ女だ。さもなくても忙しいのにえらい迷惑をかけやがって。

——だが、そのことを杉並の警官から伝えられたさと子は、はじめて感情をあらわにして彼に抗弁した。

いいえ。とさと子は涙を拭きながら、爆発するような高い声でいった。私のいったことは本当です。私はだまっていたんですが、ほんとは、見ちゃったんです。それで、どこか遠くへ逃げたのではないか、と今朝私はいったんです。昨日の朝、家を出るときになって、はじめて背広の左の内ポケットが妙に分厚い感じなので、私は見ました。袋にもなにも入れず、千円札がいっぱい入っていました。算えてはみませんけど五、六万円です。私は、それではじめてあの人が悪いことをしたのを信じたんです。競輪？　そんなことは知りません。そんなお金なんて、私知りません。これはほんとなんです。……

玄関の上りがまちに腰を下ろし、警官は途方にくれ、さと子の長いすすり泣きが声を失うのを待ちつづけた。ちょこちょこと長女らしい白服のお河童の女の子が、ゴム輪で括ったような短い脚を動かして出てきて、敷台にぺったりと坐り顔を覆っている母の肩をおさえた。

「あッ」ぴくりと肩が慄え、さと子は奇妙なほど狼狽してそう叫んだ。「ああ、……能里ちゃん」さと子はそのまま腕をまわし、女の子を抱きかかえた。三歳の長女は、無言のまま、唇をあけ黒い瞳でじっと警官の顔をながめていた。指で涙のあふれた目をこすって、低い、しかし頑強な声でさと子は執拗にいいつづけた。「ぜったいに、ぜったいに私は嘘なんていっていません。あの人は、いままで一晩だって家をあけたことなんかなかったんです」

警官はだまっていた。彼は、それまではエプロンをつけたただの平凡な家庭の若い主婦にすぎなかったさと子に、はじめて手強い一人の女としての芯をかんじていた。「ほんとに、あの人は公金を横領しちゃったんです。そういったんですから」睫を伏せさと子は暗い声音になっていった。土間をみつめ重くうなずいてくりかえした。「女なんか、いないわ、いやしないわ。……あんな気のちっちゃい、ケチンボーな陰気な人。いるもんですか。女なんて」

あたしにも高校に行っている娘があるがね、と、そう中年の警官はつけ加えた。それも、どうせいずれ嫁に行くよ。そしてどこのだれだかわからない男だけを頼りにしていろんな苦労をすることになるんだ。そう思って、あたしはあの奥さんがふと他人ではなくなったような気がしちゃって、急にね、へんに可哀そうな気がしてきてならなかった。

しかし、一日たち、二日たって、事件は杉並の警官やI刑事たちにとっては意外な方向に進んだ。いや、意外にもなんの発展も、終結もみせないまま時がたった、というほうが適切であるかもしれない。あの火曜日はもちろん、翌日も翌々日も松尾浩一はA—省に出庁せず、杉並の自宅にも姿をみせなかった。

I刑事は杉並の警官を同道して松尾の家をたずねた。この若い平刑事は、万一、松尾浩一の屍体でも発見されやしないかと、カンを働かせていたというのである。ちょうど、ある警官が妻の手でバラバラの屍体にされ、行方不明となった事件の記憶がさめぬ頃であった。

が、家にはなにひとつそのような兇行を語るような跡が見えない。月曜日、彼が寄贈をうけポケットにねじこんで帰ったというある外郭団体発行の雑誌も、みつからなかった。ただ、その月曜日の朝、さと子がバスの停留所で夫を見送ったという事実を確認した隣家の大学生が、そのとき、さと子がなにか泪ぐんでい、小声でなにごとかしきりにくりかえして、そして夫はなにもいわず、ただうなだれたまま待ちかねるようにしてバスに乗って行った、と証言した。

「強情な女でねえ」と、白い開襟シャツの刑事は番茶をあおりながらいった。「絶対に自分のいったことには間違いがない、本当だといってねえ、そして泣くんだなあ。……私は、夫がもしかしたらふいに気が狂って、とてつもないことをしゃべって家を出たんじゃないかとも思ったねえ。とにかく、なぜ妻子のいる家に三日も四日も帰らないか、これがわからないんだ」

ちょうど彼の捜査の日常は、緊張の谷間にあったし、なにか割り切れぬ気持ちのまま、彼はふたたびA―省に出かけた。もちろん、今度は公金拐帯の被疑者ではなく、行方不明の家出人の調査として。

松尾浩一の机は、ファイルを一時的に二つの隣席に等分に移され、主のない椅子を残している。巨大な省の機構は彼一人の欠けたのなどなんの痛痒もなく、遅滞なくふだんの速度で事務を運転させつづけていた。刑事は、ちょっと「諸行無常という味わい」をかんじた。一つきりのタイプが緩慢にキイを叩いていて、風がゆるやかに窓のガラス板の隅をゆすり、窓はかすかなざわめきを立てている部屋に午後のなめらかな日光を充たしていた。

彼はそこで、同室の一人一人に松尾浩一の精神状態について、平素から異常はなかったか、発狂の前兆のようなものは感じられなかったかと質問した。が、収穫はなかった。隣席の鈴木孝次などはむしろあざわらうようにこう答えた。

「どんな人間にだっておかしなところはありますよね、よく見てけば。しかし、社会の一単位として無事に過ごしているかぎりその人は正常なわけでしょ？　そりゃあの人はかわりもので、一日くらいぶすっとして人と口をきかなかったり、エスペラント語ばかりでしゃべったり、ってこともありましたよ。でもそんなのはこの建物のどこの部屋にもおそらくは一人か二人かはいる種類の、そんな程度の変人だったってことでしかないしね。とにかく僕の知っている月曜日の五時までは、彼はそんな、そこいらによくいる男の一人でした。その間に彼の内面にどんなことが起きていたか、そんなことについてはだれだって責任のあることはいえやしないですよ。しかも、その後の松尾さんに、どんな突発的なことが起きたか、いったい、だれがなにを想像するしっかりした根拠をもっているというんですかね」

結局、彼はなんの手がかりもみつけられなかった。課長の川口良吉のごときは、よほど面白くなかったらしく、I刑事は唇をゆがめながらいった。明瞭に不愉快な顔を向けてこの平刑事の質問を黙殺した。川口は、松尾夫婦の仲人であったのである。だが、I刑事は、その日まったくの無駄足をふんだのではなかった。

薄暗い廊下に出たとき、背後に跫音がきこえて、彼は「あの、刑事さん」と呼ばれた。振りかえると、背の高い、タイピストらしい黒い上っぱりの女が足をとめた。「あの、お話があるんですが」

それが松尾浩一の「女」だった。奇妙なことに、女は自分から名乗り出たのである。もう四日にもなるでしょ？　なんだか心配になってきちゃったんで、と女はまず口をきった。

たしかに「女」はいた。この点、さと子はやはりその可能性を認めておいたほうがよかった。ほらみろ、やっぱり彼女はいた。あんたのいうことはどうも信用ができない。ほんとにあんたは嘘をいってはいないか？　警察をペテンにかけて、それでいいと思っているのか。とさと子は、その日さっそく追究をうけたのである。

その女——同室に勤務する和文タイピスト・三崎幸枝の申立てによれば、関係は主に、出庁前の朝のうちに、中央線沿線の三流ホテルの一室でもたれた。松尾は、君にも子供がほしいといい、ばからしいわ、とてひどく幸枝に嘲笑されたという。金を貰ったことはないが、ホテルの勘定や、ときどき誘ってくれる映画や食事の代金は、いつも彼が払った。紺のリボンを買ってくれたこともあった。

幸枝は大柄だが、まだどこか少女じみた二十歳の色の浅黒い健康そうな女で、ときどきうすら笑いをうかべ考えこむような顔をはさみながら、質問にはすべて答え、わからないときはわからないとはきはきと答えた。彼女は、それが魅力である程度をすこしばかり越えた斜視で、ひどい出っ歯で、若いというほかにはなんの取り得もない女でねえ、とI刑事ははじめて無邪気に金歯をむき出して私に笑った。

しかし、三崎幸枝の言葉によると彼女はこのふた月、松尾浩一とは関係をもたず、省以外の場所で——たとえば喫茶店とか往復の電車の中でさえも、——いっしょになったことがなかった。べつに喧嘩したわけではないが、誘うのはいつも向うからだったし、べつに話をすることもなかった。こんどの失踪にはなんの心当りもない、もちろん松尾さんに家なんて教えてはいないし、月曜日以後は一度も松尾さんを見てはいない、と彼女はいった。

2

初夏の日はまだ落ちてはいなかったが、I刑事と別れたあと、ひろい道に出ると商店の飾窓やネオンには光が入りはじめていた。二条ずつ並んだビルの部屋々々の蛍光燈が白く光っている。夕暮れに近いぬるい風が頰にあたり、私は考えこみながら退社時の雑沓の中を一人でぶらぶらと歩いて行き、あの杉並の交番をたずねた宿直あけの日、ついでに訪問して聞いたK大生の話をふと思いおこした。K大生――それは月曜日、さと子がバスの停留所で、夫を見送ったのを目撃した隣家の長男であったが――は、私にこう語っていた。

「日曜日なんか、よくあのせまい庭の楠から家の廊下の柱との間に、洗濯物を干すビニールの紐をつないで、夫婦でバドミントンをして遊んでいたんですよ。仲の良い夫婦で、僕はへんにそれを強く心に刻みつけたことがあります。今年のお正月、二日の朝でしたが、僕はあの松尾さん夫婦が二人の子供をつれてね、ええ、上のほうは旦那さんが手を引き、下のほうは暖かそうな毛の肩掛けをした和服の奥さんに抱かれて、どっかへ御年始に行くとこだったんでしょうか、仲良く歩いて行くのを見たんですよ、笑いながら。僕はそのとき、『幸福』ってこんなものなのだな、と思いました。たとえ御本人たちがどういおうと、これは『幸福』以外のなにものでもない、『幸福』とは、つまりそうまわりから認められることなんだな。それに、いかにも新年らしい、佳い風景だったですしね、なんか感動的に僕はそれを憶えちゃってるんです……。和服のときは、いつもきっちりと襟を合わせていてね。きれい好きないい奥さんだって、うちの母もよくいっていました」

つまり、おそらくは松尾夫婦は、典型的な、どこでもざらにある、小市民の、平凡で、「幸福」な夫婦だった。子供も二人あった。生活も、一般の水準とくらべ苦しかったとは考えられない。

私は、冷たい風のようなものがするどく内部を吹き過ぎるのを感じた。いずれにせよ、夫は失踪してしまったのだ。そのわけのわからない夫の突然の行方不明、それが、なぜ、彼女にだけおこったのだ。なぜ彼女のみにおこり、なぜ他の者におこらないのだ。他の人びとにおこらない理由はどこにあるのだ。

……つづいて、そのとき私の内部のくらい奥深くに、ふいに身をもたげてきたある感情、それを私はいま、すこし気恥ずかしいが怒りと名づけようと思う。「社会」というものへの怒りだった、といってみようと思う。

実際、私は敵意にみちた睨むような眼眸で街をながめ直していた。その街路に氾濫する、私をおしつつみ、私をもみくちゃにし、どよめきながら笑いさざめいて動いて行く不気味な海のような群衆、その体熱、その明朗、その圧力のようなものを私は全身に感じていた。

この正常な人びとの渦巻き、と私は思ったのだ。正常さという人びとの鎧っている曖昧な、幻影に似た、伝説のような、それでいて不可侵の規約。その集積。その人びとのつくりあげた正常な社会というもの。松尾夫婦の行為は、この正常な虚構そのものの圧力に押しつぶされようとしての、それぞれの叫びのようなものではなかったのか。私たちにできることは、はたしてそれを嘲笑し、黙殺し、目をそらすことだけだろうか。その叫びを、正確に聞きとってみたいという衝動が、はげしく私をとらえたのはそのときであった。

晴れた宵で、社にかえるために横断しようとして車の切れめを待つ銀座通りはだいぶ暗くなってきていた。明るいウィンドウからの光が雑沓の顔を照らし、腕をむき出しにした男女たちが賑やかに笑いながら川のような音を立てて歩いて行く。人びとは、私を含めて、みなそれが地面のつもりで、それぞれ舗装された道の上を歩いているのでしかないのだ。夫の失踪などという突発事は、われわれには起らないかもしれない。しかし、起るかもしれない。われわれは、いつその舗装道路を見失い、それから足を踏みはずすか知れない。いつ、どんなきっかけでそれを奪われてしまうか知れない。虚構からふり落とされ、裸の大地にじかにふれねばならなくなるか知れない。

私は、肩を固くして歩いて行った。私には、群衆が、そのままおそろしい危険な動物たちのように見えてきたのではなかった。いつその危険な動物になるかわからない危険に、そして、そのなにを犯すかもわからぬという危険に、均等に、なんの備えもなくさらされている彼らを、そして自分を、私はかんじていたのだった。

松尾浩一は、おそらく死んでいるのだろう、と私は思った。人知れぬ山の奥か、水の中で、彼だけの秘密を抱いたままもはや朽ち果てているのだろう。だが、その私の予想は裏切られた。彼はちゃんと生きていたのである。

松尾浩一の帰宅を私に知らせてくれたのは浜田である。I刑事を紹介してくれたのも彼だったし、この事件に関しては、私は徹頭徹尾彼の親切な協力にたすけられた。

酔客にもまれながら私が新橋のそのうねくねと曲る小路を折れ、同じような看板を並べている小さな飲み屋の一軒に入ると、「よう、」と浜田が手をあげて迎えた。愛宕をまわっていた浜田は、(水上署は愛宕署まわりの者の管轄である。)ほんの一坪ほどのその店の常連で、私はそこに呼ばれたのだ。もう十時をまわっていた。

「今日、Iから聞いたんだが」浜田はビールを注いでくれながらいった。「松尾のやつ、昨夜、鈴木とかいう友達のところにあらわれたんだってよ」

「鈴木? 鈴木孝次かい?」

「なんでもA―省のやつらしいね」浜田はからかうような目つきをした。喉を鳴らしてビールをあけ、指で唇をこすった。「昨夜おそく、そいつの家にね、出て行ったときの服装のまま、くたくたになってやってきたんだって。事件は知らなかったらしいんだね、鈴木に聞いて、真青になって、一晩じゅう泣いていたそうだぜ。でも、へとへとに疲れ切って憔悴しちゃっていて、どうせ聞かなくても腰は立たねえみたいだったたってよ」

「どこへ行っていたんだって？　なぜ家出をしたんだ、やつは」

「そこさ。ひと言もいわねえんだってさ」

「頭はおかしくはないのか？　どうなの？」

「そんなこたあ知らねえ」浜田は、皿の蛸の煮つけを器用に口に運びながらにたにたした。「へっへ、でもなあ、ことわっておくけど、おれは松尾浩一発狂説だよ。おかしいよ、家出なんて。東京にあこがれる小娘のようなよくある話じゃない。一家の主人が、家出しちゃうなんて。そりゃ、おれだって時には家出したくならあ。けど、したいのとしちゃうのとは大ちがいさ。狂人の真似をして表通りを歩くやつは、狂人にきまっているとだれとかもいっている」

「へっへ」機嫌よくたかい声で笑って、浜田は力いっぱい私の背をたたいた。「事件というものはですねえ、しらべて行くと、そりゃ周りは明るくなり暗闇はせばまるけど、結局は中心に、それこそ果てなしの穴ぼこみたいなねえ、どうしようもない真っ暗なものがのこるだけだぜ。それにはどうにも手がつけられない。ぽっかりとした深い濃い闇がな、のこるだけよ」

「しらべるというのは、その闇のありかをはっきりとさせることなんだろ」と、私はいった。

「ま、たいていは闇を濃くしちゃうだけのもんです」浜田は笑った。

「でもまあ、やる気ならやってみんだな、若いうちは浮気でも仕事でも、したいだけはしとかなくっちゃいけませんよ。でも早くしないと腐っちゃうぜ。そうそうおくれちゃ、みんな忘れちゃうよ」

そのころは、私はまだそれを半分は本気で同じ社の週刊誌の記事にするつもりだった。松尾浩一に逢ったときもその私の気構えはつづいていた。私はそれから後にその予定を放棄したのである。べつに彼に逢ったから中止したのではなく、純然とそれは時間と、それから能力の問題であった。私はこの事件に関しては、そのときそれを要領よく短い枚数の読物にまとめあげるだけの才能がなかった。いわばお茶を濁すだけの才能がなかったといってもいい。私の関心は、ながい時間と枚数とを必要としたのであり、それがいつのまにか個人的なものでしかなくなってきたのは前に述べたとおりである。

おどろいたことに、数日後、松尾浩一はふたたび何事もなくA—省に勤めはじめていた。そんな事が許されるのか。松尾浩一の頭脳は、では異常がなかったのか。私の二度の

A―省への訪問は無駄であった。彼はなにもいうことはないといい、絶対に直接には逢ってくれなかった。私は、ある夕方、円山町の家に上りこんで彼の帰宅をつかまえようと計った。飲み屋で浜田と酔っぱらった、たしかその次の休日であった気がする。

事件のあったあとの家というものは、なにかがらんとした廃墟のような静けさをかんじさせる。円山町のその家には、六十近い老婆がいて、女の子の泣き声がきこえていた。老婆は私の名刺をみて、「娘のことで？」と、重い声できいた。「私、さと子の母でございます。娘が、たいへんなことをしてしまって。……申しわけございません」老婆は、早くも袖口で涙をおさえながらいった。よく肥って声の太い、どこか人の応対に慣れた物腰なのをふしぎなことのように私は感じたのだったが、「さ、どうぞ、上ってお待ちになって下さい。もう帰ってまいりますよ」と、親切に老婆は前掛けを外しながらいった。私は呆気にとられた。うんといやがられるのを充分に覚悟して私はきたのだった。

通り抜けようとした茶の間に、白布の台が置かれ嬰児の写真と位牌とが上っていた。私は老婆にことわって線香に火を灯した。新しい白木の位牌には、釈登光童女、とあり、小さな写真立ての中では気むずかしげな眉のうすいよく肥った子が睨んでいた。「登志子というんでございます」と、老婆がいった。「こっちが能里子で」

部屋の隅の桟で囲われた小さな蒲団で、女の子は呼吸をつめたような黒い瞳で私を見ていた。私は寄って行ったが、女の子は恐怖に口もきけぬという感じで、瞳の色がつよくなった。泣かなかった。淡い桃いろの柔らかな肌。そしてごく微かにふるえている、海の底の硬い小石のような瞳。瞳はあきらかにおびえ、私を拒んでいる。その大人のような表情をうかべた三つの女の子の顔つきを、私はいまも忘れることができない。女の子は声も出さなかった。私は次の六畳の部屋に通った。

老婆は収監されている娘の代りに、長女や浩一の世話をしに来ている様子だった。茶を運びながら、老婆は、「まあ、ほんとに、世間さまにとんでもない御迷惑をおかけしてしまって……」と、いく度もくりかえした。「能里子が、ときどき火のついたように泣くんでございますよ。ママ、こわい、と申しまして……、熱を出しまして、あれからまだ寝っきりなんでございますが、うなされるんでしょうか」

松尾浩一が帰宅したのはその直後である。小さな家なもので、玄関での私の靴をみての浩一と老婆の会話が、手にとるように聞こえた。私は緊張した。あきらかに松尾浩一は怒っていた。

「なんの御用ですか」襖をあけ、立ったままで彼はいった。

松尾浩一は色の黒い小男であった。思ったより整った顔立ちで、眉が濃く太く、鋭い鼻をしていた。

「なにも申上げることはありません」

坐ろうともせず、松尾はいった。声がふるえていた。

「A――省に、行っていられるんですか？」と、困惑して私はまず口を切った。

松尾はうなずいてみせた。「いまごろ、でもなんの用でいらしたんですか？」

「いったい、どうして家出なんかなさったんですか？」

私はメモを出し、鉛筆を握っていた。松尾は下を向いて、すこしためらってからきちんと両膝をそろえて坐った。

私は、彼の気弱な、どこか卑屈とさえみえる小心さをかんじた。怒りはどこかに消え、おどおどとおびえたような姿勢だけがいまは彼のものであった。

「たあいないことなんです」彼は、弱々しいかすかな声でいった。「かえりそびれちゃって。……じっさい、くだらないことをしちゃったんです」

うなだれて畳をみつめている松尾の、その異様に大きな二つの耳が真赤だった。彼は、ときどき洟をすすった。

だが、私がいくらなにをきいても無駄であった。それからあと、彼は頑強に沈黙したのである。お答えする必要はありません、とさえ答えず、彼は私のすべての質問にたいし黙りつづけた。苦しそうに両膝についた手に力をこめ、腰を浮かせかげんのその彼の不健康そうな蒼黒いせまい額に、やがてあたらしい汗粒が滲み出すのを私はみた。「なんとか、説明していただけませんか？　あの金は、競輪で儲けられた金だったんでしょうか？」

私は、余計なことまでを訊いていたのかも知れない。突然、松尾浩一は声をふるわせて答えた。

「どうとでも想像して下さい。なにもいいたくないんですから。もう、どんな記事をお書きになってもいいです」

いい終ると、松尾は唇をゆがめ、暗い、物憂げな目でゆっくりと畳の黒い縁を追った。ふてくされた絶望的な態度であった。あきらめて私は手帖をしまった。膝をあげ松尾と目を合わせて、ふと、深甚な感情が私をとらえた。「こんどのこと、あなたにも責任があることとは思いませんか?」

私は、それを非難とか、詰問のつもりで口にしたのではない。いったい、この男はなにを考えているのか、なにをどう感じているのか私はすこしでも知りたかった。「……思っています」と、すると彼ははじめて視線をあげ、呻くような、朗読するような声で答えた。「だから私は、私としては、どんなことがあっても、さと子と別れるということはいまは考えていません……」

老婆だけが、私を玄関に送ってきた。彼女は平べたく頭を下げ、「あの人の失礼をどうかゆるしてやって下さいませ」といった。老婆は、あきらかに、私が記者であるのを警戒していた。

私は、けっして裁判中のお嬢さんに不利なようなことはいたしません、と約束した。「あなたにも、いろいろとお聞きしたいのですが」老婆はまた頭を下げ、奥の気配をふりかえって、低く、しかし、悲しげな声でいった。「ええええ、私の知っておりますことなら、なんでもお話しいたしますです。……ツグナイでございますから」

図々しく、私はあとでこの老婆に、さまざまなことを明らかにしてもらった。だが、二度と松尾浩一とは話す機会はもてなかった。

その日、つづいて行く生垣の檜葉の角を曲り、やや広いアスファルトの中高にふくれた道に出ると、バスが私の後ろから走り抜けて二十米ばかり先きで停った。そこが、さと子があの月曜日の朝、夫を見送ったという停留所にちがいなかった。バスはまだ明りを灯けてはいず、ぞろぞろと降りる四五人の勤めを終えたらしい男女をながめながら、私は、ああ、ずいぶん日が永いなと思ったのを憶えている。

それは、まだ六月が過ぎぬ日のことであった。松尾さと子の第一回公判が開かれたのはその年の八月の終りである。ちょうど私はデスクでの用事に縛られていて行けなかった。私の行った次の公判には、さと子は姿をみせなかった。

日比谷の、暗く古めかしいその陰気な赤煉瓦の建物に行ったのははじめてで、私は法廷の右手の傍聴席に座を占めたが、さと子は急性の盲腸炎をおこしていた。医師の精神鑑定の結果が報告され、弁護人から証拠品として彼女の持ちあるいていた黒ビニールの大きな手提げ袋、粉乳の缶、小さなキャラメルの箱などといっしょに、留置場で書いたという手記が申請されたのがその日である。

浜田の顔と腕のおかげで、途切れ途切れの乱雑なものではあったが、私はそのさと子の手記を読むことができた。ながい時間をかけ、私は自分の調べた事実と手記を中心に事件を整理してみた。——整理という仕事にはかならず価値判断や方向づけが伴うから、それは私がこの事件をこのように理解し、このような意味を私なりに発見した、ということにしかならないのかも知れない。

私はいま、なぜ自分がこの事件にこれほどの関心をもったか、巧く説明することができない。たぶん、理由は私の生活じたいのなかにあっただろう。それを探索し、検証して、いくつかの理由をつけてみるのは簡単だが、それらのほとんどは後になって発見したものだし、無理にいうことはいわば説明のしすぎになってしまう気がして、私はそれをおそれるのだ。だから、どうしてもそれをいわねばならぬのなら、私はあるアルピニストの言葉でしか、それに答えられない。

私は、とにかく私なりに、その山に登らねばならなかった。

だが、私は足が空中に踏みまようことのないようには注意したつもりである。以下『 』の箇所は、さと子自身の手記の部分である。

3

　さっきまで道を走りすぎるバスは明りを灯していなかったが、いまはもうライトも室内燈も灯けてしまっている。松尾さと子は三歳の能里子の手を引き、背に登志子を括りつけて、夕闇の落ちかかる門の前でぼんやりとそれを見ていた。三崎幸枝という夫の「女」の存在を告げ、しつっこくさと子の届け出をでたらめだろうと追究しにきたI刑事もとうに帰り、その日、彼女はながいことそこに立って広い通りのほうを見ていた。おそい初夏の日も沈んで、生垣のこまかな葉かげにも影が滲みはじめてきた。六月十二日、夫の家出から五日めの夕暮れのことで、彼女は夫が失踪してからの毎日、そこで彼の帰りを待ちつづけたと手記に誌している。

　道を、幾台も明るいバスが通りすぎる。人びともいく度となく横を通り抜けた。夕方から近くの映画館に、「現金《げんなま》に手を出すな」を観に出かけた隣家の大学生も帰ってきた。彼は長女にむずかられながらまださと子が同じところに立ち、焦点のない目を通りに向けじっと動かないのを見た。胸をつかれ、「こんばんは」と声をかけたが、答えは得られなかった。しずかな屋敷町はとっぷり暮れ、もう外燈が灯っている。さと子は薄く唇をひらいていた。

さと子は、その五日目、もはや警察の手で夫がつかまえられ、つれもどされるのを期待していたのではなかった。悪いことだったかもしれない、とさと子は思っていた。警察に嘘をいって、一刻も早くあの人を自分の手に取り戻そうと思ったのは、警察の人たちにはいけなかったかもしれない。でも、たぶんそれより下手なことだったのだわ。月曜日の朝、あの人がへんな大金を持っていたのはほんとなのだ。でも、もうだれも信じてはくれない。私は、私への同情や信用までをあのことで失くしちゃった。そして、夫は無数のただの家出人のなかにかくれてしまっている。罵倒され、軽蔑され、いくらかの憫笑があたえられて、もはやさと子には夫をさがす方法が考えられなかった。でも、何故あの人は帰ってこないのだろう。夫はどこに消えてしまったのか。なぜ、消えてしまったのか。

鼻を鳴らす能里子を叱りながら、でも、さと子は、自分が夫を待っているのだという感覚はすでになくしていた。夫につき、あの金の出所につき、突然の家出の理由につき、そのかくれた場所について、彼女は考えるのに疲れはててしまっていた。いくら目をこらしても、なにひとつ見えはしない。彼女の目は空虚をみるのに慣れ、もう、なにかを発見しようとして動くのでもなかった。夫には、手がかりがなかった。彼は、ひとつも考える手がかりを残してはくれなかった。

消えたのは夫であり、だから私たちをみつけるのは彼の仕事なのだ。私たちは、ただじっとそれを待っていることよりできない。さと子はただ、夫にみつけられるのを待って門口に立っているのだという気がしていた。『降参、降参。もうたくさん。……もうかくれんぼはたくさん』口の中で、次第に彼女はたかい声になった。しかし、耳にも心にも、なんの答えもない。ちょうど道を曲ってきた巡査の影に気づいて、さと子は家に入った。

二人の子供をやっと寝かせつけると、さと子はその日の最後のニュースまでラジオを聞きつづけた。べつに身許不明の屍体や記憶喪失に陥った男の報らせもない。さと子は布巾をかけた夫の膳の前にすわり、それを喰べた。あまった飯を眺め、明日からあの人の分を炊くのはやめよう、と思った。だって、どうせ無駄なんだもの。それに、このごろは腐るのが早いわ。

「……気ちがい」と、彼女はあらあらしく声に出していった。そうよ、そうとしか考えられないじゃないの。それとも死んじゃったの？　それならそうはっきりわかるように死んでくれたらどうなの。バカな人。間抜け。エゴイスト。ぐず。どこにかくれてるの。

習慣のように、彼女は泣きはじめた。子供を起さないよう声を殺しながら、でもわざと大仰に肩をゆすり、胸をふるわせて彼女は慟哭した。私、あなたが狂人になったなんて、そんなこと、信じられない。

『この四五日ほど、あなたを愛していると思ったことはないのよ。あなたは私の部分、いいえ、私があなたの一部なのよ。』どこへ行ったの、なにを考えているの。なにが気に入らなかったの。私はただ、ちょっとあのお金をどうしたのか聞いただけじゃないの。主婦として、当然の権利じゃない。でも、もうお金だって女だってどうでもいい。早く帰ってきて。もうあなたの読んでいる新聞を取ったりはしない。ちゃんと返事をする。うるさくはしないわ。でも、あなた、二人の子供はどうするのさ。ばかねえ、あなたなんて、お金がなくなったらほっぽり出されちゃうのよ。ほんとよ。あなたを愛してくれる女なんて、いやしないわ。貧相で、ちっちゃくて、融通がきかなくって、ぐずでしみったれで、勝手で、だれがあなたなんか好きになってくれるもんか。あなたは人が善くてダマされてんのよ。ひどい女。私が殺してやる。いいえ、なにもしない。なにもしないから帰ってきて。泪は止まなかった。それはエプロンをとった水いろのワンピースの、その股のあたりをまるで失禁のように濡らした。私には、もう、どうしたらいいかわかんないわ。ねえ、なんとか返事をして。「返事をして」と、さと子は叫んだ。「……返事をして！」

声は壁に吸いとられた。さと子はあたりを見た。かすかに、遠くを走って行く車があり、庭の楠をゆする暗い風の音があった。

なにも考えられなかった。ほとんど、さと子は怒っていた。また一人で睡らなければならない。無理な眠りを、さと子は夫のときどき使っていた小抽出しのアドルムの、その最後の二粒で買った。

彼女は、もはや認めねばならないのだと思った。待つことは無駄であった。『夫は私を捨てたのだし、だから、その帰宅をあてにできる資格は私にはない』のだ。私——いや、私たち三人のこの家族には。

……たしかに、それはいつもの留守、出勤や出張とは、質のちがう夫の不在だった。夫は考えうるなんの理由らしい理由もなく、どこにもいなくなってしまったのだ。

空をつかむように、さと子はどこに手をのばし、どこを見、どこに語りかけ、どこに耳を澄ましてさえ、生きている夫の体温、鼓動にふれることができない。谺のように自分の声がかえるだけで、夫は沈黙した冷えた青空の壁のような、一つの空虚なのでしかなかった。さと子には『夫もまた、べつに特別なところなどはない一人の生きた他人だった』という認識、『自分が棄てられたのだという』一つの理不尽の承認のほか、このことにつきなにひとつ参加できるものがなかった。もはや幾日待ってみても、それ以上のものがあたえられるあてもないのだ。

夫が家出して五日たって、さと子はやっとそれをはっきりと『確認した』のである。

軒で雀が啼き、さと子はその日も威勢のいい登志子の空腹を訴える泣き声でめざめた。さと子は粉乳で登志子の食餌をつくった。彼女の乳は停っていた。

能里子との食事を終え、土曜日の朝刊に目を通して、さと子は所在なく頬杖をつきまた床に横になった。舌を出して上唇を舐めながらぼんやりと天井を見ていた。能里子が乳房をさぐってくる。はげしく、さと子はふいにその手を払いのけた。その一瞬、さと子に、はじめて瞳の燃えあがるような激烈な憎悪が来たのだった。

『憎悪――でも、それがなにに向けられた憎悪なのか、正確にいうことはできません。夫にも、子供たちにも、夫の彼女などを含めたあらゆる他人たちに向いたそれでもなかった、とは思うのです。私は、夫の不在で、生理までに変調を来たしてしまっている自分、その自分に腹を立てていた、といったほうが、まだしも正しいような気がします。全身がびりびりと慄えていて、私は顔が真赧に充血してくるのがわかりました。慄えは、五分間ほどもつづいていました……』

庭の正面の生垣に沿って、松尾の家には五六本の淡い色の立葵がならんでいる。雨戸はすでに開け放たれ、庭をみつめていたというさと子は、おそらく庭のきらきらと朝の日光を浴びて佇立するその白っぽい花々を視野の一部にそよがせていたのだろう。庭に鋭い眼眸で見入りながら、そのときさと子は理解したのである。夫への愛――その彼女の愛、不安、臆測は、じつは彼女だけのものにすぎない。同時に、夫の希望、夫の失踪、夫の言葉、夫の肉体の所在は、すべて夫にだけ属しているのでしかない。……びっくりして泣きはじめた長女を、桟で囲われた蒲団でしきりと小さな拳を振りまわしている次女をさと子は見た。これら、子供もじつは『他人なのだ、夫と同じように、フランスの首相やアフリカの小説家と同じように、他人』なのだ。さと子は大きく呼吸を吸って、吐いた。松尾浩一は、「夫」は、ただそう特別に思いこんでいただけの、つまらないやせた一人の男だった。夫、それはもはやどこにも存在してはいない。『それは一つのカラクリだったのにすぎない。』……眼から鱗がおちたようにそれがわかり、浩一は、いまは白濁した一枚の薄い骨片なのでしかなかった。そして、さと子は、すべての橋の断たれたような沈黙のなかに堕ちた。

もはや、彼女は安全な船の上にいるのではなかった。船は嘘であった。嘘が船であった。それまでの彼女の日常をしっかりと支えていた夫との関係、契約は、じつはどこにも実在していたのではなかった。生活は、架空なものの上に浮んでいた。——われわれの生きている毎日とは、蟻がすぐその下はどろどろの底なし沼であると知らず、あるいは忘れたまま、なんの恐怖もなく枯れた水面の木の葉のつながりの上を歩いているのに似ている。いつでも立ち止って、自分の立っているものの真下を掘り、のぞきこんでみるがいい。真っ暗な底知れぬ深淵が黒ぐろとした口をあけてあなたの底にねむっている。だれしもの立っている足の下の、その深い、暗い海の部分こそが、だがじつはその人の生命の部分であるのかもしれない。危険で、無秩序で、なんの言葉もない、いつあなたに襲いかかりあなたになにをさせるかわからない、あなたの部分であるのかも知れない。——このとき、一匹の蟻が木葉から足をふみはずした。

「ゴリラ、ゴリラとあそぶのよう」泣きつづけていた能里子が、叫ぶような声でいった。

ゴリラとは、子供たちのために伊東の母が買ってくれた、縫いぐるみの大きな猿の人形である。さと子はしばらくは能里子の相手をした。能里子がなにかをいい、さと子はかるくうなずいたが、しかし耳はなにも聞いていたのではなかった。

その六月中旬のはじめての土曜日には、いつものコーラスの練習がなかった。三崎幸枝は同じ省内の合唱会の、女性の友だち二人と二本の映画をみて家に帰った。家は中野である。ガス会社の前を右に折れたこまごまとした板塀の家の一つで、露地にまがり、彼女は適当な声を張りあげて、『ブナの森』の高音のハミングをはじめた。今日も練習があるから、と父母に嘘をいって家を出たのである。彼女は、顔に似ぬ美しいゆたかな声をしていた。

家の前で、彼女は幼い女の子をつれた女にじろじろと眺められた。女は背に紺の帯でもう一人の子供を負い、こまかな花模様のプリントのワンピースを着ていた。小柄で、すこし嶮しい目をしている。幸枝はちらとその不釣り合いな、高級品らしい白のパンプスにまで目を走らせ、大股に家の格子戸に歩み寄った。まだ口のなかで歌をうたっていた。

「三崎さんでいらっしゃいますね？　A—省におつとめの」

子供づれの女がいった。

「え？」

「私、松尾です。松尾浩一の、妻です」

「……ああ」咄嗟に幸枝はいい、困った、と思った。家はせまく、大声を出されたらうるさい父母はおろか、きっと隣り近所にまで厄介な話題がひびき渡る。「ええと、どっかに行きましょうか？」と幸枝はいった。

なんだかへんにこわいみたいな気がして、声がふるえちゃったわ。だって、すごく突きつめたみたいな目をしていて、しかもあの奥さんたらにたにた笑っているんですもん、と幸枝はそのときのことを語っている。——が、さと子は、幸枝のその言葉は、まるで昔の級友に逢ったときのように、どこかうきうきとした親しげな声音だった。と誌している。

肩をならべ中野駅のほうに歩き出して、だが、その一粁近い道のりを、二人はほとんど口をきかなかった。ただ、「家のひとたちに、なにかおっしゃった？」とおずおずと幸枝が訊き、さと子は、「大丈夫よ、なにもいっていないわ。だからああして上らずに待っていたんじゃありませんか」と答えた。「ああよかった」幸枝は卒直に胸をおさえた。彼女はてきぱきとして気さくな、どちらかといえば朗らかな気性だった。「私、高校の先輩がたずねてきたんだって、そう母さんにいっちゃったの」

駅前の喫茶店で、幸枝は松尾さと子と向い合った。「あなたはなにになさる？」とさと子はきき、幸枝は即座にアイスクリームだと答えた。「アイスクリーム」と、小さな女の子も口を出した。「ノリちゃんも、アイスクリーム」といって、子供はうれしそうに卓をつかんだ。

「私ね、なんだかじっとしているのが怖いみたいな気がしてきちゃったんで……」と、さと子は弁解がましくいった。

次々とバスの発着する、暮れかけた駅前の広場を眺めながら、幸枝は急に不機嫌になってしまっていた。私に、この人はなにを聞こうというんだろう。警察の人にいった以上に、なにを喋る義務があるんだろう。すみませんでした、なにもお話しすることありませんて、なぜ私は逃げなかったんだろう。意外に松尾の妻が色が白く、すこし目は細いが整った目鼻立ちをしているのに、この色の黒い馬づらの娘はちょっと劣等感にとらえられた。なにさ、金ピカの結婚指輪なんかはめちゃってさ。とソフト・アイスを能里子に食べさせているさと子の白い指に、目ざとくそれをみつけながら幸枝は思った。ひけらかしているみたいでさ。そんなこと主張しなくったってさ、だれも松尾さんを盗っちゃうつもりなんかもっちゃいませんよう、あんな男。

「すみませんでした」とにかく勝利者はあたしなのだ。優越をかくして、幸枝は低い声でいった。幸枝は、そのときは自分のソフト・アイスを、カップまできれいに喰べてしまっていた。

「……もう一つ召上る？」

「ええ」

幸枝は答えた。その日は友だちとすでに二箇のアイスクリームをたべたあとだったが、彼女はその喫茶店で、結局は三つのソフト・アイスを胃におさめた。

さと子は遠慮のない眼つきで、その自分より背の高い、浅黒い頬のぴんと張った若い外斜視の女を眺めた。ブラウスの衿には刺繍があり、髪の手入れも行き届いたものだったが、流行のそれはけっして面長な彼女に似合う髪型ではなかった。思ったより健康そうな、はっきりした、幸枝は悪びれない平凡な若い大柄な娘にすぎなかった。

さと子は、低くいった。

「なん度ぐらいしたの？」

「え？」幸枝はしばらくはきょとんとして、やがて舌を出してクリームをひと舐めした。

「さあ、わかんないわ、……三回か四回、五回くらい旅館に行ったかしら。算えろといえば算えてもいいんだけど、はっきり憶えてないんですよ、かくすわけじゃないけど」そして、「ごめんなさい」とつけ加えた。

「ひとつも気がつかなかったわ、私」さと子は白い歯をみせて笑った。美しい歯並みだった。出っ歯の幸枝には、それはわざと歯をみせびらかすための笑いだと思えた。

幸枝は戦闘的にいった。「松尾さんを、信じきっていたのね」

「ええ」と、さと子は答えた。「だって、私だってべつに誘惑したくなるような男性だとは、いくらひいきめに見たって、ねえ?」

それがたいそう皮肉なものに聞こえた。幸枝は奇妙な憤激にとらえられた。「奥さんは、松尾さんを愛してらしたの?」

「……ええ、そりゃあ」冷えた紅茶を置き、さと子はおとなしく二人の会話を見まもっている能里子の髪を撫でた。口もとに笑いがうかんでいた。さと子は左手で登志子を抱き、嬰児はだらしなくあけひろげられた胸にはみ出した乳首をしゃぶっている。

「ふうん」いやな女、図々しい、妻の座に安定しきった臼のような女、と絶句して幸枝は思った。子供をつれて、いやがらせにやってきてさ、そのくせしゃあしゃあとしてさ、夫を愛してるなんて、それだって吸いとるだけであたえない無反省なエゴイズムの愛なんだわ、とこの少々ひとにあたえやすい博愛的な女は思った。こんな自分本位の鈍感な女だからこそ、松尾さんだってやりきれなくなって浮気心をおこしたりするんだ。なにさ、この余裕たっぷりな笑いかた。ひとを馬鹿にしたみたいな。突慳貪にいった。「じゃ、すくなくとも奥さんには、なんの御不満もなかったんですわね」

「……ねえ、いったい、あなたはどういうふうに誘惑したの? 松尾を」さと子がいった。

「向うからですよ、それは」怒りに頬を染めて、幸枝はいった。これははっきりさせておかなくてはいけない。私からだなんて、とんでもない。「朝、電車の中で逢ったとき、たしか去年の春だったわ、松尾さんが、君、明日、もう一時間早く来てみないか、新宿で待ち合わせよう、っていったんだわ。誘ったのは、松尾さんだわ」そして、やっと幸枝は肩をすくめる余裕をとりもどした。「だから私がひとつも悪くないとはいいませんけど、でも、事実は事実よ」

けんめいの努力でかぶせようとする上唇を押し上げ、幸枝の口もとには語を切るごとくに鈍くひかる黄色い歯並みが顔を出した。あきらめたように幸枝は努力をやめ、さと子は、それを笑った馬のような顔だなと思った。

「それだけ?」と、さと子はいった。

「それだけって?」

「それであなた、行って、そいでホテルへ行ったの?　そのあくる日」

「ええ」

さと子は、三崎幸枝はちょっと異常なところがあるようだが、だが根は善良で、私にはとても親切にいろいろと答えてくれた、と誌している。『でも、私はすこし感情的になっていました。口惜しさを怺えるだけでやっとでした。』

「あなたは、松尾といっしょになる気はあったの?」と、さと子は訊いた。

「いっしょ?　結婚?」念入りにとかれた髪のうすい頭をあげ、幸枝はびっくりしたようにさと子を見た。

の人ともそんなことをしたの？」

「いいえ、一度も」

当然のようにそう幸枝はいい、「あなたは、」と、さと子は鋭い声でいった。「ほかの男の人ともそんなことをしたの？」

「まあ、あんまりだわ」肩をせばめ、やにわに幸枝は失笑するように泣きはじめた。「ひどいわ」嗚咽のあいだから、彼女は小さな声でいった。

「してんでしょう、ほかの人とも」

「していないわ」三崎幸枝は嘶《いなな》くようにいった。外斜視のその目の、そちらだけ相手をまともにみることの出来る右の瞳が、指のあいだからきらきらと濡れて光りながらさと子に向かっていた。

「ぜったいに、していないわ。私、松尾さんとしか、まだそんなことしてはいないわ」

「ママ」と、能里子がいった。「ママ、おねえちゃん、泣いてる」

あのひとったら、すごくへんなことを訊くんですよ、と三崎幸枝はあとになって、そのときも二つか三つめのソフト・アイスを齧りながら、銀座の喫茶店で私に話した。ちょっとひとにいえないようなことまで平気で訊くんですよ。意地わるそうで、自分勝手で、金輪際つきあいたくないような種類の人ね。あの人って、目が細くて、ちょっと狐みたいでしょう？　あごが尖っていて、それが、もっと目を細くして、なにも見ていないような目つきになって、それで私の胸のあたりをみつめたまま根ほり葉ほりちっちゃな声できくの。そんなとき、なんかじわじわってお尻が寒くなってくるみたいな、へんなとっても淫蕩な感じになっちゃうのね。とってもいやらしかったわ。あの人が事件を起したって聞いたとき、なぜか、ああ、あの顔になってやったんだな、って、そんな気がしたんですよ。何故だかわからないけど。

幸枝は、しかし正直にその「ひとにいえないような」質問に、いちいち律義に答えていたのらしい。そのうちに彼女はどきっとして、思わずソプラノで叫んで立ち上った。眼を閉じたさと子の唇がわなわなと慄え、さと子がかるい脳貧血をおこしたのだとわかるまでにはかなりの時があった。さと子は、急に蒼ざめ、額に汗の粒を滲ませて椅子ごと床に転げ落ちた。

「松尾さん、松尾さん」泣き出した能里子の声、駈け寄るウェイトレスのだれの声よりもたかく、悲鳴にちかい声で幸枝は絶叫した。しっかりとさと子の胸に抱えこまれ、幸い怪我ひとつなかった登志子が泣きはじめて、ウェイトレスがさと子の指をもぎ放すようにして嬰児を抱えあげた。さと子は唇や喉、爪にまで血の色がなかった。

幸枝はさと子の首を膝にのせた。その膝ががくがくして、理由もなく幸枝は涙ぐんでしまっていた。驚きか、恐怖かのためだったかも知れない。「だいじょぶ？　え？　だいじょぶ？」甲高く上ずる声はふるえ、幸枝は目を閉じた蒼白なさと子の顔に唾を吐き散らしながら叫んだ。「しっかりして。だいじょぶ？」

すぐなおったんですけど、と三崎幸枝はいった。でも、呆れちゃったわ。目をあけて、ああ、あなたね、っていったっきり、あの人ったらお礼もいわないのよ。

だが、松尾さと子の言葉どおり、このアイスクリーム好きの娘に、すこし度はずれな善良さのようなものがあるのも否定できない。彼女の性格には多少難解なところがあり、私はしまいまで理解を追いつかせることができなかった。その日、彼女はすっかり仲良しになった能里子を背に負ぶって、いろいろと談笑しながら駅までさと子たちを送ったというのである。

「おねえちゃん、おねえちゃんのおうちはどこ？」

意外に明瞭な発音で背の上の能里子がいう。幸枝のほうがかえって舌足らずの口調でそれに答えた。「オネエチャンノオウチハネエ、ココ。コノアッチ」能里子は、幸枝の買ってやったキャラメルの箱をふりまわして、「そっちへ行くう」といった。やっと地面におろしたのだが、彼女は幸枝の脛にかじりついた。

「おねえちゃん、おうちにあそびにこなくちゃダメ。ノリ子のおうちに」

切符を買ってきたさと子がいった。「まあ、すっかり気に入っちゃったのねえ。血筋かしらね」

そして二人の女は声を合わせて笑った。

幸枝は定期を持っていたので、プラットホームまで松尾母子三人を送った。「どうも、いろいろとありがとう。気にしないで頂戴ね」とさと子はいい、「どういたしまして、それよか奥さん、御馳走さま」とあかるく幸枝は礼をいった。三崎幸枝は、ひどくいいことをした気持ちがしていて、でも、このくらいは親切というより、女どうしとしての義務なんだわ、と思った。

——疲れてしまったのか、子供たちはすぐ睡った。登志子がすこしむずかっていたが、これもおとなしくなった。

さと子も疲れていた。茶袱台の下に脚を投げ出し、彼女は、すべてそこに夫が訪れてはいないことを教える速達の返信にまた目を通した。山口の松尾の長兄からの返事がいちばん簡単で、もしやってきたら電報をうつ、とだけ書いた葉書をよこしている。学徒兵のときの友だちの二人からだけは返事がなかった。古い、昔の年賀状をしらべて出した手紙だから、宛名の人物はもうとうにどこかに引越してしまっているのかも知れない。

夫とのアルバムをみるのも飽き、彼女は音を立ててそれを畳へとほうり出した。仰向けに横になって、腕を頭の上で組み天井を見上げていた。昨日今日、掃除らしい掃除もしてはいない。腕をひろげ股をすこしひらいた姿勢になり、なにかいやらしい刑罰をうけているみたいな姿だと思った。下着の裾の乱れているのを感じながら、でも、さと子は起き上り裾を直すわけでもない。彼女はふと、すっかり男なしの生活に慣れきった一人暮しの女のようなだらしのなさ、怠惰と気ままさとに、ごく容易に自分がすべり落ちて行こうとしているのに気づいた。

ラジオはモツァルトの舞曲を終え、心臓肥大症について博士が陰気な声で語りつづけている。さと子には、だが、奇妙な放心がつづいていた。好奇心と、敵意の排泄。そのほかに、あの若い女に会ったことにどんな意味があったかしら、とさと子は思ってみた。べつに夫につき新しい手がかりがあたえられたわけでもない。ただ、それをもとめる場所を一つ減らしただけのことなんだわ。だが、久しぶりの外出は、彼女の鬱陶しい気づまりをいくらか医《いや》してもいた。ああ、のんびりと日光の下を歩いて行ってみたい、ほんと、家にじっとしてるなんて、呼吸がつまるわ、と彼女は思った。

目をつぶって、ぼんやりと夫の残して行ったものを思った。歯ブラシ、手拭い、剃刀、灰皿、服、書物、……それら等身大の一人の人間をかたちづくる輪郭。だが、いまはそれら日常の一つ一つの物たちはふと死者の花輪のように白く冷たく体温をなくしていて、その一連の環にふちどられた透きとおった風の跡みたいなもの、それが「夫」の痕跡なのでしかなかった。たしかに、夫はすこし遠く、空ろになりすぎてしまっていた。

突然、ベルの音が電撃のようにひびいて、さと子ははね上った。夫が、帰ってきたのかしら？　とたんに冷水を浴びたような恐怖が背すじを走り落ちて、さと子は無意識に隠れ場所をさがすようにあたりを見た。滲み出すように頰が熱く染まってきた。さと子は頰をおさえ、喘ぎながら、足がすくんでいた。

『不意打ちでした。でも私は、自分がなぜ恐怖におそわれたか、わかりません。私は、ほとんど幽霊でも見るような気持ちで、こわごわ玄関の鍵をあけたのです』

「――困るねえ、奥さん」暗闇で声がいった。「家をあけるときは、そういっといてくれないとねえ。すっかり心配しちゃって。……」

巡査が顔を出した。いきんだような顔のままで、さと子は口をきけなかった。

「まさか一家心中をしてんじゃあるまいかと考えてね」巡査は人なつっこく笑った。「女子供だけだからね、ちょいちょい見廻ってみてんですよ」

「……すみません」やっといった。さと子はなにかを防ぐように、両手で胸のまえに固く拳をつくっていた。彼女はそれに目を落とした。

「こんど出るときには、そう声をかけて下さい」巡査はいい、帽子に手をかけて表へ出た。淡い霧のかかったような夜で、街燈が暈をつくってぼんやりと生垣の葉を照らしている。夜は涼しかった。巡査は欠伸をして、あたりを見まわして歩き出した。

「おまわりさん」と、声が呼んだ。巡査は、靴底に小石のはじけ飛ぶのを感じながらいそいで引き返した。玄関をあけ、さと子が頭に手をやりながら走り出てくるのを巡査は見た。

「どうかしたのかね?」

「いいえ」門の前で、さと子は呼吸を切らしながらいった。「私、明日も家をあけますから」

「……待っていないのかね?」やっと中年らしい余裕をとりもどして、彼はいった。

「明日から、旅行に出ようと思うんです。子供たちといっしょに。……いま、不意に思いついたんです。だいじょぶです。私、死にゃしません」

さと子は笑いかけた。「……私、あの人との新婚旅行のコースを、も一度まわってみるつもりなんです。お願いしますわ。そうしてもう一度、あの人のことについて、ゆっくり考え直してみたいんです。二三日は留守にしなくちゃならないと思いますから」

「探しに行くのかね? でもねえ、……」巡査は口ごもった。だが、さと子は決意した声音をかえなかった。

「私、このままで待っているのがこわいんです。きっと、あの人をどういうふうに迎えたらいいか、心の準備ができていないんです。明日から行ってきますわ。子供たちといっしょに」

巡査は首をふった。思い直しそうにもない、自分から探しに行くつもりなんだ、と彼は思った。きかん気の女だ。そして若い。……苦笑して、背をまるめ彼は歩き出した。ふと、いまは遠い、若さそのものにたいするような愛情と軽蔑とのまざりあった気持ちが、一つの焦立ちとなって彼に生れていた。

もしあれが自分の娘だったら、自分はどんな忠告をするだろう、してやれるだろう、と考えながら彼は交番へかえった。


大磯を過ぎるころから雨になった。伊東行きの湘南電車の満員の箱の中では、雨をうらむ行楽の人びとの声がおこった。ちょうど、日曜日にあたっていた。

松尾浩一・さと子の新婚旅行は、四年も昔になる。春の初めで、伊東から大島をめぐる汽車と船の旅であった。いまは初夏、透明な光にみちた静かな細い雨が、畦に積まれた熟れた麦の束を、窓を過ぎる濃いゆたかな木の緑を、国府津あたりの眼下を走り抜ける海岸の砂の肌を、しっとりと音もなく濡らしている。松尾さと子は二人の子供をつれ、その午後、奇妙なその新婚旅行のくりかえしへと出発したのである。

伊東では、さと子の母が福家《ふくや》旅館という小さな温泉宿を経営している。さと子はまずそこに足を向けるつもりでいた。

知っているのか知らないのか、さと子は手記では全くそれにふれていないが、彼女はその実の娘ではない。長年母は五反田で小さな待合を経営していて、さと子はその三業地の芸妓の娘である。父はわからない。生みおとした母は翌年綱島で心中をしてしまった。ただ、伊東の母はそれをかくしおおせていると信じている。

仲人の川口良吉は、その待合の馴染みの客の一人だった。母は一人っ子のさと子を縁づけると、「自分も温泉に浸りたい」一心から、伊東で旅館をはじめることにきめた。それでも東京での知人や贔屓客やがゴルフの帰路に寄ったりして、商売はけっこう繁昌した。月々それとなくさと子に小遣いや品物を送ることもできた。私が松尾の家をたずねたときいたのがこの母である。小肥りで色黒の彼女は、事件後さっそく上京して、家をあずかっていたのである。

梅雨どきとはいえ、日曜日は伊東の温泉宿にとって書き入れの日であるのには間違いない。さと子が浩一と泊った四年まえの旅館に行かなかったのには、予約がないと泊れないという判断も一つの理由であっただろう。

福家旅館は、水道山といわれる頂上に浄水場のある小丘の裾をめぐる道に面している。さと子の母は知人の客の一人と、縁側でその丘の斜面に立ちならぶ家々に降る雨をながめながら、とりとめのない無駄話をしていた。そこに女中が「東京のお嬢さん」がいらしたと告げに入ってきて、彼女は仰天した。てっきり夫の帰るのを待ちかね、自分から家を捨てて飛び出してきたのだ、と彼女は理解したのである。

「子供は？」

「ええ、おつれになって。お二人とも」

いよいよ、と母は思った。あんなに短気はおこすなといっといたのに。彼女は浩一が失踪したという手紙をうけとった水曜日、あわてて上京して杉並の家に一晩泊ってきたばかりだった。そのときも寝もの語りでとっくりといいきかせておいたはずだ。けっして別れるんじゃないよ。いいかい、あんたにもどこか落度がある。そう考えなくちゃいけない。だいいち二人も子供がいるじゃないか。もし家へなんかやってきたら、私はすぐにおいかえしちまうからね。

「しようがない人だねえ」一階の自分用の六畳の襖をあけ、母はちょっとたじろいで足をとめた。さと子は見ちがえるほど蒼ざめ、頬の肉が落ちて、ただでさえ白眼の多い細い目を吊りあげ、まるで怒ったような顔でけわしく母を睨んでいた。

「能里子が」とさと子は喧嘩腰の声でいった。「この子が、途中で急にお腹が痛くなっちゃったの。早くお医者さんを呼んで頂戴」

「そりゃたいへんだ」

母はびっくりして、すぐにでも追いかえそうという意気ごみをたちまちどこかへと吹き飛ばした。

「おやまあ、こんなに濡れちまって。傘をもってこなかったのかね、駅から電話でもしたらよかったのに」

「だって、いそいでいたんですもの。早く寝かせようと思ってタクシイで来たのよ」

雨の滴はさと子の肩や髪の上にも光っている。能里子はくるしげに呻いて、蒲団をのぞきこんだおばあちゃんの顔から不機嫌に目をそらせた。顔をしかめ、泣きはじめた。するときょろきょろとあたりを見ていた登志子までが泣きはじめた。母は、もうお客さんどころではなかった。

能里子の腹痛はたいしたことはなかった。たぶん、ちょっと冷えたのだろう、と呼ばれた町の医者はいった。さと子はつききりで能里子の枕もとから離れなかった。

その間、おばあちゃんは登志子を背に負ぶって、さして長くはない宿の廊下を往復しながら、「思案」していた。しようがない、あの子には今晩か明日にでも話をして、家に帰る決心をつけさせよう。でも、どうもあの子の眉をしかめた、気むずかしそうな顔は苦手だ。そして一人きりの目になって上唇をぺろぺろと舐めるあの癖。あれが出ると、もう、都合の悪いことには返事もしなくなるんだから。脚がだるく、呼吸も切れてきたが、彼女は額にうっすらと汗をうかべたまま、廊下を去らなかった。思案の一方で、彼女は、通りかかる顔見識りの客の一人一人にそれが二人めの孫であることを説明して、いちいちほめさせては悦に入って倦まなかった。

上下線の最後の電車が伊東をはなれるのは夜ふけを過ぎた時刻である。それまでは母にあわただしい日曜日の夜がつづいた。六畳に引き上げ、やっと母がさと子と落着いて話すゆとりを得られたころは、もう女中たちの眠りをいそぐ物音がかすかにして、部屋では二人の子は首をそろえ、安らかな呼吸音をたてて眠っていた。

「ああいいお湯だったよ、極楽だよ」と母は湯の香りを漂わせて、小さな茶袱台のまえに幅びろい尻を下ろした。「あんたも入ってくりゃいいのに」

「でも、あの人が帰ってこないおかげで、ずっと停っちゃってたのよ」宿の浴衣を着たさと子は、もはやそんなに嶮しい目つきではなかった。「今日、電車に揺られたのでなっちゃったのね、きっと」

客の残りもののビールを母に注いでやりながら、さと子は質問に答えた。「べつに、もう家に帰らないつもりなんかじゃないわよ。ただ、あの人との新婚旅行のあとをまわってみたかったんだわ」

「だって」と、母はいった。「そんな、おまえ、浩一さんが帰ってきてたら、どうすんだい。家がしまってたら、内へ入ることもできやしないじゃないか。かわいそうだよ」

「またどっかへ行っちゃうかもしれないわね」

「それさ」母は声を大きくして、あわてて声を低めた。「いいかい、別れちゃいけない、子供がいるんだもの。子供のために、癪にさわっても我慢しなきゃいけない」

母はさと子に家を守ることを説き、さと子はビールをすこし飲みながら反対もせずにそれを聞いた。「いいね？　いつかさめるに決まってるから。迷いなのさ。金光さまのお告げではちゃんとこれは迷いだ、じきに帰ってくるって出てるんだよ。私は、べつに浩一さんをひいきにしてんじゃない、あの人もひどいよ。けど、あんたの身を思うからこそ、家にかえれっていってんだよ。家ってものはね、みんなの、たくさんの辛抱でできているものだよ。家をこわしちゃっちゃいけない」

「たしかに悪いんだよ、浩一さんがね」母は呟いた。ビールは、新しい三本めのそれに移っていた。「こんなにさ、おまえをやつれさせて……母さんだって、平気でいるんじゃない」

「でも、べつに私はいま、たいしてあの人を怒ったり恨んだりしてはいないわ」と、さと子は明るい声でいった。母は洟をすすり上げた。

「……どこにいるのかねえ」母が、ため息をついていった。

「いいのよ、どこにいたって、もう」と、さと子はいった。投げやりなというより、声は、母をなぐさめるためかどうか、むしろ明朗にひびいた。「私ね、あの人を愛していると思ってたの」

「うん、うん」と母は首をふった。

「でも、ふっとあの人がいなくなって、考えてみたのよ。そしたら、愛しているってことがわからなくなったわ。私の愛したのは、あの人のせいじゃないのね。私は、へんな、勝手な、透明なねばねばみたいなもので、あの人をつつんでたの。それだけ。そして、そのねばねばは私だけにしかつながっていなかったの。それが愛だったわけなんだわ」

「ふんふん」

母はやたらと首を縦に振った。たとえちんぷんかんぷんでも、とにかく言い分をきいてやらなくては。すこし睡たかった。母は、いいたいことはすべていい終ってもいたのだった。

沈黙がややつづくのを待ち、母は欠伸をした。「……おや？　二時だよ。寝ようか。母さんもくたくただよ」

「ええ」さと子は逆らわなかった。ゆっくりと微笑して、茶袱台の上のものを部屋の隅に寄せはじめた。

「……母さんがついているよ」母は鏡台に向って、たんねんに栄養クリームを頬から首すじにすりこみながら声をかけた。

さと子が答えた。

「なんだか、あの人がいなくなって、硝子戸がはずされちゃったみたいなのよ。……私、はじめて世の中へぽいっと一人きりでほうり出されたみたいな気持ちなのね。どうにかしなきゃいけない、その中で、どうにかして行かなくっちゃ、って考えるの」

さと子は早くも蒲団にはいってしまっていた。母は能里子の横の蒲団にはいった。声をかけて、スタンドを消した。

「大島に行く船の時間はわかるわね」と、そのときさと子がいった。

「わかるさ。でも、家に帰ったほうがよくはないかい？」

「行ってみるわ。決めたことですもの」と、さと子は透明な声で答えた。「それから家に帰るし、べつに心配しなくってていいのよ。ただね」

暗闇の中で、さと子の仰向けになる気配がした。「私ね、あてもなく待ちつづけているのがたまらなくなってきたの。そして、それは私だけに任された、私だけの気持ちなんだわ。その曖昧な、不安定な気持ちを、なにかをはっきりさせて、私、始末してやりたいだけなの。……」

「探したって、大島になんかいやしないよ。金光さまのお告げでは、西の方角だよ」

「いなかったら、いないことをたしかめるの。——でも、私は、探しているつもりでもないのよ、ほんとは。あの人のことなんかどうでもいいわ。私は、私のなかのあの人をもう一度見直すいろいろな手がかりがほしいだけなの。私は、私のことだけでいっぱい。ほかのこととか、あとのことなんかは、考えていないの」

「……電報もこなかったね」母はいった。もし留守に浩一が帰ったなら、早速ここに電報を打ってくれるよう巡査に頼んできた、とさと子は語っていたのである。……母には、大島行きをとめる根拠は、なにもなかった。

でも、家を棄てるというまでの決心もないらしいし、ともかく悪いのは浩一なのだから、留守に帰ってきて野宿しようと自業自得なのだ。気のすむようにさせてやって、それでさと子がもとの鞘におさまるならそれでいい。なんてったって、子供がいるんだもの。ただ、母はその夜ひとつの不吉を予感していた。さと子が髪に気を使うでもなく、肌の手入れをするでもなく、一度も鏡を見ずに床にはいったことが、この中老の女の心に小さな傷痕のように残ったのである。女が、化粧や身じまいにかまわなくなったときは危険なのだ、と彼女はため息をついて語った。ふつう、死にぎわだってちゃんとお化粧をするのが女でございますし、鏡をみないようじゃ、女としてもう人間じゃございません。どっかいちばん大切なところがのっぺらして、そのときはもう、どこかまともでなくなってしまっていたんでございますよ。

さと子は、もともと寝むときの身支度に時間のかかる娘だったという。杉並の家で私にそれを話してくれた老婆は、一つの哲学をもっていたのである。彼女によると、男と女とはおなじ人間でも、牛と馬ほどにできかたのちがった動物である。だから男が鏡を忘れることはなんでもない。女が鏡を忘れるということは、そういう形式であたえられている彼女の人間としての生命、それを暗黙のうちに拒否したことと同じい。つまり女は、そのことによって、単に「女」であるばかりか、「人間」であることまでを喪失して、人間としての不具になるのである。

だから、彼女にとってそれは重大な心配ごとであった。翌る日、伊東発八時三十分の船便のため家を出ようとする娘に、当座の費用として二万円の金を渡したあと、うるさいほど化粧にもっと気をくばれと彼女が念を押したのはそのためなのであった。

「うるさいなあ」ふしょうぶしょう玄関の式台に大きな手提げ袋を置き、プリントのワンピースのさと子は唇を塗り直しながらいった。「でも、こうしてうんと綺麗にして、だれかに見染められるのも悪かないわ」

「なにをいってるんだい、もうあんたは売却ずみだよ。子供が二人もいるじゃないか」

「そうかしらね」さと子は肩をすくめた。「私、じゃあ、もうずっとあの人とは離れられないのかしら？」

「いくら気が弱くてぐずな人でもねえ」そしてふと母は思いついた。「浩一さん、きっと一日たち、二日たつうちに、だんだん帰る度胸がなくなってうじうじしてんじゃないのかねえ、どっかで」

「まさか、いくらぐずでも」と、さと子はいった。そのさと子が、昨日よりはよほど表情にやわらかさを取り戻しているのを母はよろこばしげに眺めた。調子にのっていった。

「たかがあんな男の一人ぐらい、いいようにうまく扱いきれないなんて女の恥だよ。これと思った男ならば自分の自由にして、一生自分にしばりつけておくのが女の腕っていうもんだよ」

「……すごいわねえ」正直にさと子は感嘆した。登志子を負ぶったまま、黒ビニールの手提げ袋を抱えあげた。

能里子が元気に門のほうに走り出した。

「送らないよ」と、母はいった。もう、他家の娘なのだ。しかし、それがいけなかったのかもしれない、とあとになってくりかえし彼女は思いつづけることになった。


大島では、さと子はほとんど宿から出歩かなかったらしい。身がるな新婚当時とはことなり、乳呑み児を含めた子供が二人もいる。とうてい火口を見にのぼるのも無理であったのだろう。彼女はでも、二日つづけて島の東側の、自然動物公園でだけ遊んでいる。

その冬、折りをみて私は大島にまで行ってみたが、さと子の泊った岡田港のO旅館で、幸運にも彼女にやとわれたという娘と直接話すことができた。豊かな髪をいわゆる催促髷に結ったアンコといわれる若い娘の一人で、さと子はガイドより子供の世話のために彼女についてきてもらったものらしい。

彼女はさと子のことをよく憶えていた。さと子は二日で千円くれ、なかなか金ばなれのよかった客の一人だった。子供は二人とも色が白く、たいそう可愛く、おとなしかった。

「あれ、七ヵ月だったんですってね、一年くらいの赤ちゃんかと思っちゃった。大きくって」と、娘はいった。

とてもいい天気だった。バスからは富士がくっきり見え、自然動物公園の緑の芝はかがやくような光をはじいていた。「いっぺんに真夏のとこにきちゃったみたいね」木かげを探しながら、さと子は機嫌よく白い歯を光らせて笑った。

公園はなだらかに海に向ってうねりながら低くなって、古い熔岩がそこここに苔や木を生やして露出している。一本の細いユーカリの白っぽい幹を背後に、亜熱帯性の竜舌蘭やサボテン類を前にして太い木で組まれた休憩所がある。さと子はそこにおしめやミルクを入れた手提げを置き、芝生に脚を投げ出して坐っていた。能里子をつれたガイドの娘は、アンコの手拭いをその人なつっこい少女の頭にのせてやったりして、のんびりと二日間の昼を猿や狐や孔雀の檻をみてすごした。

「そのほかには行かなかったの?」と、私は訊いた。

「ええ。そこに行くのだけでも、すこし面倒みたいでしたよ、あの奥さん」と、その色白でくりくりとした瞳の、鼻の低い紺飛白《こんがすり》の娘は答えた。「ときどき、宿ではなにかぼんやりとしてたね。くたびれきったみたいに、こう横に坐っちゃって、海をながめててね」

「……憂鬱そうだったのかい」

「いいえ、それはそうじゃないんです。公園なんかでは、とってもたのしそうでしたよ。大きいほうの娘さんと、きゃっきゃっいって追いかけっこをしたり……、あそこは、低くなったり高くなったりしててね、それで奥さんもよくころんでねえ。そうそう、一度鹿に頬っぺた舐められたって、悲鳴をあげたりして。あすこは、放し飼いにしてあるんですよ、鹿なんかは」

「だれかを探しているように見えなかった？」

「そうねえ、ただ面白そうに、すっかりたのしそうに遊んでいただけだったね。宿の外では。……だれかを探しに島に来ていたんですか、あの奥さん」

　私は、娘の話を聞きながら空想した。真青な夏空のしたにひろがるゆるい起伏のある緑の芝。ほとんど人気がなく、管理人もいず、鹿や鵞鳥などを放し飼いにしている無料のその公園で、ただ無心に二人の子供と遊びたわむれている若い母——さと子。さと子自身の手記によれば、その情景はこのように書かれている。

『……私には、その小舎の蔭から、芝の窪みから、檳榔樹のかげから、ふいに夫があらわれてきはしないか、という気がしていました。でも、私は思ったのです。そこにあらわれてくるような気のする夫の姿は、三十二歳の夫、くたびれた紺背広や銀鼠のギャバジンのズボンの、あのいまの夫ではなく、まだ子供もない昔の、結婚したての夫の姿でしかない。いまの夫、それは私にとり、はっきりと「どこにもいない」人になっていました。

　そして、突然私は気づいたのです。私は、いまの夫、生きているあの人を愛することができない。なぜなら、それが生き<ruby>ている</ruby>から。……過去の記憶の中に払い落され、一つの古めかしい肖像写真のように定着してしまった夫のほか、私には愛することができない。

へんな言い方なのですが、私はそのことを感じました。私のほしかったのは「愛」ではなく、ただの安定だったのかも知れません。私は夢中で子供とあそびました。なるべく、あたりをみないようにしてました。もし、ひょっこりと現実の夫があらわれたら、私は死人が歩くのをみるように恐怖するだろう、と思いました。もう、私は生きているあの人を、はっきりと恐れはじめていました……』

「あくる日も、同じそこに行ったんですよ。いろいろ見てまわるのは面倒だし、いやだと奥さんもいうし、上のお子さんが、もう一度行くってきかなくって……。でも、あの奥さんがねえ、あんなひどいことをするなんてねえ。……とうとう、みつからなかったんですってね、あの赤ちゃんの……」襟脚のきれいな娘は、眉を寄せ深刻げな表情をつくった。

「さがしたのかな、屍体は」

「三度ぐるぐるってまわって探すのが船の義務なんです。でもみつからなかったっていってましたよ、船の人が。……ねえ、いやなこと」

「そんなことしそうな気配はなかったの？」

「そういやあね、ちょっとこわいような、子供さんにきびしい人でねえ、ときどきすごく冷たい顔をする人だったけどね、でも、あんなに機嫌よくねえ、まるで子供みたいに無邪気にあそんでいて。……ねえ」

その宿の窓からはせまい道をはさみ、藁屋根の人家が二つ三つ並んでいるのが見下ろされて、その向うに海がひろびろとつづいている。渚の岩にあたる日が弱まり、岩の色が黒さをましてくると日暮れだった。そして、闇のなかに白っぽく短い水平線が浮びはじめ、太陽がそこから滑り出すように波の面に金色の光を撒きひろげて、町には朝がくるのだった。五時には、東京からの巡航汽船が港に着く。宿の者は起きて舟着場へと客を出迎えに行かなければならない。初夏の五時は、もう窓が明るかった。

階下に、人びとの起き出す気配がする。さと子は夫と新婚の夜を過ごしたその宿の部屋の中で、刻々と明るくなる桟のあるガラス戸をみつめていた。とうとうこの一晩、睡ることができなかった、とさと子は思った。いまごろ、あの人はもしかしたら、杉並の家に帰ってきているのではないだろうか。どこを歩いているのか。伊東の母の宿に、電報がついていないだろうか。夫は死体か、廃人になってしまったのか。どこかの家の中で、女と一つの蒲団にはいって眠っているのか。

「……死んでいるわ、きっと。あの人」と、彼女は声に出していった。夫は、死んでいるのだ。そうに決まっている。死んでいると思いこむほうが、どんなに心が安まるかわかりゃしない。『まだ死んでいなかったら、むしろ私が殺してやりたい』くらいだ。

さと子は、夫の「死」に、それほど慣れてしまっている自分を感じとった。もう、私には生きているあの人は『要らない。むしろ生きているあの人を想うことがこわい。生きていること、その不たしかさが胸が凍るほどこわい。生きていることがこわい。……』

生きている自分、とさと子は思った。この自分、私は、でも、いったいどうすればいいのかしら。これから、どうやって生きて行けばいいのかしら。

経済的な不安だけではない。彼女は今後、なにを頼りにし、なにに支えられて自分が生きて行くか。その心の拠りどころのようなものをみつけようと努力していた。

不意の夫の失踪、それはたしかに突然の垣根の消失と同じだった。彼女は風通しのよい明るい外気、外光、群衆のひしめきあい、争いあう喧騒と熱気のようなものに充ちた「社会」に、じかに裸の肌で接していた。その中にぽっかりと新しく生れていた。新しいその自分を引きうけねばならなかった。

一人ぼっちで、心細くて、身をかくす蔭も、なんの武器もないのだ。彼女が身をまかせていた「夫」との関係、その安定、毎日の順序、礼儀だの習慣だのは、いまになればどこにも実在しない不たしかなカラクリにすぎない。

確実なものはなにもなかった。さと子は、ただ一つそれが確実だと信じられるもの、つまり、彼女の孤独からまずたしかめ、回復して行かねばと思った。自分は他人たちのだれにも属していず、他人も自分には属していないのだということ、それをはっきりと知ること、そんな正確さから——正確な孤独の確認からはじめねばならない、と彼女は思っていた。

明るい初夏の光を避けた肱のしたで、もはや曖昧ななにごとかを思いながら、さと子はやっと待ちくたびれた睡りのなかに落ちた。階下の柱時計が、かすかに七時を報らせたのを憶えている。すっかり日は昇って、新鮮な陽光が裏の青葉に覆われた山肌を眩く照らしていた。——松尾さと子に、昭和……年六月十六日は、このようにしてやってきたのだった。

そして、今は私は知っている。松尾さと子のうとうとと眠りかけたその日の朝、愛知県蒲郡の海岸で、一人の男がずぶずぶと海に歩み行った。彼は紺サージの背広に銀鼠のズボンをはき、茶いろい靴をはいた姿のまま、渚から沖へとまっすぐに歩き入ったのである。海はもはや明るかった。彼はすぐ観光客にみつけられて、ある彼と同年輩の近くの宿の主人が、胸まで海に浸ったまま放心して救いあげられた男を引き取った。宿の主人は、おそらくは大学から軍隊にかけての彼の友人だったのではないだろうか、と私は想像する。彼は、それを同じ齢の近くの宿の主人だ、としかいっていない。この男が松尾浩一である。松尾は、ずっとあとになって、ただ一人同室の気の合う皮肉屋の鈴木孝次にだけこれを話した。松尾は発熱して、その後三日間を小さなその蒲郡の宿の一部屋で寝込んでいたのだという。このことは、地方新聞にも、三大新聞の地方版をしらべても出てはいない。私は鈴木からそれを聞いた。でも松尾は、鈴木にもその突飛な行動の理由は告げなかった。

ところでさと子は、大島では土産物はなにひとつ買わなかった。彼女の買い物はただ一つ、登志子のための粉乳の缶一箇だった。

「でも、べつにお金がなかったんじゃないんですよ」と、紺飛白の娘は胸のあたりをさぐりながらいった。「べつにケチってわけでもないんだろうね、これをくれたの。私がハンカチでね、子供さんの口を拭いてあげたら、代りにこれ、ってあの奥さんがくれたの」

手渡された真新しい白い絹ハンカチを私はひろげてみた。自分で縫いつけたのらしい刺繍の水いろと桃いろの絹の糸が、あざやかに片隅に松尾さと子のSとMのイニシヤルを描いていた。

橘丸はその日、元町から出航した。乳ケ崎の沖でゆっくりと進路を左にとり、風早崎の白い燈台をあとにまっすぐ東京湾へ向う。船は快い速度で進んで行く。一等の個室をとったさと子は、せまい部屋の蒸し暑さに耐えきれずに甲板に涼みに出た。左手に三浦半島が間近に見え、女の声が拡声器を通じて城ケ島を紹介していた。それが終り、レコードが歌のある曲を奏でた。

その日もよく晴れ、遠くには夏を想わせる積乱雲が昇っていた。天が高く、ジェット機の航跡が、白く毛糸を引いたように二三本カーヴを描きながら青空に交叉している。デッキにはかなりの風があった。

登志子を抱き、能里子と甲板の中央のベンチに坐ったまま、さと子は船が描く水尾に見入っていた。青黒い海の上に、濁った白い泡が次々と消えながら長くつづいて行く。女の声の説明もおわって、一時はベンチにいっぱいになった人びともそれぞれの船室に下りて行った。約六時間の行程の半ばを船はすぎてしまっている。

左舷に横浜が遠くのぞまれるころから、海面はそろそろ日が翳りはじめてきた。さと子は甲板を去らなかった。さと子は、沈んで行く夕日を眺めるため、ベンチから立ち上ってデッキの金属のてすりに寄って立った。太陽はおどろくほど着実に、速く落ちて行った。水いろの平たく細い雲が、下からの赤い光に映えてそこに残っていた。

能里子がうれしそうに声を張り上げてうたい出した。拡声器からの「赤トンボ」のレコードに合わせているのだった。気づくと、海は急速に夕暮れの色を深めている。平坦な波の肌はもはや光がなく、海面のいちめんの小皺も小暗い影におおわれて見えなかった。

「皆さま、もうすぐ東京港の入口でございます。やがて、左舷前方に見えてまいりますのが、羽田、空港でございます」職業的な口調で、拡声器の女の声がいった。

もうすぐ東京……そうさと子は思った。ふいに『われにかえるよう』な意識がきた。もうすぐ、東京。――

『べつに、特別なきっかけがあったのではなかったのです。』とさと子は、左下方に東京地方裁判所と印刷された殺風景な青罫の便箋に、ペン字で達筆に書き下ろしている。『私は、海を見ていました。ほんとうに、鏡のように静かでした。海は、急に黒ぐろとした夜の感じになってきていました。私は東京へもうすぐ着く、もうすぐあの東京にほうり出されるのだと思いました。

生きて行くことを思いました。私はまだ若い、そう考えてもみました。とにかく、松尾との結婚は失敗だったのだわ。出直しだ。はじめっから。この失敗のことは忘れるのだ。能里子が寄ってきて、膝にかじりついてきたのはそのころだったでしょうか。ちょっとよろけかけて、私は左手でデッキの金具をつかみました。登志子を右手に抱いていました。

きらりと手になにかが光って、私は指の松尾との結婚指輪に気づいたのです。私はそっとそれを抜いて、海へ放りました。お別れ。そう心の中でいったのを憶えています。もう、私とあなたとは縁もゆかりもない他人なのよ。

ほとんど私は無意識にそれをしたのでした。だけど、それがきっと子供を海へ放るなどということをあとでごく自然に私に思いつかせたのです。いま、そう私は思うのです。けっして計画的なものではございません。夫への復讐とか、そんなことは、つゆ考えませんでした。いくら子供たちに父親の血が、おもかげがあるからといっても、そんな、だれかへの憎しみなどというものは、もう私にはなかった。私は私のことしか考えてなかった。

東京が近づいてくるのを、私は全身で感じとっていました。痛みか恐怖かのように、ひりひりと疼くほどに、それをかんじました。

そのとき、私には、ふいにいっさいを整理してしまいたいような気がしてきたのでした。一人になって、東京に帰りたい。一人ならば死ぬにせよ生きるにせよ、いざとなれば自分ひとりの始末だけをすれば責任がとれてしまう。――思うと、とたんに熱烈に私に一人きりになりたいという願いが湧き上ってきたのでした。そうだ、私はこれをもとめて、あらゆるものからの曖昧な支配をのがれるため、夫をはっきりといない人、死んだ人にしてしまうためにこの旅に出たのだ、自分がひとりだということを回復するために旅に出たのだ。私ははっきりとそう思いました。身がるに、清潔に、体あたりで、私は一人だけで勝手に生きて行きたい。……

私は、一人になりたかったのです。その、私が一人であることをさまたげるすべてのもの、それを始末してしまいたかったのです。

私は海をのぞきこみました。そのとき、デッキにいっせいに明りが灯ったような気がしますが、それははっきりとは憶えていません。海は黒く、とっぷりと暮れかかって、舷側からあふれ出す白い波が、捲くれこむようにしてその黒い海の上をすべって行き、消えて行きます。私はしばらくはぼんやりとそれを見ていました。単調だな、と思いました。

けっして、私は怒り狂っていたり、逆上していたのではございません。でも、冷静であったとも申せません。私は、それをはっきりと意識してはいました。私は慄えていました。子供を海へ放ろう、という考えがおそろしかったのでしょうか。いいえ、私はもっと別なものに——私は、一人きりになって生きる未来を思っての緊張に、全身を占められていたのでした。

勇気をもたねば、と私は思いました。私は勇気をもたねば。生きるために。挫けないために。ふたたび死か睡りかのような曖昧な生活の中に、自分自身を見うしなわぬために。もう、なにものにもだまされずに、死ぬまで私が一人きりで生きるために。……』

化粧品店主・駒田兵太郎は、二時半の出航を待っていた元町の土産物屋の二階で、早くもビールとウィスキイを飲みはじめた。化粧品会社の招待旅行で一応湯場から火口までのぼったのだったが、ひどく疲れていて酔いは速くまわった。船に乗ると、だからすぐ涎をたらしながら彼は熟睡した。

目はさめたが、まだ頰の火照りがとれない。円窓の外の海には夕暮れが近づき、右舷を飛魚のように尖った舳先をした淡色の小さな漁船が、幾艘もつづいて沖へと出かけて行く。彼は酔いをさまそうと思い、立ち上った。三等のその畳じきの広い部屋には、よほど船に弱いらしい顔見識りの店主たちの、金盥に顔を突っこんでいる姿もある。こんなところにいちゃあかえって伝染して気分が悪くならあ、と彼は思った。

後部の甲板はわりにひろい。畳にして三十畳か四十畳ほどもあるだろうか。その小男のもと海軍兵曹長は、ひろびろとした海をながめて満悦した。禿げた頭をなでて行く風も涼しく、快かった。

これっぱかりの海で酔うとはねえ。酒の酔いを忘れて、彼は呟いた。製菓会社の名前のある右舷のベンチに坐り、海をぼんやりと眺めていた。いつみても海はよかった。デッキには人かげがまばらだった。彼の膝の前をぱたぱたと靴音を立ててまだ小さい女の子が走り抜けた。女の子は、白いソックスに赤い革の靴をはいている。可愛い子だ。と思って、その化粧品店主は目であとを追った。女の子は、同じ後甲板の、左舷のデッキに立つ子供を抱いた女へと走り寄って、スカートのその腰にかじりついた。女は笑っていた。ああ、あれがお母さんだな、と彼は思った。

乳呑み児を抱えたその女に、女の子は背のびをして手のキャラメルの箱をさし出し、女はうなずきながら一つをとった。しばらくうつむいていた女は、ふと右手をあげ、海になにかを放りなげた。ふしぎなことをする、と化粧品店主は思った。キャラメルの粒を放りなげたと思ったのである。海に見入りながら、女はしきりに舌尖で上唇をなめつづけた。西日に赤く映えた横顔に、妙になまなましく小さな舌尖が動くさまを、彼はへんにあざやかに記憶している。

胸の子供が泣き出し、女は、細い、よくとおる声で子守り歌を歌いはじめた。暮れかけた涼しい海の上に、その歌は物がなしく甘い感情を禿頭の店主に芽生えさせた。いい風景だな、平和はいい、と、一人うなずきながら店主は聞き、開襟シャツの前をはだけたま ま、また快い眠りに引き入られた。案外、子守り歌が効いたのだったかもしれない。

気づくと、デッキにはいっぱいに明りが灯っている。女は、まだ子守り歌をうたっていた。それがぷっつりと途切れた。店主は首をめぐらせて後方の海をながめた。船の周囲はほとんど沿岸の点在する明りにとりまかれて、わずかに左後方の一部の水平線にだけ光がない。船は、東京湾に近く、すでに内海の奥ふかくに入っていた。

首をもとに戻し、そしてその四十五歳の店主は見たのである。女は乳呑み児を胸から離すように抱えあげて、後ろへひと振りしてそれを海へ遠く放りなげた。小男の店主は、まるで叫ぶように円く口をあけていたが、声は音にならなかった。耳もなにも聞かなかった。ただ、赤児の白い産着が音もなく吸いこまれるようにして舷側に消えたさまだけが、ありありと網膜に貼られていた。

「な、なにをするんだ！」

やっと叫べたのは、女が、もう一人の女の子を抱きあげ同じように後ろへひと振りする姿勢をとったときのことであった。彼は突進して、まさに空中に浮きあがろうとした女の子を両手でうまく抱えこんだ。「き、気ィがちがったのか！」と、彼はありったけの声でどなった。

「なにをするんですか？　ね、ね、ほっといて下さい」

女は、ひどく冷えびえとした事務的な声音でいい、女の子を奪いかえそうとして追いすがった。二人は争いあい、なにごとかをいいあい、重なりあって木の甲板に倒れた。他の船員や乗客が押し寄せたのはその直後である。

女の子がやっと二人の手から無事にもぎ放され、口汚い吃りがちの罵声を浴びせかける禿げた小男の足もとにうずくまって、女は身をもんで人びとの手を拒否しながら低く泣きつづけた。唇に泡をためてどなりつける小男は真赧な顔をしていて、握りしめた拳や唇がふるえていた。赤い靴の女の子は、船員の腕のなかで失神していた。目がぽかんと空を見つめたまま、蒼ざめた顔のなかで唇がうすくひらいていた。手に、しっかりと十円のキャラメルの箱を握っていた。

4

『私は減刑をねがうためにこれを書くのではありません。私は、ちゃんと意識して登志子を海に放りました。能里子も放ろうといたしました。私は二人の子供を海に捨ててしまうつもりでございました。そのことを認めます。そのことについては、どんな刑でも甘んじて受ける覚悟で居ります。』

松尾さと子は、その手記の終りちかく、このように書き誌している。この部分については、なにひとつ口をさしはさむことはできない。忠実にそれを書きうつそう。

『私はいま、一刻も早く裁かれ、服役したいと願って居ります。その他に望みはございません。夫や母、能里子にも逢いたくはございません。今こうして留置場の厚いコンクリートの壁の中に、ひっそりと世の中から隔離されていることが、私にはとても安らかな、なぜか落着いた気分すらあたえてくれるのです。

夫をべつに憎んでは居りません。あの人のせいだとも思いません。でも、夫のことは、考えられない。あの人のことについては、私は考えるのに疲れました。それはもう、どうでもいいことです。昨日、夫が面会に来てくれましたが、逢いませんでした。夫のことなどは、ほんとにどうでもいい。生きていようが、死んでいようが……、私は、まだ、その考えからは脱け出て居りません。あの人は、私からふいに消えてしまいました。なんの理由らしい理由もなく、突然、いなくなってしまいました。私にはそのことだけで充分です。

それが、この事件に関するあの人の役割りだったのです。消えたことだけが。そして私は、――私がそれからすべてをはじめたのです。罪は私だけです。私には、もはや生きているあの人を想ったりしてみることがなくなってしまった。

罪だと、そう私は私のしたことを思っています。たしかに、私はなにかを間違えたのです。一人きりの人間、だれともなんの関係もない人間、どんなカラクリにも関係のない生きた人間、そんなものはいません。私は、いない人間になろうとしたのでした。それが私の犯した間違い、私の罪なのです。……でも、これらのことがわかってきたときには、もう、登志子は海に呑まれ、私はここに連れてこられていたのでした。

あのときの気持ちというもの——それより、いまの私の耳には、あの登志子の海に落ちたときの、かすかなポッというような水音、その音が、ついて離れません。あの音は、たぶん私の生涯についてまわり、一生、時をさかのぼって私はあの音を聞きつづけることでございましょう。それと、あのときの、全身が硬直してまるで血の気のない化石したような表情で私をみつめていた能里子の顔。私は、子供ごろしの母親です。この手で子供を殺しました。……私は、とりかえしのつかない間違いを、してしまった。私はおそろしい。標準よりずっと成長が速くて、半年で体重が三倍近くもなった、あの手数のいらなかった元気な子を……登志子のことばかりを……、私は苦しい。

でも、私は、このことをわかって頂きたいと存じます。私はいま、生きている人間の一人である自分を、やっと、全身で感じとれて居ります。そして、これこそが、あのとき私の望んでいたものだったのです。……私は、くるしんでいます。これは本当です。あの水音を、いつも私は聞いています。……でも、いまは私は知ったのです。このくるしみこそが私、私ひとりのもの、たしかな私、生きている本当の私なのだと、……』

5

松尾さと子の刑の決まったのは、翌年のまだ春にならぬ季節である。彼女は控訴や上告の手つづきをとらなかった。

浜田とならび、私は氷雨の降る窓に寄った傍聴席に坐っていた。

「――なにも、申し上げることはございません」

裁判長に問われて、さと子は低い、よく透る声で答えた。執行猶予の判決を得ながら、べつに感謝の意をこめた声音ではなかった。写真でみた顔より、さと子はすこし頬の骨がたかく、肥っていた。あるいはむくんでいたのかもしれない。腰のあたりも思ったより幅があった。私が直接にさと子の声を聞いたのはその一度だけである。

私は、さと子がつづいてなにかをいうのではないか、と期待していた。が、彼女はなにもいわなかった。あっけなく閉廷が宣せられて、廷吏につきそわれて彼女は退廷した。蒼白い額のひろい顔は、泣いているのでもなかった。彼女は小柄なわりに肩がひろく、赤く縮れたような髪の毛をしていた。

ああ、また世の中へ出て行くのだな。前列の傍聴席でぞろぞろと腰をあげる。母、夫、そして川口良吉の顔を眺めながら、私はなぜかそれが彼女にとり、いちばん残酷できびしい刑のように感じられた。さと子は薄ぐらく口をあけた大きな扉のなかに消えて行った。背後の扉にいそぐ傍聴席の人びとのあいだで、さと子の母だけが白いハンケチで眼を蔽って、片手で川口良吉につかまったその肩が小刻みにふるえていた。うなだれてあとにつづく松尾浩一は、両手を固く握りしめて、生真面目な、どこか頑固とさえみえる表情で頬を赤くしていた。額にうすく汗をうかべ、一度も顔を上げなかった。「どうだ、感想でもきいてこないか」浜田がいった。

それまでのこともないのだ、もう、と私は答えた。私は思っていた。この刑の宣告、これがさと子のたどりついたある行動への、人びとの側からの行為であり、そうして、あの水音、それを聞くくるしみ、それがたった一つ彼女の得たものだったのだな。

「お淋しいことだったな、カメラのやつも来てなかった」無遠慮な大声で、浜田は笑った。「ちえっ、執行猶予だなんてうまいことやりゃがって。へっへ、あんときメンスだったってのが効いたんだな」

「えらく寒いな、どうだ一つ、ミイちゃんのとこで熱い珈琲でも飲んで行けや。へっへ、熱くしてくれるぜえ」

新聞社の旗のついた車に乗り、浜田はまだ外套の襟を立てたままでいった。

「寒いねえ」と、私も答えた。「早くかえらねえと、デスクがうるさくてな」

「どうせまた区版の手つだいだろ？　毎日ドブをさらっている感心な少年、とかいうやつ。つまんねえことをしてるよなあ、まったく」と彼はいった。「かまうもんか、行きゃあ用事があるにきまっている。珈琲は飲まなくちゃならない。早くそっちを片づけて元気になってから帰りな」

「そうするかい」

「へっへ」得意の笑いかたで、彼は私にはちきれんばかりに肥ったまるい肩を寄せた。「おい、ところで今日、旦那が来てたな、松尾、浩一とかいうやつ」

私はうなずき、彼は一人でしゃべりつづけた。こまかな水滴で窓は曇り、外を見ることもできない。

「失踪ってのは、どうやら三十代の男の専門だな」と、彼はいった。

「ハマさんは平気なのかい」

「へっへ。ところでおめえはだいじょぶかい？　いくつだっけ。まだ三十をすぎちゃいねえだろう？」

「まだまだ」答えて、ふいに私は気づいた。おれは松尾さと子と同じ年だ。……あの女も、終戦のときは十五だったんだな、と私は思った。あの女も、ある崩壊のなかに生れてきた。

「ええ、たまんねえな、歩いたほうが早いや。おれは歩かあ」浜田はどなるようにそういい、車を停めさせて車道に出た。冷えた雨に頤に皺を寄せて、顔をしかめながら私にいった。「おれは、廻ってくるからな、ミイちゃんに、よろしくいっといてちょうだい」

あの女も、ある崩壊のなかに生れてきた、と私は思っていた。私は三保子のことを考えていたのではなかった。すべての肉親、仲間が、べつの生命をもった他人にすぎぬことを、――そして、自分が「個」であることをしか信じられぬ、爆撃や銃撃や空腹やに育てられた時代、その孤絶の洗礼をうけてわれわれはあたらしく生れ直してきた。

「どうだったの？　公判」と、私がカウンターに肱をつくと、三保子が笑いながらいった。「美人だった？　あの女のひと」

「終ったよ。執行猶予、五年さ」私は、われながら明るい声で答えた。

喫茶店の窓ガラスに顔を寄せて、熱い珈琲を待つあいだを、私はぼんやりと雨の降る新聞社の前の昼下りをながめ下ろしながらすごした。濡れた昆虫のような自動車の間を、たくさんの、さまざまな色彩の傘の男女が黙々と道にあふれ、跳びはねるようにそれが動きながら、果てもなくつづいて行く。私は無言のまま、飽きもせずその絶え間ない人びとの流れを見ていた。

事件は終ったのだ、とにかく、と私は思った。今日にも記録はどこかの埃りだらけの棚に積み上げられ、ひととき明るみに引き出され、私の瞳のなかで生きた事件の人びとも、いまはふたたび闇のなかに、顔も名前もない無数の群衆のなかにまぎれた。ちょうど、その事件が起きる前と同じように。――その、無名の、数知れぬ人びとの海のなかに。……ふと、私はひっそりと澱んだしずかな海を見ていた。不気味な、爬虫類の肌のようにうねりかがやく海。さと子の見ていた海。私は想像した。黄昏れて行く現実の黒い海に、さと子はなにを見ていたのか。

さと子は、そこに二つの海をみていた、と私は思ってみた。彼女をとりまく海、彼女のなかにある海。外と内との二つの海、外は無数の人びとが争いあい、競りあい、私もまた揉まれている人びとのつくっている社会という海。もう一つは、彼女のなかに沈み、彼女を溺らせようと待ちかまえている彼女ひとりの海。ぽっかりと黒い穴のような口をあけた、彼女ひとりの海。いつ荒れて湧きかえって、その人におそいかかるかも知れぬ人間の二つの海。……

彼女は、人びとの海におびえていた。そして先ず自分だけの部分、他のだれのものでもない部分をもとめて、彼女は自分のなかの海に溺れたのだ。自分だけの領域をさがしその中に降りて行って、苦しみの他には人間にはなにひとつたしかな所有のないことだけをつかんだ……でも、なぜ彼女はあらゆるものと無関係な、一人きりの自分という虚像を護符のように求めたのか。

私は気づいた。その、自分が単独であるということの他には、なにひとつ確実なものはないのだという考え、それこそが、戦時の経験がいつの間にか身に沁みつけたわれわれの唯一つの信仰ではないのか。単独な人間などというものは存在しない。だが、私はまだ、実在しもしないその「孤絶」に身を置いてのみ自分の安定を回復できるのだという滑稽な習慣、滑稽な呪術から逃れられていない。人びとがばらばらな点でしかなくなり、それぞれが単独に青空とだけ直結していたあの時代を唯一つの故郷として、われわれはまだ今日を生きているのだ。私もまた、あらゆる関係を断ち切り、私ひとりの海に沈んで行こうとするその馬鹿げた執着を忘れることができない。

「なにしてんの」

三保子の声がいった。カウンターの中に坐ったまま、物うげに彼女は頸をそらせ、遠い眼眸で髪を直していた。

店には客がなかった。三保子にはあたらしい青磁いろの丸首のセーターがよく似合っていた。それは、私からの誕生祝いだった。

「ばかみたい。冷めちゃうわよ」

私は、目の前の珈琲が冷めはじめているのに気がつかなかった。薄暗いせまい店内にはラジオからららしい小さな音量のジャズがながれている。三保子のなめらかな乳の隆起をみて、冗談をいいながら私は珈琲をすすった。

やがて私は時計を見た。大きく呼吸をした。私は、そろそろデスクに戻らなければならなかった。

にせもの

なぜ、おれは女を愛さなければならないのか。——いや、このいい方はまちがっている。魚や犬や、虫だって、愛するのだ。ただ、魚や犬や虫は、詩は書かない。心中をしない。あくまでも単独な一本の線の自分だけをしか生きない。そうだ、こういうべきなのだ。なぜ、おれは魚や犬や虫のように、女を愛することができないのか?

おれは人間だ。正常な人間だ。それはまちがいない。客観的にも五体と健康をそなえ、手取り一万三千円の月給とり、下町のある乾物屋の次男、そしてたぶん、勤め先で机を向かいあわせている阿井トヨ子の、恋人であるらしいこともまちがいない。おれは、どちらかといえばクソ真面目な、平凡な、いいたくないことだがやや感傷的な、気の弱い二十八歳の独身者でもある。でも、たしかにおれは人間であり、人間の一人だからこそそういうのだ。……ああ、あのいやらしい人間。一つの理不尽のかたまり。そのくせしゃあしゃあとした、もっともらしい、わけしり顔のバカな動物ども。そうぞうしく、うるさいだけの混沌。……そして、べとべとと肌にねばりついて、不定形な、不透明な、つかみどころのない曖昧な雲みたいな、つねにそんな肌をこえてくる一つの重みであるすべての人間との関係。生きているというだけの理由で、なぜ、おれはそれをしょいこみ、この侵入を負担しなければならないのか。なぜ、人間だけが、それに耐え、それをあきらめねばならないのか。

おれは、女ぎらいではない。(だから困る。)でも、おれが愛するのは、やわらかく、白くあたたかい人形、その股のあいだだけでしかないのに、女どもは、きまって自分の人間そのものを愛された気になるのだから、始末におえないのだ。おれの愛は、正確にその皮膚にあるのであり、相手の皮膚の向う側などにはない。だが、その皮膚をこころよく手に入れるための手つづき、——不たしかな、欺瞞にみちた、いい加減な、単におれには手つづきにすぎぬ行為が、女には、どうやら動かしがたいある真実を醸成していて、気がつくと、もうおれはそれから足を抜くことができない。おれと女とは喰いちがって、足を切り落さずには、おれは逃げきることができない。

おれは途方にくれ、泥沼のなかで立ち往生をするのだ。女は、するとそのおれにべとべととまつわりつき、「人間」を強調して、ちょっとでもスキがあればおれに繋がってしまおうとするみたいに、へんに意味ありげなしたりげな言葉や笑いや沈黙やで、おれをみつめる。一つの、オンブお化けになる。ああ、なぜおれを一人で行かせてはくれないのか。

しかも、結局、おれは女なしに慰むことができない。なんという不愉快なことだろうか。――やむなく、おれはこの三年間というもの、女との行為を我慢している。魚や犬や虫のように、どうしてすることだけをすませたあと、さっぱりと別れて行くことができないのか。どうして、人間だけが、それをゆるされないのか。

あきらめ、べつにさした反抗もせずグチもこぼさない人びととともに、そういう人間どもの習慣に適応し従属して、かえってみずからその負担を歓迎する態度に出ること、そうした勇気をもつことのほうが現実的、すくなくも家庭的だとはおれも思う。が、おれは曖昧なことがきらいだ。あらゆる不正確、あらゆるごまかし、あらゆる絶望がきらいだ。……ときどき、おれは思う。あらゆる人間どもとおれとのあいだにある、この隙間風のような真空の感覚、これはなんだろうか？　人びとのように生きるためには、おれは、演技をしなければならない。人びとは、みんなこのことに耐えているのか？

阿井トヨ子――この、色白で頰っぺたのまるく張った十九歳の背の低い小娘が、おれを愛していることは、おれにはよくわかっている。だからこそおれは手を出さないのだ。……トヨ子は、ひどく難解なほがらかさと、わけのわからない騒音のかたまりのような女で、おそろしく気がつよく、あまりにもいつも元気いっぱいで、口ぎたない。おれはこの粗雑で頑迷な小娘に、おれの愛についての好みを無事に納得させる自信もなく、興味もない。それでよけい手を出さない。

大学を出てからずっと、おれは親戚の世話でありついたS区のある土地家屋周旋業のボロ会社につとめている。入社して一週間たたぬうちにおれは外交には向かぬと判断され、それからは毎日このモルタル塗りの社屋の二階、となりのD・P屋が汗くさいような濃い醋酸の匂いをいつも吹き上げてくる会計課の、夕日しか射さぬ窓を背にすわっている。べつに不足はない。

会計課は、社長の弟だという頭の禿げた小男を長とし、おれとトヨ子しかいない。トヨ子は今年の二月ごろ、社長がどこかから引っぱってきて入れたまだ新入りだが、おれへの言葉づかいの異常なほどの乱暴さは、おどろくべきものだ。でも、おれにはすぐその意味がわかった。

彼女は焦立っているのだ。強引におれの心を彼女のほうへ向かせ、おれの愛を得ようと必死なのだ。彼女はおれを愛し、彼女のなかにおいて、それはきっと疑いようのないただ一つの真実とすら思い做されている。だから彼女はもう、見栄も外聞もうち忘れ、いっさいの衣裳をかなぐり棄て、心情のストリップで是が非でもおれに迫ってこようとしているのだ。……でも、おれはひとつもそんな愛などはほしくはない。そして、すくなくもおれのなかにトヨ子への同様な愛は存在してはいない。……ときには、可哀そうになってしまう。わかりすぎるほど、その心がよくわかるからだ。

まったく、しまいには胸がいっぱいになってしまうほどだ。(これがおれの欠点だ。おれはいささか他人への感覚が、繊細すぎる男なのだ。)たとえば、ときどきトヨ子は酬われぬ愛のせつなさ、その辛さに悲鳴をあげるように、ヒステリーめいた声でおれの気をそってくる。いつも影のように音もなく部屋にしのび入ってくる競輪中毒の課長が、たいていはその反射板にされてしまう。トヨ子は、しいておれを無視したふりで叫ぶ。

「ねえ課長さん、やっぱりユウちゃんてステキねえ、あれみた?」

ユウちゃんとはだれか。だれでもいいのである。要するにおれの名前でなければいい。それは、じつは好きなのはおれだからなのだ。「おなじオトコでも、こうもちがうのかねえ」彼女は、だから、その言葉をわざと切実に発音し、やっと理由のついたよろこびに震えながら、それもムリに軽蔑をよそおった目つきでしげしげとおれをみつめ、そして、うれしさにたえかねクックッと笑い出すのだ。

「まったく、このひとでも、男なんだからねえ」それは、抗しがたい認識と期待にみちた讃嘆の叫びごえだ。

だから課長は嫉妬にたまりかねて、かぼそく遠慮がちな声をあげる。「これ、トヨちゃん、仕事中だよ」

「ちょっと、また材木の数字がまちがっちゃってるわよ。ちゃんと伝票みてんの? しっかりしてよ、叱られんのは私なんだからね」

トヨ子は仕方なく帳簿をみて、不満をかくさず下唇を突き出し、将来支配力のつよい主婦になることを約束されているような迫力のある声音でいう。それだけが妙にその体軀にそぐわない細い銀の腕環をひけらかすようにぶらぶらさせたりして、じっとおれをみつめる。ともあれおれとの会話のきっかけを摑みたいのにちがいないのだ。

「これでも一人前の男かねえ」

おれは答えない。その誘いの意味を知りすぎるほど知っているから。

充たされぬせつない思いをこめ、課長の留守、彼女が復讐のためわざわざおれに今川焼を三つ買わせにやったり（もちろん三つともトヨ子が食う。さもなければ復讐の意味をなさない）、自分の性を強調するためのように、デンセン病を直した靴下や、踵をとりかえたハイヒールやをとりにやらせたり、わざとおれに勘定のたりぬ金で映画俳優のブロマイドを買わせにやったりするとき、さすがにすまなさで、おれの胸は張りさけんばかりになる。ときに帳簿をおしつけ、自分の価値をたかめるため彼女が一人でそっと早退したりするときなど、おれは本当に目がしらがにじんできたりするのだ。おれはいいたい。トヨ子よ、君のおれへの愛はわかっている。おれはそんなに鈍感な男ではない。でも、すまないがおれは君を愛してはいない。はっきりいって、愛する気もないのだ。ひがんじゃいけない。これは、君のせいではない。また、おれのせいでもない。もう少ししたら君もわかるだろう。だれが悪いのでもない。これはしようのないことなんだよ。

君は、おれを愛している。しかし、おれは君を愛してはいない。これが事実だ。いいかい、人間てものは、みんなそんなきびしい、残酷な、理不尽な存在でしかないのだ。この事情は、だれにもかえることができない。いくら君にすまなくても、君のつらさがわかりおれ自身つらくってたまらなくても、でもどうすることもできない。人間にはできないことがあるのだ。それをわかってくれ。君の愛は尊重する。君自身、どうにもならぬものだということもわかっている。しかし、おれのどうしてもそれにこたえられぬ、おれ自身の理不尽さへの誠実も、どうか君のそれと同じなのだということを理解し、尊重してくれ。たのむ。こらえてくれ。

トヨ子は、けっして頭は良くはないが、そんなに鈍い女ではない。(もしかすると愛の通例としての敏感さが、おれにたいし彼女にもうまれているだけのことかもしれぬが)このおれの誠実な拒絶は通じたのだ、とおれは思う。幸いにして、彼女はおれにまだ直接にその愛を打明けてはいないからだ。

もし彼女がおれを愛していなかったら。そしたら、おれは一度だけ彼女に手を出してやったかも知れない。でも、金で解決のつかぬ女たちのその後のわずらわしさには、いくつかの機会で充分おれはこたえてもいたから、やっぱり手は出さなかったかも知れない。どっちでもいいのだ。とにかく、おれは人間の愛というやつがきらいなのだ。この世に愛なんていう厄介なものさえなかったなら、だれとでも結構うまくやって行ける。おれは、そんな気がしていたのだ。

愛は重くるしい。おれを疲れさせる。途方にくれさせ、立ち往生をさせてしまう。たぶん、おれは責任感のつよい男なのだ。すこしつよすぎるのかも知れない。でも、それがおれの生れつきだ。

おれの理想とする人間の関係のしかたは、事務的なそれ以外にはないのだ。だから、母や兄にすすめられて、もしどうしても結婚をせねばならないのだったら、愛のないそれをしたい、とおれは思っていた。むしろ、愛なんてもののないほうが、うまくやって行ける。愛なんてやつはおれは要らない。一生、おれは愛なしに充分うまくやって行くのだ、と。

二十歳代の後半の男なりに、それが大人っぽい考えのつもりでいた。でも、それは二十歳代の後半の男なりの、ひどく子供っぽい考えであったらしい。どうやら、おれはちょっとばかり滑稽で、傲慢でもあったようだ。

いくら拒絶したつもりでいても、愛は、そんな主人の意志にはいささかもおかまいなく、垣をやぶって入ってくる一箇の動物のような生きもの、一箇の不法侵入者であり、いわばおれの存在そのものとおなじ、一つの理不尽でしかなかったのだ。そのことを、ある日、痛切におれはみとめたのだ。

おれがその白手袋の女を見かけたのは、夕暮れちかいS駅の前の広場の、その外れだった。春で、おれはいつものとおり、家に向かう地下鉄の階段を下りようとしていた。

薄地の褪紅色のスプリング・コートを着ていた。女は、どこかいらいらした感じであたりを眺めながら歩いてきて、正面からおれの肩にあたった。「……ごめんなさい？」かるく語尾を上げていうと、すこし眉を寄せて腕時計をながめた。

おれのみぞおちのあたりに、甘美な氷のようなものが垂直にすべり落ちて、おれは呼吸がとまった。胸のふるえているこ とがわかった。

女はひどく高い黒いハイヒールの小さな円い踵をみせ、小刻みにそれを運び歩道のはしを歩いていた。一瞬みたやさしい白い喉のあたり、小さな頤と大きな猫のような黒い瞳とが、おれのまえで重なりあって揺れ動いた。おれは動くことができなかった。

文字どおりおれは痺れていた。棒のように、どちらへ足を出すこともできなかった。咄嗟に、おれはもはや自分が完全に女を愛してしまったのを理解していた。かつて、こんなに瞬間的に女への愛に全身を占められた記憶はなく、また、これほどぬきがたい鞏固な愛を自分の裡に感じたこともなかった。女のあとを追おう。おれは思い、おれは歩き出そうとした。そのとき、女が白い手袋の掌をかざした。女が腰をかがめ、勢いよく扉が閉じた。小さな窓に寄ってきたタクシイが扉をあけた。

ほの白くその頬だけが浮いて、タクシイはすぐ他の自動車のかげにかくれ、見えがくれしながらその車体は、ガードをくぐり抜け都心の方角に走りさった。

「ばっかやろう、なにぼやぼやしてんだ、邪魔じゃねえか」

額を剃った与太者ふうの男がおれをどなりつけた。突然の大声におれはほとんど腰をぬかすほどびっくりして、あわててこそこそと階段を下りる人ごみのなかにまぎれこんだ。

そのときから、おれには屈辱の季節がきたのだ。……愛とは、理由のないものだとはわかっている。たえきれない熱病のようなものだともなにかで読んだ。おれは、おれがごく通俗的な、まるでニキビの中学生みたいな愛、お話のなかのような愛に、しっかりとつかまえられてしまったのを、ある驚嘆に似た感覚でみずから認めねばならなかった。おれは歯がみしょっちゅう、おれの目のまえであの白手袋の女が、おれに笑いかける。しかし、いっこうせんばかりの怒りにもえ、その映像をはらいのけようと努力するのだ。しかし、いっこうにそれは消えない。そして、おれが疲れ、逆にそっとその映像に近づこうとするたび、まるで嘲るようにそれは薄れ、おれを遠ざかって行くのだ。白い手袋をひるがえして、春の街をタクシイに乗って消えて行くのだ。

おれは無念だった。……ふたたび逢えたにせよ、おれは、おれがあの女になにもできないのは確実な気がしていた。実体としての女は、おそらく余計なお荷物にすぎない。そして、その肉体も性器も必要なく、女は、ただイメェジとしてのみ、かえがたくおれに必要であるのだ。それが恋だよ、と声がおれの耳にささやく。恋とはそんなものだ、恋をすると男ってやつはきまって精神的になるのだ。そういう俗諺が嘲弄のように耳にひびき、おれは自分が性交の対象としてではなく、むしろ純然たる精神的な愛の対象としてのみその女の映像をみつめているのに、ほとんど憤怒していた。おれには愛は要らない。要るのはその肉体だけ。おれには愛はできないのだ。ばかな、まだ寝もしない女に愛なんかもって、いったいどういう気なんだおれは。ばかな。

……でも、心ならずもおれは、その合間に内心で呟いているのだ。ああ、おれは君を愛している。君のあそこなんか、おれは要らない。ただ君がいてくれればいい。肉体なんかなくったって、いや、ないほうがずっといいのだ。目で鼻で耳で、そして心で、君を感じるのをゆるされてさえいたら、それでいいのだ。

おれは、行為に関係のない愛を、はじめて経験したのだ。そう、まるで幼稚園の生徒の、初恋のように。しかし、愛はやはり愛で、それは一つのいやらしい負担にはちがいなかった。

だから、おれは、まるで気が狂ったみたいに、まだ寝もしない女、その白手袋の女への重くるしい愛の負担にせいいっぱいの反撃をしてやるような心で、夜ごとイメェジのなかで女の帰途をおそい、強姦した。お前なんか、ひとつも愛してなんかいないんだ、要るの

は お前のあそこだけだ、けんめいにそう呟き、考えうるかぎりの残酷な方法で女を侮蔑し凌辱して、全身に汗をながしながら自瀆をかさねたのだ。おれは疲れきった。しかし、昼も夜も、にっこりと笑いかける猫のような眼の女の映像は、おれのまえにただよいつづけ、消えない。おれは、ぼんやりとしていることがひどく多くなった。

「いた」

おれは顔を上げた。目の前にゴムバンドがころげている。トヨ子がそれでおれの顔を狙ったのにちがいなかった。

「閉めてよ、窓」トヨ子が顔をしかめていう。「くさくって、かなやしないよ」D・P屋の鋭い汗のような匂いを吹き上げてくる風は、しかし、いくぶんかの涼しさも運んできている。そうは考えたが、でもおれは従順に窓を閉めた。トヨ子の充実したまるい顔は、たちまち汗の粒をうかべ赤く茹だってきた。彼女は暑がりやなのだ。

「開けてよ。暑くって、とてもじゃないがたまんないよ」

トヨ子はいう。だまっておれはそれに従う。

「あんたったら、……」トヨ子は、さも呆れたような声をつくっていう。なんとかしておれと話をしたくてたまらないのだ。「いったい、なにを考えてんのさ。ちゃんとさ、一応大学まで出ててさ、毎日こんなオンボロ会社にじっとすわっててさ、なにをじっと我慢してんの？　さきのことを考えないの？　ほんとにこのままでかまわないの？　よう」

またはじまった。おれは困惑する。おそらく、これは自分がおれの妻になったことを空想してのトヨ子のテストである。でなければこんな親身な疑問は湧かないし、必要もないのだ。

「返事したらどうなの？……よう」

かまわないのだ、本当に、と心のなかで呟き、でも自分のその答えが、どこか諦めの匂いをおびているようにも思えるその質問は、やはり厄介なことの一つだった。ときどき、うだつがあがらない男、と自分につき考えることがないでもない。が、たぶんそれはトヨ子の考えるのとはちがった意味でなのだ。おれのほしいのは、おれに納得のゆく責任の制度なのだ。それを探しつづけている。おれは、清潔な一箇の石のように生きたいのだ。だから、おれにはとりたててしたいことなどはないのだ。ただ、したくないことだけがあるのだ。

トヨ子にそれを説明したところでムダなのはわかっている。どうせわかってくれはしないし、彼女の求めているのは、おれが将来高給をとるようになること、妻子にけっして迷惑はかけないこと、そういうつまらないおれの宣言にすぎず、彼女がつかまえようと企んでいる口約束、相手自身が確約する、生活の安全の保証なのでしかない。だから、せいぜいおれは彼女を傷つけないために黙りこむよりないのだ。おれは自分の安全だけで手いっぱいだし、またそれを話しへんに親密なものを勝手にうけとられて、すこしでも彼女におれとの結婚の可能性の幻影をあたえるのは、つつしむべき悪でしかないのだから。

「黙ってるのね、また。……やな人だね、ほんとに」トヨ子の笑いは、急に自嘲めいた色をおびてきこえた。「——あんたって、笑わないのね」

おれは胸をうたれた。かつて、これほど淋しげな声音で、トヨ子がものをいったことはなかった。そういえば近頃、トヨ子は急に発狂したようにはしゃいでみたり、不意にむっつりと暗く押しだまったりして、浮動するその感情の明暗の度が濃かった。みたされぬ愛。自分ひとりの、自分でもどうにもならぬ感情。受け入れられない愛。あわれさがあふれてきた。おれたちは、おなじ理不尽の患者なのだ。

課長が一日じゅう不在だった五月のその日、なんとなく帰りがけにトヨ子をさそい二人で喫茶店に入るのをためらわなかったのは、そんな同病あいあわれむとでもいう気持ちに似た、共通の敵と苦闘しているものどうしの友情からだったかも知れない。おれたちは孤独なのだ、どうしようもなく孤独なのだ、とおれはケーキと珈琲を注文するトヨ子のむっくりと汗ばんだ腕のまるみを眺めながら思った。ひどくむし暑い夕方で、トヨ子は依然として不気味なほど元気をなくしていた。

「君もつらいだろう、でもおれもつらいんだ、でもおれたちは離れた点、まじわりっこないそれぞれの点から生えた二本の線でしかないのだ、おたがいに、じっとしていよう、そしてこのひとときのあいだに、それぞれのつらさをそれぞれだけで耐える力を、いっしょに養おうよ」おれは、そういうつもりでいた。が、それをいうまえにトヨ子は、まるでふだんの彼女からは考えられないような動作をした。

　トヨ子は、毒々しいチョコレートのかかった茶いろの安っぽいケーキを、つとおれのまえに押してよこしたのだ。だまって、おれは首をふった。他人を侵害したり、また他人に侵害されるのをのぞんだりしてはいけない。おれたちは、正確にそれぞれの責任と権利だけを生きるべきであるのだ。

「私って、不幸なのね」とトヨ子はいった。それをいってはいけない、とおれは思う。トヨ子は堰をきったように声を大きくした。「あんたにはわかんないんだよ、あんたみたいな、のんびりしたウドンみたいな育ちの人なんかには」

　トヨ子は薄い眉のあたりを引きつらせて、ハンドバッグから一枚の写真をひっぱり出し、唇をゆがめそれを裂いた。「この男、婚約したんだってよ。どうせ相手はどっかのお金持ちの娘さ。……ちくしょう」

　引き千切られた写真には、アメリカの西部男の帽子とウクレレがみえた。どうやら、それはあるウエスタン歌手のブロマイドの様子だった。

「私もバカだよ」トヨ子は洟をすすり、目にいっぱい涙をうかべ、唇を嚙みけんめいになにかを怺えていた。要するに彼女の稀有の食欲の不振と不元気は、その歌手の婚約に理由があったらしく、それも結局はおれが色よい態度を示さなかったからにちがいないのだ。いたましさにおれは黙りこんだ。

「私もバカだよ」くりかえし、口紅のはみ出たトヨ子の唇はふるえた。「私、あの人って、こんなバカだとは思わなかったわ」

それはどういう意味だろうか、と沈黙に抗しかねておれは訊ねた。結婚することが愚行なのか、婚約を発表したのが愚かなのか、それとも相手の女がバカなので、それで歌手がバカであることになるのか。

「うるさいねえ、ぜんぶよ」と、トヨ子は答えた。「私、あの人のステージ、一度もみてやんなくてよかった。お金はらってたら、もっとバカバカしい気分がしたにちがいないもん」

トヨ子は、またすこし涙をこぼした。多少いつもの戦闘的な口調になりくどくどとその青年歌手のバカさを固執しつづける彼女の言葉を聞き、おれはトヨ子がまだ彼の実物を一度も見てはいず、手紙や電話で言葉をかわしたことすらないのを知った。……おれはうたれた。たしかに、人間は説明可能の感情や、ちゃんと条理のたった行動や、常識だけで生きているのではない。たとえおれの拒絶により、一時の場ふさぎとしてもとめた愛にすぎなかったにせよ、トヨ子が朝の新聞でその男と他の女との婚約をみて指がふるえ、顔が真赤になり、やがて資格のないかなしみのなかに沈んだこと、めずらしく一日じゅう大声をあげず笑い声も忘れて、極端な食欲不振におちいり、ケーキさえおれに押してよこしたこと、これらの彼女の苦しみは、たしかに生きている人間の本質的なそれの一つ、神聖なかなしみの一つにちがいないのだ。

「あんたは幸福よ」最後に、トヨ子はいった。そう思うほうがまだしも救われるのだろう。おれはわざと逆わなかった。おれは彼女への、そしておれへのあわれみで、喉がつまっていた。もちろん金はおれがはらった。

日が永くなってきていた。やや風の出てきた空は、まだところどころ昼の青をのこしていた。トヨ子の目には、もう涙はなかった。

「ああ、サバサバしちゃった。……あんたって人も、あんがい役に立つことがあんのね」さも意外なふうに、トヨ子がいう。彼女は大きく顔を仰向けて、ゴーケツ笑いをした。きっと、せいいっぱいの努力でほがらかに振舞っているのにきまっている。痛いほど、それがおれにひびいてきた。

「私、ここの地下街で明日のお弁当のおかずさがしてくる。さいなら」トヨ子はいった。いつものとおり、おれは一人で地下鉄の駅にあるいた。ふと、トヨ子のウエスタン歌手への失恋を、滑稽だな、と思った。

轟音をたてて走る地下鉄にゆられながら、おれはそのことにつき考えつづけたのだ。……おれは思っていた。人間には、他人を笑う資格はない。すくなくも、その無智や貧しさや愚かさにつき、なにかの操作の拙劣さや突飛さにつき、笑うべきではない。それを笑うやつは傲慢の罪を犯している。人びとは、平等な知能や運動神経や、均一な世界や生活、同一の不幸や幸福や、おなじ平衡のとり方やをあたえられているのではなく、顔がちがうように、一人ずつそれはちがっているのだ。だから、他人にたいしもし笑うのなら、ただその不誠実さだけを告発し、それだけを笑うべきだ。そして、おれにはトヨ子は不誠実だとは思われない。

だが、突然、まったく突然に、おれはおれの胸が震え、頰がくずれ、どうしようもなく声をあげ笑いはじめている自分に気づいた。おれは笑うべきではなく、しかしおれは笑っていた。胸の奥の、緩慢な小爆発は連続した。おれは笑いを止めることができなかった。おれは笑いつづけ、そして笑っている自分を認めたとき、おれはあることを理解していた。——夕刊からはみ出た人びとの目がふしぎそうにおれを見ている。隣りの席の婆さんが気味わるげにもじもじと腰をずらせる。しかし大声でおれは笑いつづけ、遠慮なくからだを左右にゆすり、やめなかった。自然にそれがおさまるまで、もう、おれはおれの笑いを抑えようとは考えなかった。

正確に、おれはトヨ子を笑ったのだ。その愚かしさを、そのかなしみを、その全存在を、大口をあけて笑ったのだ。おれは、笑う自分をゆるし、はっきりと以後も支持しようと決心した。おれはひどく快くて、自分がとても健康になったような気がした。

おれもまた他人に承認されなければならない、とおれは思ったのだ。写真か活字かでしか知らないアカの他人の婚約に涙をながし、自分の幻影の崩壊に憤ってバカだバカだと彼女を知らぬその男の行動を糾弾し、毒づき、指をケイレンさせ食欲を麻痺させる人間が存在するのだとしたなら、それを笑いたいときに笑うおれの存在も、同等に承認されていいのである。おれだって、べつにいつも他人なるものに気をかね、他人なるものに屈従し、他人どもの承認係りとしてのみ存在しているのではない。おれもまた他人に、他人たちがそうおれにするのと同様、暴力的に自己の存在を主張していいのである。なんの遠慮もなく、おれなりの行為をもっていいのである。

おれの笑いはとめどがなく、正確にいつも降りる終点のA駅の改札口までつづいた。おれは、他人たちのなかで、はっきり孤立する勇気をもてなかった、とおれは思った。しかし、もうおれはおそれない。他人を軽蔑し、無視することをおそれない。だれもかれもがもっともだとは考えない。なぜなら、かれらにとりおれもまた一箇の他人、どうしてもわけのわからない隔絶し孤立した一箇の暴力としての他人にすぎぬからだ。おれは、なんの気がねもなく、鉄の棒のおれ自身をまっすぐに歩めばいい、それしかない、とおれは思った。

裏口から家に入りかけると、闇のなかにとなりの槐《えんじゅ》の木がほの白く梢に満開の花を飾っていた。昨夜は、これほど美しく、いっぱいに木そのものが白く煙るように、その花をひらいていたのではなかった。おれは、そこに昨日は昨日のうちに終り、今日は昨日ではないことのなまなましい事実を、はっきりと確認させられたような気がした。

翌る日はひどく暑い日だった。いつかの白手袋の女をみかけたのは、その土曜日が二度目だった。

あの春の日とおなじように、女はつれをもたず、おれも一人だった。女は、すこしせかせかした歩調で、S駅のまえの広場を横切るように歩いていた。高鳴ってくる胸をおさえ、ちょっとためらってみたあと、おれは女のあとをつけはじめた。

おれは、おれなりに女を愛さねばならない、と考えていた。おれなりの、女への精神のなかでの愛を、なんとか行為に結びつけねばならない。具体的ななんの考えもまだうかんではいなかったが、まず、あとをつけねば、とおれは決心をしたのだ。

女を、イメェジのなかだけの存在にしておくのは、たえられなかった。猥褻であり、女々しく、不誠実でさえあると思えた。しかし、おれは他の女たちへのそれのように、その性器のみを要求したいのでもない。……それがどういう形をとるのかは知らない。とにかく、おれははじめてただの肉欲だけではなく、一人の女を愛そうとしていたのだ。それを、行為しようとしていたのだ。

もうスプリングの季節ではなかった。女は、黒いタイトのスーツをむき出しにしていた。柔軟にその腰をくねらせ、すんなりと長い脚を動かして国電の改札口に歩いて行く。おれは十円区間の切符を買い、あわててあとを追った。女は、内回り線のホームに上って行く。いつかのように、やはり都心に向かうらしい。おなじ箱に、おれは乗った。

まだ午後二時をすこし過ぎたころで、車内にはちらほら空席もみかけられたが、なぜか女は腰をかけなかった。扉のそばに立って、窓の外をみていた。

ちょっと疲れているみたいな、怒ったような顔をしていた。若い、張りきった肌の色で、目がきらきらと光っていた。やさしい白い喉がながく、よくみると女は思ったより大柄で肉も豊かであり、健康な、いい母親になるだろう感じもした。ときどき、欠伸を嚙みころすような表情をうかべて、そのたびに眉と目のあたりが曇り、肌がへんにざらざらとした生気のないものにみえる。しかし、それも光線のいたずらかもしれなかった。明るい初夏の光がきらめくように注ぐと、すると女には眩しいようなゆたかな若さがあふれだすのだ。

女は、一度もおれには視線を投げなかった。横顔をみせたままで、車体がはげしく揺れ動くたび、あぶなっかしく高いハイヒールで調子をとる。その都度、おれは錐でもまれるように胸が痛くなって、発散してくるおそらくは湯上りの肌のように白く汗ばんだその肉体からの香気を、そっと鼻でもとめたりもするのだ。なにもできなかった。ただおれはちらちらと女を眺めたまま、女とともに車内の震動をかんじていることしかできなかった。

おれは、声をかけることすらできなかった。

やはり都心の繁華街にちかい駅で、女は降りた。おれも降りた。おれは、女は酒場にでも出ているのかなと思った。

女はつや止めの黒革のハンドバッグをつかむように片手にもち、両方の肱をかるく曲げ、はさみこむようにそれを胴につけて、さも用事ありげな小走りの速度でハイヒールをはこんでいた。やわらかな感じの黒のスーツが、なめらかな肌の起伏にぴったりと吸いつき、尻の肉づきをあらわにして速足にあるく女は、ひどく颯爽としているようにも思えた。この街をいかにもわが街としているような調和と、安定した活気に似たものすらがあった。女はいそいでいた。

幸福なのだな。女の背をながめながらおれは思った。ひどくいそいそとしている。橋をわたり、女は幅のひろい道路を右に折れて、また左に折れ、もとの道路と平行に歩いて行く。おれはつけた。ただつけること以外に、おれにはなんのあてもなかった。つけることだけがおれの仕事だった。

女は、ある大きな広告代理店のビルのなかに消えた。女と同様に縞の日除けのある裏口からそのビルに歩み入ると、一階、二階、三階、と階段をゆっくりと上って行き、おれはとうとう屋上に出た。まばゆく一面に光を撥ねかえす、白い平坦な石の砂漠のような屋上で、影が濃く小さくおれの足もとに倒れていた。どこにも、女の姿はなかった。

おれは孤独だった。ふしぎに、しかしその孤独が、おれを静穏な落着きに似たものにさそうのにおれは気づいた。やっぱり、結局おれにはあらゆる他人たちは、ひとつも必要ではなかったのか。おれは自分が誠実に、けんめいに女を追いかけ、まったく不可抗力にちかいもので女を見失ったのに、ある意味では満足さえしていた。ただあとをつけるだけで、おれはおれの愛を、どういう形での行為にむすびつけるかの確信もなかったのだ。女は失われていた。そして眼界に、一人の人間の姿もない場所、そこでの自分――おれにとり、それは一つの安らぎででもあったのにちがいなかった。

なにを考えていたのでもないのだ。なんの目的もなかった。ただ、おれはなんとなくそこを去りたくなかった。屋上には、番人のいない鳩舎があり、鳩が糞だらけの金網のなかで、思い出したようにときどき羽ばたきをくりかえした。……はるかな下界での騒音、都会の喧騒が、泡沫のようになんの実体もなく浮び上ってきては、消える。大きなひろい空の下に、都会は光りかがやく漂流物にみちた海のようにみえた。青空は、地上ちかく白っぽくにごり、薄れていて、それを背景にし、正面のデパートのやはり屋上に群れている人びとが、蟻のようにうごめきつづけている。九百万のこの都市に蝟集した人口。それぞれに歴史とややこしい理不尽とをぎっちりと充実させた単位。地上にへばりついた、みじめな、しかしそれぞれの生きていることの負担にあえいでいる無数の人間ども。その中へやがてはかえって行かなければならぬ自分。想像して、おれは息苦しく全身をおさえつけられるようないやな圧力の渦をかんじ、唇をゆがめ唾を吐いた。屋上には、意外なほどのつよい風があった。

無数の窓がこっちに向いてひらいていた。だが、おれはわざと、その一つ一つにやりきれない人間どもの営みをみせている窓には、目を向けなかった。おれは、屋上に突き出したコンクリートの出入口の横に立って、ぼんやりと煙草をふかしていた。

ふと、人の気配をかんじ、目をあげておれは呼吸をのんだ。黒いスーツの女が、そこにいたのだ。

女は一人だった。片手を廂のように額のあたりにかざして、女はことことと歩きにくそうなハイヒールで屋上の中央に進んだ。振りかえって、固い表情でちらとおれを眺め、まっすぐ屋上の縁に歩みよった。下をみて、急にからだをそらした。「おおこわい」とでもいうみたいに、おれを向いて、へんに親身な顔で笑いかけた。おれも笑った。

呪縛がとけたように、おれの筋肉がほどけた。おれは煙草をはじき捨てた。おれは、吸いよせられるように女のほうにあるいた。女は、遠いデパートの塔をながめているみたいだった。

おれは女を愛したのだ。おれの行動につき、いえるのはその一言だけしかない。おれは女の背中をつき、女は短い鳥のような叫びごえをのこして、一瞬のうちにおれの視野から消失した。そこが、地上七階のビルの屋上であったことで、女は死んだ。即死かどうか、そこのところはよくしらない。

積極的な殺したい意識があったのではない。おれはいま、それを、はっきりと愛の衝動だった、純然たるそれにすぎなかった、と確言することができる。おれには、それは、雪の山の斜面であろうと、ベッドの上であろうと、タクシイのなかであろうと、川のほとりであろうと、どこでだってよかったのだ。おれには、ふと女を突いてやりたいという、ごく親身な、切実な瞬間の衝動があっただけで、まちがいなく、おれにはそれは女への愛の衝動だとしか考えられない。それが、おれの愛の行為だっただけだ。おれは率直な、無心な、幸福な、ひどく天真ランマンな気持ちでそれをしたのだ。

女の横に立って、ふいに女を突きとばしてやりたい、と思ったとき、おれは、はじめて女へのおれの愛が形をとることを実感した。女への愛が、はっきりとおれのなかに存在しているのを確認した。こころよい屈服、ある弛緩の感覚のなかに、おれは充実した、まっしぐらな、ほとばしる水のような、明朗な愛で自分がまっすぐ女へと向かって行くのがわかった。おれが、おれのなかに肉欲と一応縁のない他人への愛をみとめ、それを行為に結びつけたのは、生れてこのかたそれが最初のことだったのだが。

……墜落。死。屍体。それらあとに起った一切は、つけ足しのようなただの結果でしかない。愛にしてもなんにしても、行為のあとに附随する結果が、つねにしらじらしい、よけいな荷物でしかないのは、たぶん、だれしもが経験していることだろう。おれにしても同じだった。

あのとき、おれはきっと、ひどく朗らかな、素直な、無邪気な目つきでいたのに相違ないのだ。女が証言できないのが残念だが、おれはおぼえている。おれは、けっして思いつめたような愚かな目、血ばしり逆上した目や、おっかない顔つきなどはしていなかったと思う。おれは、愛しあった男女が抱擁する映画のラスト・シーンのように、やわらかな微笑のまま右手をあげ、ゆっくりとそれを前にのばしたのだ。女は、わざとのように知らん顔でどこか遠くをみていた。笑顔のまま、のばした右手で、おれは、ふいに女のあたたかいスーツの背を、押しあげるように突いた。……しばらくのあいだ、おれには、ある恍惚のような満足が持続していた。性器の挿入は、じつは愛とは無関係な行為の一つなのにすぎない。肉の、肌の慰みにすぎない。なにかをその相手につき、迸り出るように心の内部にかんじるとき、おれは、そこに愛が存在することを認めざるをえない。おれはまちがっているだろうか？

おれは女を突きとばした。顚落させ、おそらく即死させた。でも、おれは理解していた。過去のいくつかの経験を思いおこし、そのときはじめておれは理解していたのだ。おれはいいたいのだ。これがおれの愛なのだ、と。嫌いなものを突きとばすのではない。おれだけではない。おそらく、一般に男は好きなものを、はじめてこの感情により心のなかに刻み、それを所有しうるのだ。もし、そこが七階のビルの屋上の縁でなかったなら、もし、女がベッドかどこかにいてそんな些細な気休めのような衝動的な行為により、視界から消えなかったら、いっさいは世の中のあらゆる愛の風景とかわらず、おれにもしっかりと女を抱きしめる次の瞬間がつづいたかもしれないのだ。

でも、とにかく、女は消えてしまった。鳩舎のなかで、鳩がさわいでいた。おれには、その白い首すじにあった小豆粒ほどの黒子と、おれの掌に捺されたへんにあたたかなその背中の記憶のほか、女はなにひとつ残ってはいなかった。おれはあたりをみて、ひろい平坦なかがやく石の上に、おれが一人きりなのを知った。青空のなかで、おれは孤独だった。重たるい日常のなかの自分がいまいましく回復してきて肩に重く、焦立たしい、すんだことの結果だけがふとおれを包むのを感じながら、おれはゆっくりと階段を下りて行った。さわぎや屍体になった女などは、おれには関係がなかった。おれは野次馬たちには目もくれずに、ちかくの地下鉄の駅にあるいた。おれには、所有できたはじめての愛の行為の記憶だけで充分だった。

いつも均一な明りに照らしだされている地下鉄のA駅の階段をのぼり、改札口を通って、上り坂になっているゆっくりとうねる四角い腸のような地下道を歩いて行く。地上へとつづく人びとの垢と埃りで汚れた洞穴のようなその通路の終りちかく、きまっておれは伏目がちになってしまう。その日も同様だった。表に出て、いつものように、おれは習慣の大きな深呼吸をした。急に、地上のひろい空間をはしる音がなまなましくよみがえって、おれを包んでくる。やかましい電車や自動車や人ごみで雑沓するにぎやかな商店街のその通りを、おれは、まるで急用でもかかえている人のような速足と一途な顔になって、ただまっしぐらに家への方角にいそぐ。なにも考えない。ほとんど、おれは機械的に人や車をよけるほか、なにも見てはいない。なにも聞いてはいない。

まったく、いつもとおなじだった。街はまだ明るく、さすがに週末らしく、子供づれの人びとや老人たちがまじり、歩道は人びとであふれていた。いつもここを歩くたびに、おれは一つの恐慌に似たものにおそわれ、そわそわと夢中で逃げるようにその雑沓の渦のなかを歩ききるのだ。おれは人びとを避け、逃げたい。その一つ一つの理不尽と歴史とに充実した、重くるしい皮膚の袋としての単位たちの、目にみえぬその重圧、せまってくるその熱気といやらしい活気のようなものから、脱れ出したい。その日も、おなじ恐慌に似た感情がおれをしめつけ、おれをとらえていた。そんなとき、いつもおれは考えるのだ。ああ、おれは一人きりになりたい。一人きりにならなくては、けっして休息はやってこない。たとえ、その休息がいささか死に似たそれであるとしても、おれにはおれなりの休息のしかたがあり、おれにはその休息が要るのだ。

昼の光のなかで、小さな白い蝶のあつまりのような槐の木の花は、あまり美しくなかった。おれが木戸をあけると、その小さな花弁が三四枚、ひらひらと散ってきて肩にあたった。それが針で刺されたような疼痛でおれに感じられたのはなぜだろうか。おれは、そのときからおれは発熱したのではないかと思う。おれは部屋に入るとすぐ蒲団を敷き、ふらふらとその上に倒れた。原因のわからない九度ほどの熱がおれを喘がせ、おれは汗みどろになりながら眠った。

おれはとても疲れていたのかもしれない。夢はわけのわからないオレンジ色の砂漠の風景がひろがり、一人だけそこに立っているおれの前に、考えられぬほど巨大な鯨が赤黒い大きな口をあけてせまってきて、おれをその口のなかに吸いこもうとする子供のころからよくみた悪夢の一つだった。きまって、その口に吸いこまれるところでめざめるのだ。全身から汗をながし、くりかえしおれはその夢ばかりをみた。

でも、翌る日の日曜日には、おれはけろりとしてしまっていた。すこし頭は痛かったが、家の手伝いを休む口実にはならなかった。おれは、勇気を出さねば、と思った。他人たちのあいだで、孤立する力をもたねば。白手袋の女への愛の行為の記憶は、せめてものそのおれの支えだった。

月曜日から、おれはまた何気ない普段の習慣どおり、S区の会社へと通いはじめた。けんめいに他人たちへの無感覚を心にいのりながら。

おれにには女を「殺し」たことの自責などは、毛で突いたほどもなかった。当然だろう。おれは女を「愛し」ただけでしかないのだから。そんなことより、おれはあの女を消してさえ、なおおれに押しかけ、のしかかってくることをやめない他人たちに、必死で頑張らねばならなかったのだ。そのことだけがおれには大切だった。

新聞で、おれは女の死が、どうやら自殺だと解釈されているらしいのをよんだ。彼氏があの広告代理店につとめているちょっと有名なユーモア作家らしく、そんなことはどうでもよかったがある新聞は、「某作家」としてしたりげな手つきでニュースの種にしていた。それによると、女は銀座のバアの女給で、その日広告代理店で、男に結婚できないのをはっきりと告げられたのだということ、(「某作家」は、それを認めていた)そして、女が妊娠していたということ、女の黒いスーツは、内心かれの拒絶を予期した死装束だったのだということ、などがへんに生真面目な女の写真入りで書かれていた。……おれは失笑した。おれは、屋上で笑いかけた女の目をおぼえている。だいたい、若くてきれいな娘が、そんなに安く自分をみつもったり、自殺などするはずがないのだ。まったく、いやになるほどそれはたしかな事実なのだ。

暦はもう七月に入っていた。その日、おれはトヨ子と喧嘩をした。シャツ一枚になっても暑い、うだるような午後で、旧式の黒い扇風機がカツカツとやかましい音を立ててまわっていた。氷水を買ってこい、という彼女に、おれはどなったのだ。「うるさい、氷をくいたかったら自分で行ってこい」

「ほうスゴい」トヨ子は唇に人さし指を突っこみ、オナラのような音を立てた。禿頭の課長を向き、片手を耳の近くでひらひらさせていった。「ねえ課長さん、この人、ちかごろどうもコレね、アタマにきちゃってるよ」

「自分のことは自分でしろ、とおれはいってるんだ」と、おれはいった。

「ただしな、勤務時間中なんだぞ、いまは」

「……知ってるわよ」トヨ子は、不意にうなるような低音の声で答えた。両掌で頰をささえ、ふてくされた白い目でおれを睨んでいた。

「おれはあたりまえのことをいってるんだ」と、おれはいった。

「そうです、ほんとにそのとおりです」と課長がいい、薄暗くむし暑い部屋のなかに、とたんに吹きそこねたトランペットが鳴りひびいた。トヨ子は泣きはじめた。さかんな叫ぶような泣声を断続させ、ひどく熱心に仕事をしている感じで机にうつぶせたその肩が慄えていた。

「……ばかやろ、なんだいえらそうに、ばかやろ」と、涙のなかでトヨ子はくりかえした。

　そんなものはただの騒音にすぎない。なだめにかかる課長を黙殺して、おれは冷然と仕事をつづけていた。どうやら、おれなりの愛の行為を所有できたという自信が、おれという存在に一本のゆるがない芯をあたえていたのかもしれない。おれは、おれの輪郭をまもることしか考えてはいなかったのだ。

トヨ子の薄い白ブラウスは汗でぴったりと肥ったその肌に貼りつき、乳当てや吊り紐が透けてみえた。課長はいささかそれを娯しんでもいるらしい手つきで、くどくどと低声であやしながらトヨ子の肩や背をさすっていた。……突然、トヨ子が椅子を蹴倒して立ち上った。さもうるさげに課長を横に突きのけ、そのままばたばたと階段を下りて行った。

「君、……君、……トヨちゃん、阿井くん」

課長は狼狽してさけんだ。おれは中年のそのやせた小男が、頭のてっぺんまで赧くなっているのにちょっとびっくりした。おれを見、なぜか彼はおどおどと目をそらせながらいった。「……なにも君、ねえ、べつにぼくは、べつになんにもしなかったんだよ、……ねえ」

語るに落ちるというやつで、きっと慰めることに便乗してちょっとたのしんだのにちがいない、とおれは思った。ぶつぶつと口のなかで呟き、だが課長はひどく困惑し、まるでなにかを怖れているような顔をしていた。

「氷をくいに行ったんでしょうよ」と、おれはいった。

トヨ子はその日、とうとう社には戻らなかった。おれはすっかりトヨ子のことは忘れていた。

おれは金庫の番人ではないし（どうせめったに使いもしない金庫だけど）、絶対に新聞広告の文案などは作らないことにしているから、伝票を引き合わせ帳簿に記入すると、もう用事らしい用事はない。おれは意気銷沈した課長だけをのこし、すこし早目に会社を出た。久しぶりにきれいな女の映像を安直に売ってくれる映画でもみようかと思っていた。

日はまだ高く、雨の日はすぐ始末におえぬ泥濘と化す石や煉瓦やコンクリートの破片のちらばったただらだら坂の道が、うねりながら駅のほうに下って行く。その道を、おれはいつもとはちがう内科医院の字の書かれた電柱の角で折れた。板塀の上に首を出した黒ずんだ木の葉が、無気力なかるい音を立てる。そのあたりは軒なみに連れこみ宿かちいさな割烹がつづき、そこをまっすぐに抜けるとアスファルトの道路に出る。映画館は、そのアスファルト道路を軸にかたまっているのだ。

あまり愉快ではない比喩だが、おれは疲れた犬みたいに、道の端っこを日陰を拾いながら歩いていた。暑さにすこしまいっていた。人気のない、一間幅ほどの石ころの多い道で、正面に一台の塵芥車が傾いたまま置かれている。ぶらぶらと歩きながら、おれはぼんやりと前をみていた。

右側の貧弱な一軒の連れこみ宿の門から、一組の男女が出てきた。はじめ、おれはそれが社長とトヨ子だとは、まったく気がつかなかった。

女が、男の首にぶらさがって、甘えてなにかをいう。ひきつれて肌に密着する白ブラウスの背に、ふと見憶えがある気がした。トヨ子、……仰天して、あわてておれは目をこらした。トヨ子だった。まちがいではなかった。赧く太い首をねじまげ、困ったようににやにやするよく肥った白アロハの男、それは社長だった。いつも階下のソファに大きな尻を下ろし、しょっちゅう客といっしょに社を出たり入ったりしている社長、課長の兄の、あの社長なのだ。

「……そんなこといったって、わしだって……」聞きなれた男の声、社長の声がきこえる。咄嗟に、おれは塵芥車のかげにかくれた。

「……だってさ、ずいぶんながいことほっておくんだもん、それくらい買ってよ。今日だって、ざっと二月ぶりじゃないの？　意地わる」

戦闘的で押しつけがましい女の声。トヨ子にちがいなかった。

二人は、もつれあうように道を遠ざかった。呆然とそれをおれは眺め、おれの目のまえには、べとべとに腐りかけた植物やら動物やらの残骸が、どぎつい陽光を浴び膿みただれたような酸い悪臭を放っていた。ねっとりと重く、それがおれを包んでいた。

正面のアスファルトの道路は、ひっきりなしの自動車の往来がはげしかった。二人の姿はそこに消えた。おれの目に、するとみるみる熱いものがあふれ出して、透きとおった風景がゆがみ、滲みだした。おれは胸をふるわせて泣きはじめた。

おれはかなしかった。ただ、かなしかった。おれは、ほとんど目のまえの塵芥の山のなかに、頭から突っこみたかったのだ。

いやだ、いやだ、と赤児のようにくりかえして、おれは泣きつづけた。あわれんだのでも、さげすんだのでもない。一瞬のうちに、トヨ子の全重量がおれにかかってきていた。トヨ子という一人の人間、一人の女の、あらゆる細胞の一つ一つ、生き、うごめき、重くるしい生命の営みに耐えているその一つ一つが、びっしりとおれに掬みついて、おれは生きているその全存在の重みをかんじたのだ。べつに、彼女の愛を拒絶した自分の責任を思ったのではない。おれはつらかった。かなしかった。生きている人間のせつなさ、やりきれなさがくるしかった。耐えきれなかった。

嗚咽をけんめいに怺えながら、おれは近くの板塀によりかかり涙をながしつづけた。そう、社長だってだ、とおれは思った。近くの町に妻と三人の子供のいる家をもって、親戚じゅうで鼻つまみの、競輪狂いの弟の面倒をやさしくみてやっている彼。彼もくるしいのだ。あがかずにはいられないのだ。弟を会計課の責任位置に置くのは、かえって自分が監督しやすいためだ、とおれにいったこともあった。彼だって、必死に彼なりのバランスをとらねばならないのだ。でなければあんな小汚ない、バカな豚娘のトヨ子なんぞに手を出すわけがないのだ。おれは、なにかをトヨ子にねだられ、困惑しうるさげな表情をうかべていた彼を思い出した。ときどき妻や子供への土産に流行のあそび道具を買って帰ったりする彼。トヨ子との浮気にも、彼なりのいい分があるにきまっている。その、それぞれのいい分というやつがたまらないのだ。トヨ子のいい分があるにきまっている。そして、トヨ子にもまたトヨ子のいい分があるにきまっている。その、それぞれのいい分というやつがたまらないのだ。ひとつもそんなものは聞きたくない。知りたくない。でも、いやでもおれはそれをかんじる。それがわかる。それがくるしいのだ。嫌悪に顔をしかめ、けんめいにおれは涙をはらった。わかるということは、それがおれのものになってしまうことだ。おれのなかに侵入し意味と重みとをもち、吐息のように暗澹とひろがってしまうことだ。それがおれには耐えきれない……おれは、たったその数瞬のあいだだけで、せっかくあの猫の眼の女を愛して得たおれの輪郭があとかたもなく消え、必死に拒否しつづけてきた他人の存在の重みとの境界を、おれがなくしてしまったのがわかった。せっかくのタガははずれていた。……ああ、ああ、とおれは呻いた。みんな、仲間なのだ。みんな、つらくてたまらないのだ。みんな必死なのだ。みんな、囚人でしかないのだ。ああ……。

おれは気づいた。汚れた縁の垂れたソフトを頭にのせた小男が、日にやけた顔でぽかんとおれをみている。男は地下足袋をはき、だらりとさげた右手に鈴をつかんでいる。塵芥車の主にちがいなかった。

おれは肱で涙の最後の粒を拭った。そのまま二三歩あるきかけて、汚臭を放つ塵芥車を振りかえった。ふと思いついて、それをいった。

「……生きているから、腐るんだね」

小男の顔には、まるで表情がなかった。かまわず、おれはつづけた。

「そうなんだな。生きてるってことは、腐りかけてるってことかもしれないんだな。なにも、生きてなかったなら、腐ってこんな匂いを出すこともないんだ」

映画館のまえまでは行ったが、なぜか入る気にはならなかった。といって、そのまま地下鉄で家にかえる気にもなれなかった。おれはアスファルトの坂道を駅のほうに歩いて行き、いつかの白手袋の女を思い出した。あの女は、もう、はっきりとこの広場にも、東京にも、日本にも、地球上のどこにもいない――はじめて知ったことのように、不意にそれを痛感した。女は死んでしまっている。女は、一つの透明な空白、一つの明るく軽快な空虚に化してしまっている。

おれはうらやましかった。正確には、その一つの完全な不在が、おれを呼んだのかもしれない。おれはちょっとセンチメンタルな気分だけを意識していた。なんとなく、おれはその不在のあとを追いかけるように国電の駅にあるいた。改札口を通って、いつかと同じように、内回り線のホームに出た。やってきた小豆色の電車に乗った。

白っぽく窓は濁り、そろそろ日の暮れだった。暑かった。退社時のためか電車は混み、車体の震動につれ人びとはそろって人形のように全身をゆらしていた。もちろん、おれもその一人だったのだが。……そのとき、おれにその考えがきたのだ。その考えが、しっかりとおれに根をおろし、確信となり芽ばえはじめたのだ。

――贋ものがいる。どこかに、きっと贋ものの人間がいる。……電撃のように、その考えがおれをかならずいる。かならず、それがどこかにいる。

とらえていた。おれたちが、共通にしょいこまされている理不尽、内部に暗くつめこまれている血と肉、心ならずも重たく充実させられてしまっているそれぞれの屈辱にみちた歴史と意味、身うごきができぬ、どうしても逃がれることのできぬ生きていることの重くるしいそんな条件、それらから免れ、それらとまるっきり無関係な人間、人間の贋ものが、かならずどこかにいる。からっぽな人間、腐ることもない無機質の人間、形骸だけの人間の贋もの、それがきっとどこかにいる。知らん顔でそんな贋ものが、きっと平然とこのおれたちのなかにまざっている。……

どうしてそのような確信がうまれたかは知らない。しかし、おれはそれを疑うことができなかった。絶対にたしかなのだ、と力みかえっておれは思った。ウソじゃない、そいつはきっといるのだ。いま、この車内にゆられている人たちのなかにいるのかもしれない。なんの感情もない形だけの人間、しぜん、あらゆる不幸やくるしみに無感覚な人間、プラスティックでできたロボットのような人間。人間としての責任の意識がない人間。まるっきり人間としての意味をもたない人間。生きていない人間。そんな、人間の贋もの。ひどく熱心な目つきで、おれは車内の人びとを次つぎとみつめた。奇妙な怒りに似た期待に、おれは燃えていたのだ。その感情は、あるいは嫉妬というべきものだったかもしれない。とにかく「贋もの」は、あんがいそんなポーズをとっているようにも思えて、それでまずおれはすぐとなりの、新聞で顔をかくしたソフト帽の課長か部長級らしい男をまじまじと眺めた。男はうるさそうにじろりとおれを見、また新聞に目をおとした。かまわずのぞきこんで、男の読んでいるのが時代ものの連載小説なのを知り、おれはがっかりした。贋ものなら逃避することもいらないので、そんな活字の列でせめてものなにかの消費を行うこともないのだ。おれは左右に首をよじり、満員の車内でのびあがって、おなじ震動にゆれ動く人びとを片端からしげしげと観察した。目をつぶって、睡ったふりをしている男もくさかったが、そいつには酒が匂った。女たちはみんな所帯じみていたりなまなましすぎて問題にならなく、おれのさがすのは老耄や幼さではないから老人や子供は関係なく、若いやつは精力の鬱屈をかんじさせて失格した。なぜかおれは「贋もの」は、標準の背丈をした、やり手然とした中年の男性の姿をとっている気がしてならなかった。しかし、目星はつかない。おれは頭ががんがんしてきた。畜生、ここにはいねえらしいや、とおれは口のなかでいった。

おれはその電車の扉をよろめき出た。そこはいつか女のあとをつけたとき降りた駅で、これは偶然でしかなかった。もう、あの女のことは忘れていた。おれのさがしていたのは死者ではなく、生きている人間の「贋もの」でしかなかったのだ。

かならずいる。どこかにいる。くりかえし呟きながらおれは歩いていた。おれは賑やかな通りに出た。きょろきょろとすれちがう人びとの顔ばかり眺めながら、どうしてもおれはそいつをつかまえてやるつもりだった。

空はまだ明るいのに白っぽくネオンが点りはじめ、奇妙に情緒的に澱みかけてゆく黄昏のなか、巨大な河のような持続するざわめきのあいだに、繁華街はいきいきと動いていた。おれは、約一時間ちかくものあいだ、「贋もの」をもとめその街を歩きつづけた。だが、どうしてもそれをつかまえることができない。……暗く、頭上には肌いろに濁った低く醜い空がひろがり、街はネオンが次第に美しく多彩な光のカクテルをつくりはじめている。そのなかで、おれはほとんど絶望をかんじていた。ひきもきらずかがやかしい店舗の照明のまえを歩きすぎる人びと、縦横の道路から絶え間なくあふれ出、交差し、合流し、わかれて行く無数の男女たちは、みんなおなじようでいてちがった顔をしているのだ。よくみると、みんな生活がせまってくるのだ。おれは疲れ、もう歩くのがいやになった。喉がかわき、へとへとのおれをかんじていた。だいいち、もともと人間の圧力、その集団の熱気によわいおれが、こうも熱心に群衆にひるまぬ目を注いだなど、ふだんなら考えられもしないことだ。おれは、ふらふらと一本のプラタナスの木にもたれた。人がたくさんいるところにくりゃ自然にわかるだろうと考えたのがまちがいだった、とおれは思った。畜生、どれがいったい本物の「贋もの」だか、こうぞろぞろと歩いていちゃ見当もつかない。どれがどれやら、いっこうに区別がつきゃしない……

突然、白い氷のような巨大な掌が、しっかりとおれをつかんだ。おれははねあがった。「贋もの」は、こいつら全部ではないのか？

こいつら全部が、じつは皮膚のほかなんの中味もない、「贋もの」ではないのか？　おれは走り出した。恐怖がおれの喉をつかみ、おれは声も出せなかった。おれは、そいつをさがしていたのだ、とかろうじて意識の上空でおれは思った。なのに、それがこんなにこわいのはなぜだろう。考えている暇もなかった。「贋もの」たちは、前後左右から、まるでおれを包むように押しよせてくるのだ。にぎやかに笑いあいながら、おれを殲滅しにくるのだ。おれには、昇天でもする以外に、逃げ道がなかった。

必死にかくれ場所をさがしあたりをみて、おれはてっぺんの赤いクリーム色のボックスに気づいた。公衆電話だ。さいわい、なかに人の姿はない。おれはまっしぐらにその箱のなかに走りこんだ。

「すみませんが、あなた」と、巡査はいった。

知らん顔で、おれは受話器を握っていた。答える必要はないのだ。

「べつになにを話しているか聞く権利はないんですけどねえ」と巡査はいった。「あなた、もう二時間以上もここに入っていますよ、公衆道徳の点からいってもですねえ」

おれは片手を振った。うるさい、という顔をしてみせ、「あ、トヨちゃん？」といい、受話器に向かいでたらめをしゃべりはじめた。巡査は怒ったように扉をしめた。

ぐったりとしておれは壁によりかかった。おれだって、とけんめいな目つきでおれは思った。生きるためには、いつも、ちょっぴり暴力がいること、ちょっぴり相手をダマさねばならぬことくらい、ちゃんと知っているのだ。おれはわざと不機嫌な、とりつくしまもない顔をつくって、喘ぎながらまた受話器を耳にあてた。自動車の列が、ひろい通りへとゆっくりと動いていた。

窮余に飛びこんだ公衆電話のボックスが、思いのほかいいかくれがだということはすぐわかった。まず、そのなかは人びとの渦から完全に隔離され独立した世界であり、騒音さえ厚いガラス板にさえぎられあまりきこえてはこない。第二に、三方にガラス板をはめこんだその箱はあたりの観察にしごく便利であり、しかも人びとは、そのなかにかれらをみつめている目がかくれているのに、ちょっと気がつかない。街の一つの盲点であり、自らをかくししかも観察に都合のよい、恰好の避難場所であるのだ。ことに、おれが誰の目からもまぬかれ、しかも人びとのなかに位置をしめて、おれが見る「目」だけになれているのが、ある安息に似た感情におれをさそう。その点、それはおれの理想の場所だともいえた。

……ただ、暑い。空気が動かない。蒸風呂のなかにいるみたいだ。胸もとから、首すじから蒸発して行くのがわかる汗が、せまい空間にむんむんたまってくる。二三度、眩暈がきた。また頭がずきずきと痛くなった。ときどき、おれの腹や腿を、あたらしい汗がはしった。

おれは出ないでいた。結局、出ることができなかった。恐怖が、あいかわらずおれをそのなかに釘づけにしていたのだ。恐怖——もはや、おれはそれが「贋もの」へのそれか、他人どもへのそれか、判断がつかなかった。いや、こういったほうがよかろう。おれには、もう、他人どもが「贋もの」なのかどうか、まったく区別がつかなかった。そして、ほかならぬそのことがおれの「恐怖」だったのだ、と。……ただ一つ、おれがはっきりと感じていたのはおれの孤独、おれが絶対に「他人ども」の一人ではなく、いわばおれがその圧倒的な敵軍のなかに包囲されて、完全に孤立無援の状態にいるということだけでしかなかった。

三時間がたった。おれは出ることができなかった。四時間がたった。まだ、おれは出ることができなかった。

かぎりなくながい一つの瞬間のような時間だった。おれは頭が内側からふくれあがり、波を打って額がせり出してゆくような激甚な頭痛を、ときどき板壁に頭を打ちつけることで耐えつづけた。その合間には仮眠のような茫漠とした夢の空間がひろがり、そのなかでおれはあれからの観察の成果をまとめるように、ぼんやりととりとめもないことを思った。……遠くにいるとき、他人どもは、無数の「贋もの」どもの集団に思えるのに、しかし、どうしてだろう、近くにくると、一人一人はみんな本物になってしまう……みんなが「贋もの」だなんて、ばかな、そんなことはありえないのだ。「贋もの」はたぶん、一人か二人しかいやしない。だからなかなかみつからないのだ、しかし、どこかにいる、いるにきまっている……そいつを、おれはさがしているのだ、いまも、さがしている……そいつが、一人きりでやってくるのをおれは待っているのだ、一人きりで、清潔な顔をし、無感動な足どりでこの道を通りかかるのを待っているのだ、本物との区別がつかない集団なかではなく……まだこない、おれはお前をつかまえてやりたい、早くこい……はっきりと、本物との見分けがつく、一人きりのそいつを……

ガラス窓にかじりついて、おれは頭を壁にぶつけながら、暗くなり人通りの途絶えはじめた舗道に目をこらしていた。ふと、人の気配がして、あわてて受話器をとり、耳にあてた。振りかえった。

丸いゴムの穴のあいた扉のガラス窓に、ほの白く一つの顔が浮んでいた。女だった。なんだ、と思い、おれはがっかりした。それは、あの、いつかの黒いスーツの女だった。だめ。だめ。だめ。というようにおれは首をふった。大きな猫のような眼の女は、じっとおれをみつめつづけている。黒い四角いガラス窓に截られて、女のその姿は、額入りの肖像画のように見えた。苦笑して、おれはいった。「おれはもう、君には用はないんだ、だいいち、君は死んだんだよ？　なにをまちがえているの？　あっちへ行ってくれよ」

女は去らなかった。よけいしげしげとおれをみつめていた。仕方なく、おれは鄭重にくりかえした。「君は、ぼくを怒りにいらしたんですか？　どうぞ、文句をいいたいんだったら、いくらでもおっしゃって下さい。でもぼくは、どなたにも文句は申しません。人間が人間を非難することがどうだとかいうんじゃない、ぼくはいくら非難されてもかまいません。どうせ、他人なんてやつは、非難にしか値しない存在なんですから。君にも、トヨ子にも、ぼくはだれにいくら非難されてもかまいません。でも、ぼくはいま、人間どうしで非難しあったりすることなんかに、まるで関心がないんですよ。そんなもの面倒くさいんです。ぼくはね、人間にはもう関心がない。つくづくいや気がさしています。だが、といってじつは、悪いけれど君みたいな死人にも用はないんで、いま、ぼくはね、生きている人間の贋ものをつかまえるのに夢中なんです。わかった？　わかったら、ね、ほっておいて下さい。失礼します。ぼくはいそがしいんですよ」

女は、ふいに叫ぶように唇をあけた。そして消えた。おれは受話器を放り出した。激痛が頭の芯を噛みはじめた。顔をしかめ奥歯をかみ、おれはまた壁に頭をぶつけはじめた。膝の力がぬけ、おれは明るいボックスの隅にすわりこんだ。こめかみのあたりから暖いものがながれてきて、掌で拭いてみると血だった。でもおれは頭を壁に打ちつけ、やめなかった。二三度、急激な眩暈がおれを過ぎた。

「あんた、まだいるのかい？」声は巡査だった。「おや？　怪我をしたんですか？」

頭痛に唇をゆがめたまま、おれはなにもいわなかった。

「なにをしてるんですか？　え？　いったい」――

「……さがしてるんだよ」かろうじておれは答えた。

「だれをさがしてんの？」

「だれ？　だれじゃないよ、人間の贋ものをさがしているんですよ」

「……出て下さい」

「いやですよ、そんなの」必死に、おれはいった。「ここがいちばんぴったりしているんだ。そのためにはね、ここがもっとも適当な場所なんです。わからないのか？」

「身分証明書、もってますか？」

急に事務的な声になって、冷ややかに巡査はいった。まだ若い男だった。おれは定期入れをわたした。「なかを見て下さい、あやしいもんじゃありませんよ」

「出て下さい」巡査はくりかえした。

「いやだったら」頭痛をこらえながら、おれはせいいっぱいの声でどなった。「向うへ行ってくれよ。君には用はないよ。おれはここに……」おれは絶句していた。苦痛はあまりにもはげしかった。

「……おれはここを出ない」酔っぱらいたちが垣をつくりはじめたのを感じながら、おれは最後の力をふりしぼって叫んだ。「おれはここにいるんだ。ここは、おれの場所だ」

「出て下さい、さあ」

「さわるな、人間ども。あっちへ行け」

「とにかく出るんだ、君」

巡査はおれの腕をひっぱり、おれは抵抗した。打たれつづけている半鐘を頭にすっぽりとかぶせられているみたいに、あまりの頭痛のため、四角い石のならぶ舗道しかおれはみることができない。でもおれは毒づき、巡査への呪咀をどなりつづけ、力ずくで連れ出されてもそれを止めなかった。おれは、人びとの靴がこちらを向きならんでいる歩道にうつぶせにへばりついた。「かわいそうに。やっぱりきちがいなのね、この人」と、どこか遠くで女の声がいった。そのとき、おれは失神した。

おれは、いつかきっと「贋もの」をつかまえてみせる。どうしてもだ。……いま、おれはいつか、かならずおれがそれに成功できるような気がしている。かならず。

あの夜、気づくとおれは氷枕をして、見おぼえのあるおれの部屋で寝ていた。母がなにかをいい、涙で汚れた顔で喰いつくようにおれをのぞきこんだ。瞬間、おれは、醜い、と思った。いくら六十近いといっても、すこしは肌の手入れをしたらどうだろうか。

見まわすと、父や兄や、嫂の顔までが心配げにならんでいた。うんざりして顔をしかめ、おれは目をつぶった。おれは、お前たちのような「人間」なんか、もう沢山なのだ。

「どうしたんだい、いったい」と、おろおろと母がいった。

「すこし疲れたんだろ、卒倒したらしいね」

と、いやいやおれはいった。「大丈夫だよ、もう」

急に、目の上の赤茶けた電燈がまぶしく、繃帯の下で頭がずきずきと波を打ちはじめる。痛みに唇をゆがめ、おれは、しかし必死に戦術をかえなければならぬのを意識していた。「贋もの」は、おれだけの秘密なのだ。それをしゃべってはならない。しゃべったら、みんな我れがちにそいつをつかまえに行ってしまう。いいか、だれにも教えてやっちゃいけない。おれが損をしちゃう。

「ねえ、……きちがいだ、って、そうお巡りさんがいったよ。ねえ、どうしたんだい？」

母の声だ。

「あばれたのか？」と、父が声をそえる。

「ばかばかしい」おれは、唇の乾きをおぼえながら笑った。「あの巡査が、あんまり横暴だから喧嘩をしたんだ。きちがいだなんて、ほんとに、なれたらなってやりたいくらいさ」

「そうだ、人間は、そう簡単にきちがいにはなれやしねえ」

安心したように、父がいった。

「まったくだよ、きちがいなんてトクなもんだ、自分だけでいられるんだからな」とおれはいった。眠たかった。

「みてもらわなくていいのかねえ、あのお巡りさん、心配してたよ」母がいう。

「ごまかしてんだよ、きっと。こいつと喧嘩して怪我をさせたもんで」と兄。「そうねえ、こんなひどい怪我をさせて、それできっと具合がわるいんだわ」嫂もいう。「そうかねえ、だって……」

「バカ、お前は子供をきちがいに仕立てあげてえのか?」父がいった。「たかが若いもんの喧嘩だ。若いときはだれだってするんだ、敗けたほうが悪いんだ。昔からそういうことにきまってらあ、ほっとけほっとけ」

「おれは、悪いことはしないよ」目を閉ざしたまま、おれはいった。「……おれは正気なんだ。おれは、きちがいなんかにはならない」

おれはくどくどといいあう父母の声を聞きながら睡った。そして、その翌る日から、おれには、隠微な、しかしはっきりとした目的に貫かれた、あたらしい日々がひらけたのだ。会社を一週間休んだのは、額の裂傷がみっともなかったためにすぎなかった。

たしかに、おれは狂人なんかではない。おれは正常だ。困りはてるぐらい正常な男だ。だが、おれ自身の考えはおれのものだ。だからおれは、おれの貴重な秘密につき、だれにもなにもいわぬことを決心している。先きまわりをされたら、バカをみるのはおれだからだ。……外見上、なにひとつかわらない毎日がつづいている。課長はあいかわらずこそこそと競輪のノミ屋に通っているし、トヨ子はいかにも安物の贋の真珠のネックレスを、さも得意気にひけらかすようにいじりながら、暑くるしげにいつもおれの机のまえにすわっている。依然として、おれに秋波を送りつづけている。でも、おれにはもう、かれら人間たちは眼中にはないのだ。

どうしてもおれは「贋もの」をつかまえてやる気でいる。つかまえて、こらしめたり、軽蔑したりするのではないのだ。おれはたぶん、そいつを憎んでいるのでもない。おれはただ、つかまえてそいつをおれのものにしてやりたい。こっそりとおれ自身が、「贋もの」になりきってしまうこと、それが望みなのだ。

おれは、ただ、あの因循な、わけのわからない人間についての伝説、人間というややこしく理不尽な負担に、はっきりと訣別する覚悟をしただけなのにすぎない。「贋もの」を、おれの生甲斐としただけなのにすぎない。

夏の朝はまぶしい。おれが家から地下鉄の駅にあるくあいだ、たいていの店舗はまだ表戸を閉ざしている。きらきらとどこかのガラス窓が光を射て、家々の破風の影が濃い朝の道を、おれは油断なくあたりの人びとをそれとなく眺めながら歩いて行く。街は、もうすぐ秋のさわやかな色と光に染まるだろう。冬が来、またこのおれに春が、夏がめぐってくるのかもしれない。

しかし、おれはこの緊張を、おれが「贋もの」をつかまえる日まではやめない。一瞬たりとも、ゆるめたり、忘れたりはしない。「贋もの」は、いつどこでおれの目のまえにあらわれるかわからないのだ。

生きているかぎり、どうせ生きものであることはまぬかれないとしても、でも、あの「贋もの」にさえなることができたら、おれは魚や犬や虫のように生きることができるだろう。魚や犬や虫のように、女を愛することができるだろう。……いま、だからおれは、女を愛するのは、まずおれがその「贋もの」を発見して、おれがちゃんとした「贋もの」になってからにしたいつもりでいる。おそらく、その日はそんなに遠い先きのことではない、という気もするのだ。

お守り

——君、ダイナマイトは要らないかね？

突然、友人の関口が僕にいった。四、五年ぶりでひょっこり銀座で逢い、小料理屋の二階に上りこんで飲んでいる途中だった。

関口とは、高校までがいっしょだった。いま、彼は建築会社につとめている。だからダイナマイトを入手するのもさほど難しくはないだろうが、いかに昔から変わり者だった彼にしても、その発言はちょっと突飛だった。

——べつに。もらっても使いみちがないよ、ぼくには。

と、僕はいった。

——いま、ここにもってるんだけどな。

関口はいった。

もちろん、冗談にきまっている。僕は笑って彼の杯に酒をついだ。

——よせよ、おどかすのは。だいいち、すぐ爆発しちゃうんだろ？　あぶないじゃないか。そんなものを、なぜもって歩かなくちゃならないんだい。

するとと、関口はしゃべりはじめたのだ。

——いま、ぼくは妻と二人で団地アパートに住んでいる。一昨年の夏に申し込んで、待ちきれなくなって去年の春に結婚して、その秋になってやっと当選したんだから、まったく、そのときは天にものぼる気持ちだった。

まだ土になじまない芝生も、植えたばかりらしいひょろ長い桜も、みんなかえっていかにも新鮮で、やっと新婚らしい気分を味わえたような気がした。……とにかく、それまでは親父の家、それも大家族の、純日本式の家の六畳一間に住んでいたんだもの、すべての他人の目や物音から遮断された、鍵のかかる部屋、それをぼくたちはどんなに望んでいたことだろう。その点では、たしかに思いを達したわけなんだよ。

しかし、念願の新しい団地アパートの一室に住みついて半年、ぼくは、なぜか奇妙ないらだたしさ、不安、まるで自分自身というやつが行方不明になったような、あてのない恐慌みたいなものを感じはじめているんだ。……べつに、だれのせいでもない。一種のノイローゼなのかもしれない。だから、あの男にも特別な罪はないのかもしれない。が、とにかく黒瀬というその男が、ぼくのこんな状態の直接のきっかけをつくった、これはたしかなんだ。

宴会でおそくなった夜だった。もうバスがなくて、ぼくは団地の入口までタクシイでかえった。ぶらぶらと夜風にあたりながらぼくの棟まで歩いて行き、すこし酔いをさますつもりだった。

そのとき、ぼくはぼくの前に、一人の男が歩いているのに気づいた。ぼくはびっくりした。まるで、ぼくの後姿をみるように、ぼくとそっくりの男なんだ。同じようなソフトをかぶり、左手に折詰めをぶら下げ、ふらふらと酔った足どりで歩いている。霧の深い夜で、ぼくは自分の影をみているのかと思ったくらいだ。

だが、そいつは影じゃなかった。ひょろひょろとぼくの前を歩いて行く。へえ、なんだかおれによく似たやつだな、そんな気持ちでついて行くと、なんとそいつはぼくと同じE棟に住んでいるらしいんだね。E棟の、いつもぼくが上るのと同じ階段を上って行く。いくら団地だ、アパートだっていっても、同じ階段を上り下りする連中の顔ぐらいはいやでも憶えちゃうさ。だがぼくは、そんな男はしらない。ふしぎに思ったんだが、でも、その男はいかにも通いなれた階段だ、というふうに上って行き、三階の右側のとっつきの扉をたたいた。

思わずぼくは足をとめた。その扉は、ぼくの部屋の扉なんだ。だが、ぼくはもっとびっくりしなければならなかった。扉があき、そいつはいかにも疲れて帰宅した夫、という姿でその中に吸いこまれてしまったんだ。

一瞬、ぼくはそれが妻の愛人ではないのかと思った。当然だろう。それでぼくは現場をとっつかまえるつもりで、そっと跫音をしのばせて階段を上った。ぼくの部屋のまえに立って、扉に耳をつけた。

そのときの奇妙な感覚……そいつを、どうしたら君にわかってもらえるだろう。ぼくはまちがえていたんだ。そいつは妻の彼氏なんかじゃなかった。そいつは、つまり、ぼくだったんだよ。

安心しろ。べつにぼくは気が狂っているんじゃない。でも、そのときはぼくは自分の気が狂ったんだと思った。……部屋の中では、妻が二郎さん、二郎さんといつものようにぼくの名前を呼び、その日やってきたぼくの妹の話をし、笑っているし、なんと、うめくような疲れたときのぼくの声が、ちゃんとそれに相槌を入れているんだ。どうやら、妻はいつものように台所でかるい夜食の仕度をし、「ぼく」は新聞をひっくりかえしているらしい。……ぼくは呆然としていた。とにかく、現実にもう一人の「ぼく」がいるのだ。するとここに立っている間抜け面の男、この「ぼく」はいったい誰なんだろう。どっちが本当の「ぼく」なんだろう。この「ぼく」は、いったいどこにかえればいいんだろう。……酔いなんかさめていたつもりだったが、いま思うと、やはり酔いがつづいていたのかもしれない。そのときのぼくには、このぼくが本当の「ぼく」だという自信がどこかへ行っていたんだ。部屋の中の男が、にせものの「ぼく」であり、何かのまちがいだ、という確信がてんでなかった。ぼくが、扉をあけたのは、ただ単にこの「ぼく」が、どこに行けばいいかわからなかったからだ。

——だあれ？

と妻がいったが、だからぼくとしては、とっさになんていったらいいか見当がつかなかった。で、ごく遠慮がちに、——……ぼく。とぼくはいった。

それからは見ものだったよ。とんで出てきた妻は悲鳴をあげ、腰をぬかしながら奥の男をみてまた叫ぶと、この「ぼく」にかじりついた。唇をぱくぱくさせ、それから泣きはじめた。そして、奥から血相をかえたもう一人の「ぼく」が顔を出した。

そいつが、黒瀬次郎という男だった。それ以来、ぼくはやつの顔と名前を憶えたんだ。

関口は、考えこむような顔をつくった。銚子をとり、自分で杯をみたした。

——もう一人の「ぼく」か。とんだドッペルゲンゲルだな。

僕は笑った。ちらとその僕を上目づかいに見て、でも関口は僕の言葉にはとりあわなかった。にこりともせず、彼は話しつづけた。

——ぼくはE—305号室だが、彼がD—305号室だったことは、黒瀬が平あやまりにあやまり、名刺を出したときにわかった。つまり彼は一棟まちがえてぼくの部屋に上りこんでしまったんだ。

ぼくの妹は邦子という。ところが土木技師だというその黒瀬にも、クニ子という従姉妹がいるんだそうだ。ぼくが二郎で彼が次郎。やはり妻と二人きりで暮している。まったく偶然とはいいながら、よくも条件が似てたものさ。

――そういやあ、なんだか今日はいやに娘っぽくなってやがるな、って思いましたよ。なにしろうちのは、もう四年目ですからねえ。

帰りしなに、お世辞のように黒瀬はそういったが、ぼくはうれしがる気にもなれなかった。ぼくが扉をあけるまで、妻もその男も、おたがいにまちがいに気がつかなかったということ、それがおもく胸につかえていた。

――だって、ドアをあけて私、そのまま台所に行っちゃってたんですもの。あの人はいつものあなたと同じようにすぐひっくりかえって夕刊を読んでいたし、私、あなた以外の人だなんて、ぜんぜん考えもしなかったわ。

ぼくが叱ると、妻はさもこわそうに部屋じゅうを見まわしながらいうのだ。

――きっと、部屋だけじゃなく、私たちとそっくりな夫婦なのね。あの人も、すっかり私を奥さんとまちがえていたんでしょう？　いやねえ、なんだかこわいわ。

ぼくは、よほどいおうかと思ったがだまった。ただの人間や、部屋のとりちがえならなんでもない。よくある話だ。だが、ぼくにとり不愉快なのは、ぼくたちの生活を、黒瀬に自分たちの生活とまちがえられたことだ。

愛しているぼくの妻に、黒瀬とぼくをまちがえられたことだ。……ぼくたち、団地の夫たちの帰宅というやつは、そんなに似たりよったりのものでしかないのか？　団地アパートだもの、みんなが同一の規格の部屋に住んでいるのはわかっている。が、ぼくは思ったんだ。知らぬうちに、ぼくらは生活まで規格化されているんじゃないだろうか、と。

君は、団地の生活というのを知ってる？　たしかにおそろしく画一的なものさ。団地の人びとは、入る資格、必要からいっても生活はだいたい同じ程度だし、年齢層もほぼ一定している。だが、そういう、いわば外括的なことではなく、もっと芯のほうにまで画一化が及んでくる、ぼくはそういう気がしてきたんだ。

たとえば、たまたま妻と喧嘩をしたりするね。すると、どこからか同じような夫婦の口論が、風にのってはっきりと窓から聞こえてきたりする。なんだかばからしくなって喧嘩は中止さ。そういう効果はあるが、ここに住んでいる人びとは、だいたい月の何日の何時ごろに喧嘩をする、自分たちもその例外ではない、ということがわかると、へんないいかただが、喧嘩の神聖さは消えてしまう。これは、周期的にかならず人びとをおとずれるヒステリーの発動というやつにすぎないんだ。そう思ってみろ。味気ない話だ。

便所へ行く。すると、真上の部屋の同じ場所でもコックを引き、水をながす音が聞えてくる。そんな重なり合いが、何日もつづいたりする。……それまでたいして気にもとめなかったそれらの一致が、ぼくにはへんに気になりはじめたんだ。

ぼくは同一の環境、同一の日常の順序が、同一の生理、同一の感情にぼくらをみちびいて行くのではないか、と考えはじめたんだ。でも、それだったら、ぼくたちはまるでデパートの玩具売場にならんだ無数の玩具の兵隊と同じじゃないか。無数の、規格品の操り人形といっしょだ。

自分だけのもの、他のだれでもない、本当の自分だけの持ちもの、自分だけの領分、それはどこにあるのか。みんな似たりよったりの人間たちの集団の中で、ぼくは板の間にあけられた小豆粒のうちの、その一粒のように、いまに自分でも自分を見わけられなくなってしまうのではないのか？

さらに拍車をかけたのが妻の言葉だった。ある夜、愛撫のあと、妻がいった。

——おかしいのよ。私が行くでしょ？ するとね、いつも、上からも下からも、きまってお手洗いの音がするのよ。みんな同じなのね。

とたんにぼくは妻のからだから手をはなした。ぼくは想像したのだ。ぼくら団地の夫たちが、無言の号令を聞いたように、夜、いっせいに同じ姿勢をとり、同じ運動をはじめるのを……。

以来、ぼくはそのことにも気のりうすになった。ぼくは、妻のもらす声を聞くたび、全団地の細君たちがおそらく同時にもらしているだろう呻き声の大合唱を、闇のなかに聞くような気がしてくる。無意識のうちに、ぼくは顔をしかめている。ああ、なんという画一性！

結局、ぼくらはそれが自分だけのものだと信じながら、じつは一人一人、規格品の人間として、規格品の日常に、規格品の反応を示しているだけのことではないのか？　それが自分だけのものだと錯覚して、じつは一人一人、目にみえぬ規律に統一され、あやつられて毎日をすごしているのではないのか？

ぼくは耐えられない。ぼくは人形なんかじゃない！　あやつり人形ではない！

いったい、自分が自分以外のだれでもないという確信ももてずに、どうして自分の生活を大切にすることができる？　妻を愛することができる？　妻から愛されていると、信じることができる？

笑いかけて、僕はやめた。関口の生真面目な目が僕をみつめていた。

やっと、関口は頰にうす笑いをうかべた。

そういえば、関口は昔から笑いが高価な男だった。

——大まじめな話だ。

と、関口はいった。

――黒瀬という男は、つまりぼくにとって、団地の無数の夫たち、玩具の兵隊たち、ぼくに似た同じような無数のサラリーマンたちの代表者みたいなものだったんだな。無数のもう一人の「ぼく」、その代表のようなものだったよ。

たぶん、御想像のとおりだと思うが、あの霧の夜いらい、ぼくはやつとは口もききたくなかった。似すぎているのが不愉快でね、いつも鞄を胸に抱いて、やつのほうでもぼくの目を避けているみたいだった。こそこそと逃げるように歩いていた。むろん、一言の挨拶さえ、ぼくたちはしなかったよ。

きっと、ぼくはやつを通して、玩具の兵隊の一つ一つでしかないぼくたち、すべてを規格化されてしまっているぼくら全部を憎んでいたんだ。無数の「ぼく」という一つの規格品を拒絶しようとしていたんだ。

ぼくはやつを憎んだ。ぼくはやつではない。ぼくは、「ぼくによく似たサラリーマン」の一人ではない。無数の「ぼく」ではない。ぼくはぼくであって、だんじて彼ではない。

……しかし、どこがちがう？　どこにちがうというはっきりした証拠がある？

ぼくは任意の一点なんかではない、ぼくはぼくという、関口二郎という特定の人間、絶対に誰をつれてきても代用できない一人の人間なのだ、くりかえし、ぼくはそう思った。

しかし、ぼくを彼らから区別するどんな根拠がある？　ちがうのは名前だけじゃないのか？　名前なんて、いわば符牒だ。それ以外に、ぼくが彼ら、この団地の任意の何某ではないというどんな証拠がある？

ぼくは、そいつをつくらねばならなかった。そいつはぼくの「必要」だった。自分の独自性、個性を、……つまりこの団地の、無数の黒瀬次郎たちと自分とをはっきりと区別する何かを、ぼくはどうしても手に入れねばならない、と思ったのだ。

他の誰でもない自分をしっかりとつかまえておくこと、いいかえれば、それはぼく自身を、ぼくの心の安定をとりもどすことだったかもしれない。

そうして十日ほど前、ぼくはやっとあるお守りを手に入れることができた。もちろん、このことは妻にはないしょだ。これは、あくまでもぼく一箇の問題なんだからな。

……そのお守りが、これさ。

関口は、うしろに置いてあった分厚い革鞄を引き寄せると、中から油紙に包み、厳重に細紐でからげた片手握りほどの太さのものを出した。

――ダイナマイト。本物だぜ。

器用に指がその紐をほどいて、僕は本物のダイナマイトをはじめてみた。二十センチほどの鋼鉄の円筒が四本、針金でぎっちりと結えられてあった。手に受けると、ずしりとした重みがくる。

——これがお守りさ。

と、関口はいった。

——みんな、なんとかかんとかいっても、規格品の生活の外に出ることができまい。でもおれは、いざという気になりゃ、いつでもこんな自分もお前たちも、吹きとばしてやることができる……こっそり自分がそんな秘密の力を握っていること、考えあぐねた末、それがやっとみつけたぼくの支えだったわけさ。つまり、これがぼくの特殊性さ。

——へえ。

返すと、関口はまるで愛撫するような目つきで、その黒く底光りのする細い円筒をみつめた。

——……要らねえな、ぼくは。

と、僕はいった。

——そうか。残念だな。ぼくももう要らない。べつのお守りをさがさなくちゃなんないんだ。

——そうだよ、たとえいまの話がまじめなものとしたってだね、こんな危険なもの……

いいかける僕を、関口は手で制した。

——誤解しちゃいけない。まったく、君は幸福なやつだな。

関口は笑った。

——ぼくがもういらないっていうのは、これがもう、たぶんぼくの独自性だとはいえなくなっちゃったからさ。

ちょっと言葉を切り、関口はつづけた。

——君、今日の夕方のラジオ、聞かなかった？

——聞かない。

僕は答えた。関口は、すると苦笑のような笑いを頬にひろげた。

——今日の夕方ね、あるバスの中で、突然ダイナマイトが爆発した。乗客の三人が即死した。あとは重傷か火傷ていどで助かったらしいが……現場は、ぼくの団地のすぐ近くだ。

——それが、どうしたんだ？

僕は、急速に酔いがさめて行くのがわかった。

油紙の包みをゆっくり鞄にしまいながら、関口は僕の目を見ずにいった。

——そういやあ、たしかに、いつもやつもさも大切そうに鞄を抱えこんで歩いてたよ。そしてぼくを避けてた。きっとやつのほうでもぼくを憎んでたんだろうな。やつもまた、お守りが要ったんだよ。

——なんの話だ？

と、僕はいった。

関口は、ごろりと畳に横になって、どこか嘆息するような声でいった。

——いやね、ラジオでいってたんだが、そのダイナマイトは、しらべたら、即死した一人、黒瀬次郎というある土木技師の鞄に入れられてあったものだったというんだ。

猫の死と

その年の十二月、彼の家では二匹の飼猫が死んだ。雄の虎猫と、洗い晒したような薄茶の斑点が、片耳と胴と尻尾の先に散った白の雌猫とである。雄が「太郎」、雌が「タマ」という名前で、太郎は二歳あまり、タマは六歳だった。二匹とも、近所で評判の美しい猫だったが、性格はまるで反対で、雌が美貌の公爵夫人のようにプライドが高く、利口で気も強いのに比し、雄は町のあんちゃんよろしくの体つきのくせに、気が弱く、愚鈍で、甘えん坊だった。（猫の年は、人間でいえばはじめの一年が二十歳、あと一年ごとに四歳というのだから、そうするとタマは四十歳、太郎は二十四、五歳の青年だったわけだ。）

二匹は親子ではない。タマはいわば「家つきの娘」だったが、太郎は長姉が海岸から拾ってきたのである。はじめ、タマはまるで自分の仔のようによく舐め、面倒をみてやったが、やがてかれが一人前の男性としての態度を示しだすと、猛烈に怒り、引っかき、嚙みついて、寄せつけないようになった。同じ座布団に眠るのさえ、彼女には我慢ならないようであった。そして太郎は、その頑丈な体軀に似ずひどく弱虫で、意気地がなかった。かれは、タマを求めて集る近所の雄猫のすべてに手ひどくやっつけられ、遠い塀の上からタマの夫婦関係を哀れな泣声をあげて眺めながら、といって家を出て違う雌をさがす勇気も力もなく、余儀なく見るも悲惨な童貞をつづけた。

結局、それが二匹の死病の原因になった、といえるのかも知れない。

その年の元日、朝っぱらから太郎は嬰児のような慾望の叫び声をはりあげてどこかへ消えた。臆病者のかれにしては、最初の、しかも上出来の遠出で、年始の客が三百米ほどはなれた国道の菓子屋の店先きで「お宅の太郎さん」を見かけたといった。そのままかれはまる三日間帰らず、四日の朝になって、やっと台所で食器のアルミ皿を執拗に舐めまわすいつものかれの物音が聞こえた。

「へえ、しゃれてるぜ。太郎のやつ、朝がえりときた」

台所へ出て、おどろいて彼は声をあげた。

太郎は、見るも無残な姿だった。嚙まれた傷のように片脚のつけ根が赤く剝けて、腹や首はところどころ銅貨大の大きさに毛が脱け落ち、背骨の瘤が算えられるほど全身は瘦せおとろえ、面変りしたように顔もひきつれてしまっている。空っぽのアルミ皿を、いつまでも舌で押しやる食慾の執念深さだけが、ふだんのかれの姿だった。

「……よくよく、女運の悪いやっちゃ」

と祖父が嘆息とともにいった。「はじめて女郎買いに行って、お土産をもらってきよった。……よく、くそ真面目な男でこういう不運なやつがいるもんだよ。アワレなやっちゃ」

そして、祖父は宣言した。

「いいか、この猫、絶対にわしの部屋には入れんといてくれよ。もし、ノコノコ入ってきよったら、わしは海へ蹴りこんでやるから」

はやくも、長姉は涙をながしていた。「かわいそうに、きっと咬まれたのよ。太郎ったら、弱虫なんですもん」と、新しい牛乳を皿にあけてやりながら長姉はいった。

だが、日のたつにつれ、どうやら祖父の言葉のほうが正しかったのがわかった。それは外傷ではなく、伝染する病気だった。

いっぱしの大人のくせに、仔猫のような稚い柔らかな毛並みで、太郎はよくじゃれる猫であった。食慾だけは普通以上にあり、あいかわらず愚鈍に、元気に、こちらの手の動きにじゃれついたりしながら、かれは、よろけて倒れることが多くなった。

夏が、その最も悪化した季節だった。ほとんど全身の毛が抜け落ち、つぶれたように目の細く吊りあがったかれの発するソプラノの奇声は、家にあそびにきた人びとをひどくおどろかせた。

秋に入ると同時に、だが太郎は快方に向った。ペニシリン軟膏の悪臭が、ひさびさに家から途絶えたのは十月の半ばころだったか。夏ごろから太郎に同情し体を寄せあっていたタマにあらわれていた同じ症状も、軽微なまま消えかけ、家族たちは、大儀そうな彼女の近ごろの奇妙な温和しさの原因を、その妊娠のせいとだけ思っていた。

十一月、タマは二匹の仔を流産した。それは、むしろ喜ぶべきことに思えた。とたんに病気が悪化してきたのである。急激に彼女の顔は夏の太郎のようにひきつれ、美しく張ったその大きな澄んだ瞳は、同じように目脂で膠づけされ細く吊り上って、鼻はこべこべに真黒く汚れ、耳はかさぶたのように分厚く、かたまって毛の脱け落ちるその体は湿っぽい熱気をもち、もはや廊下の古い籐椅子に置かれた猫用の座布団にうずくまって動かなかった。

彼女には、どこといって傷は無く、薬をつけることができなかった。ペニシリンの注射はどうかという意見もあったが、海岸のその町には獣医は居ず、家の経済状態もあって、打つ手はなかった。ただ、食慾だけは普段以上なので、なるべく栄養価のたかいものをあたえて回復を待ちつづけた。

責任を感じたもののように、太郎はタマに体をすり寄せ、思い出すとはその全身を舐めた。タマは無表情に、不機嫌すら示さなかった。晴れてできる看護に、太郎はほとんど全快した自分を忘れ、タマと起居をともにして離れようともしない。廊下のその隅にはむっとした熱のこもった異臭がただよい、終日二匹の体を舐めあう音がつづいて、朝になると、いつもおどろくほどの量の抜け落ちた毛が羽毛のように散り敷き、掃くと小さな鼠いろの鞠になった。

太郎もふたたびその病気の徴候をあらわしはじめた。

毎日、その二匹の乗った籐椅子を、暖いところに出してやるのが長姉の仕事だった。

そうだ。彼の家庭の話をしておこう。

二匹の猫のいるその家は、湘南の海岸にある。松林の中の家は海に面していて、庭から急な傾斜で、直接に砂浜につづいている。

祖父と母と五人姉弟の家族は、焼けのこった（まだ、そんな表現にリアリティのあった時代だった）東京の家をある電機会社の寮にして収入を得ていたので、母と妹二人はそちらに定住し、祖父と彼が亡父の建てた海岸のその疎開先で暮して、二人いる姉の一人ずつが交替に女中がわりにその疎開先に滞在した。それはまた姉たちにとり、息抜きの意味にもなっていたのである。

ことに長姉にその傾向が濃かった。彼女は動物が好きで、海岸の家で、犬や猫はもちろん、かつては十数羽の鶏や兎、二頭の豚まで一人で世話をやいていた実績がある。

いまは猫が二匹、犬が二頭しかいない。交替制のおかげで、それが限度なのだ。で、長姉はかれらの仔を手放すとき、かならず涙をながし、少女趣味の首輪を毛糸で編んでいっしょに渡す。それがいやで仔を産まさないように、とも思うのだが、仔の愛らしさが、シジフォスの岩のごとく、その度に彼女の決心を破壊するのである。

もしできたら、山羊や牛や馬、ライオンまで飼いたい。それが彼女の願いだった。長姉は人間のわずらわしさ、人間というものの曖昧さ厄介さが、極端に嫌いだった。

「私、牧場があればいいわ」

といって、それならば、と北海道の牧場主との縁談をもってきた知人に、「あら、私のいったのは人間のいない牧場のことよ」といって呆れられた。

「せめて猫なみに扱ってもらいたい」とは、ある求婚者の言葉だった。長姉は目をむいて、「とんでもない」と答えた。彼は会社で間違いをしでかして破談になった。

だが、次姉があとにつかえていることもあって、四方から決意をせまられ、長姉はその十一月の半ばに見合いをした。彼女の期待に反し、先方は乗気になり、十二月はじめ、当人の兄夫婦が会いにくることにきまった。母が強引に長姉の気持ちを押し切って、応諾をあたえていたのである。

その年の歳末は父の七回忌に祖母の十三回忌が重なり、ただでさえ忙しい寮の戦場のような師走の慌しさのなかで、吉凶二つの話が母を中心にすすんでいた。ちょうど、ただ一人の男の子の彼は、軽い肺浸潤で翌春にかけての半年間の安静を医師から命じられている。母の奮闘は見ていてやりきれなかった。

しかし、やっと大学一年の彼にはなにもできなかった。彼は休学して、週に一度ずつ東京の病院に通っていた。

ただそれだけのことにすら疲れて、東京の家に泊ることがあった。そんなとき、彼は母の必要に迫られて飲む酒の量が次第に増えているのに、心が痛くなった。

「要らん心配せんといて。なんや子供のくせに」

笑いながらでも、そういわれることは辛かった。母は東京での生活が二十数年にもなるのに、京都弁しか話さない。生れた町の言葉を頑固にまもっていた。

「お酒でも飲まへなんだら、かないまへんわ、あて」

そのあげく、もともと気のつよい母は、あてはマッカアサーや、ヒットラーや、と自称して泣く。「ひとり勝手にお死にやして、無責任もいいとこや」と父のことを毒づく。微熱と小さな背の痛みを気にしながら、二十歳の彼は無理に目を閉じるようにして自分の無力さに耐えつづけた。

長姉は二十五歳だった。

一応、申し分のない相手との今度の縁談を彼女が渋るのは、現在に満足しているのでも、新しい生活に入る面倒がいやなわけでもなく、結局は当人がどうしても好きになれないタイプだからだ、と長姉は説明した。「私だって、今度は考え方をあらためて、すごく真面目になっているのよ。でも、それはゼイタクとかなんとかいわれる以前の、もっと根本の問題じゃない？　好きになるのは無理にしても、なんとかなんでもなくなろうと一生懸命なんだけど、ちょっとでもそばへ来られるとゾーッとしちゃうの」

「でも、お母さまは、いいって返事をしちゃったんだろ?」

「だから困っちゃうのよ。私、本人に、はっきりそういってきちゃおうかって思うの」

そのころ、毎夜のように海岸の家で長姉と彼とはそんな話をしていた。長姉は、相手の男と会うたびによけいがっかりして帰ってきた。そして、乗気な母の怒りと失望を想像して、どうにも術を知らないように彼に話し、うつむいて炭火をいじりまわす。

「ねえ、私、待つわ。……この前、池袋のとってもよく当る易者がいったの。来年の三月まで待ちなさいって。……今度の人の話、それまで決定しないでおいてくれないかな」

「つまり補欠扱いってわけ? そりゃひどいな。ちょっと勝手すぎるよ」

「勝手だってことくらいわかるけど、勝手なことしか考えられないのよ」

「なら、それを実現可能のことと思わないことだね」

「いそがれると困っちゃう。あとで向うだって困るのよきっと」

「そりゃ、そんなことになったら、みんなが困っちゃうよ」

「ね? だからさ。だから……」

「そんなにいやならやめるほかないさ。でも僕はいいと思うな。いいじゃねえか、あのへんで手を打ちなよ」

「手ぐらい打つけどさ。あとになって困ったって知らないわよ」

「こっちこそ知らないや」

「……期限さえ、くりゃいいのよ。三月がすぎたら、私、どんな人のとこへでも嫁くわ、でも三月がすまないと、私、どうしても踏んぎりがつかないのよ」

「それまで引っぱっておこうっていうの？」

そんな会話が夜ごとくりかえされ、彼は、おそらく彼自身がそうであるように、長姉もまた、彼女の固有の納得の回路のようなものを離れては生きられない一人の人間であるのを、骨と骨とが衝突しあうような印象といっしょに、はじめて意識したりしていた。

当人の兄夫婦が東京の家に訪ねてくるという前日、二匹の猫は籐椅子ごと庭の隅の松葉を積み重ねた日溜りに移され、そこで絡みあったボロ布のように眠っていた。夕食の時刻が近づき、タマは台所の土間にやってきたのに、いつもなら、なにをおいても食事にはとんできて、狂ったような催促の叫び声をあげるはずの太郎がやってこない。長姉が籐椅子に歩み寄りながら呼ぶと、かすかな声で答えた。彼が抱えてきてアルミ皿の前に坐らせたが、力なく前肢を折り、かがみこんで、ゆっくりと首を垂れた。そのまま身じろぎも見せなかった。

「おかしいぜ」と彼はいった。タマの烈しく水を飲む音が、異様に耳についた。

長姉は、太郎を茶の間の座布団に寝かせた。かれは寝かされた姿勢を変えなかった。やがて、小水をたれながした。すでに意識がなかった。それが八時すぎであった。

タマは同じ部屋の、板製の大きな屑箱の中に入れた。もう、どちらも目が放せない気がしていた。箱の中は心地よいらしく、タマは喉を鳴らし、毛のまばらな横腹を粗く波うたせながら温和しく横になった。だが、すこしして見ると、何故かその毛の先に水玉が連なり、冬の汽車の窓のように、箱の内側の木肌に粟粒ほどの無数の水滴が生れていた。汗なのか、病んだ躰から放つ熱気のせいか、原因はいまだにわからないが、それと呼吸のつまるような臭気が鼻をついた。しかし手肢を横に投げ出し、呆然と虚空をみつめている太郎よりは、まだそのタマの四肢にはエネルギーがあった。

太郎は、ときどき手肢を突張っては、嘆息のような小さな声を洩らした。

「……早く寝ろよ」と、彼は長姉にいった。不眠が、明日先方の兄たちに逢う彼女を醜くすることをおそれていた。しかし、長姉は首を振った。唇をゆがめて、火鉢に大きな涙の粒を落した。

一時が鳴り、二時が鳴った。彼と長姉とはほとんど口をきかず、太郎の臨終がいまくるか、いまくるか、と思いながら、タマよりはまだ美しい毛並の残っているその胴を、交互にそっと撫でたりした。

長姉が、好物のバターを鼻に塗ってやったとき、ゴクリと喉に音が聞こえた。彼は長姉の目を見た。長姉も彼の目を見ていた。それが死の音に聞こえていた。

「こんなになっても食慾かんじてるぜ」

彼はわざと明るい声でいった。

「よだれくりの太郎だもんね」

同じような口調で、だが、長姉は声がかすれていた。

「タマにお別れをさせてやろうよ」

「わかるかしら」

そういって、長姉は掬い上げるような手つきで寝ているタマを持ち上げると、太郎の横に置いた。すると、びっくりするような大声でタマは彼ら二人のほうを向いて叫び、よろよろと起き上り脚の位置を踏みかえると、太郎の後脚の上に乗った。そして、それを咎める余裕もなく、無心に小水をたらしていた。

それが、いちばん悲惨な光景だった。太郎の下半身は濡れそびれて、骨と筋に毛がへばりつき骸骨のように細くなった。座布団にできた小さな黄色い湖に浸って、そこから湯気が立ちのぼった。太郎は、ぴくりとも動かなかった。長姉は泣きじゃくりながらその小水を始末し、太郎の体を拭き、タマを箱に戻した。タマは、さも不満そうに二三度甲高く鳴いて、また寝入った。

太郎の死は、暁方の五時であった。柱時計が五つを打って間もなく、完全にかれの呼吸は止った。

すでに三時ごろから冷えはじめていた体は、死とともに硬直していた。

気がつくと、まるで嘘のように病気の異臭は消え、清潔な感じの、しかし艶のない毛が平らかに痩せた体を包んでいた。目はいくら閉じさせても、すぐにまたゆっくりと開いた。生前のその黒い瞳が電燈を映して大きかったのと逆に、また人間の死が虹彩をひろげるのと逆に、飴いろの目を縦に切る細く黒い一本の線、それが死んだかれの瞳だった。まだ真っ暗だった。

彼が土を掘った。太郎を抱いた長姉が懐中電燈でそれを照していた。裏庭の竹垣の隅であった。太郎と仲の良かった隣家の赤犬が、その向う側の土の中に眠っている。

長姉は徹夜のまま東京へ行った。

彼も徹夜だった。長姉を送り出して、彼は一人で熱い茶を淹れて飲んだ。祖父が起きてきたのはそれからだった。

「……太郎、死によったか」

「死んだ」

「ふん。……ばかもの。自分たちまで体をこわすことはないじゃないか。お前も、徹夜してたんだろ」

「うん」

「早く寝なさい。病人のくせして」

彼は抵抗できなかった。たとえ軽いものにせよ彼が胸をやられたと知ってからは、うつるのがこわいらしく、祖父は彼に近づかない。こんなふうに叱られるのさえ、久しぶりの気がしていた。祖父は彼の前を通りすぎて、腰に手をあてて海のほうを眺めた。振り向かなかった。松林の向うに、海は真青な壁を立てたように輝き、彼の耳にふいに潮騒がなまなましく押し寄せ、低くなった。……単調な、ひどく風通しのいい空間が、彼の前にあった。

熱をはかり、彼は二階の自分の部屋に上り眠った。彼が目ざめたときすでに長姉は帰宅し、木箱の中のタマを眺めていた。

「……今月の半ばに、結納をするんだって」

と、長姉は他人ごとのような声でいった。涙ぐんでタマをみつめている彼女は、猫にかこつけているのか、結納にかこつけているのか、よくわからなかった。

「そう」

とだけ答えて、彼は庭に出た。新しい土のふくらみの前に行くと、人間さまのを失敬してきた線香を立て、マッチをすった。花の無い季節の庭には、もう、一面に墨いろの夕暮が滲んでいた。

タマはその後、持ち直すように思えた。動作も活潑になり、声も大きく明瞭になった。食慾も出てきた。障子を蹴やぶる音も大きくなり、目も次第にひらいてきた。

太郎が死んで一週間目の昼、彼は手紙を出しに外出した。遠い松の木の下で、祖父は菊の枯れたのをあつめて焚火をしていた。

本屋をまわって帰ってくると、まだ明るいのに、家は雨戸が全部閉めてあった。祖父も家の中にいて、「ただいま」と彼がいうと、

「お姉さんがちょっと外出したからな」といった。

「外出？　どこへ？」

「行先きは知らんよ。映画でも見に行ったんだろ」

祖父はそして自分の部屋に入った。タマは風呂場のたき口のところにいて、彼の跫音を聞きつけて鳴いた。近ごろでは、風のあたらぬそこが、彼女の好みの場所であった。彼が抱いてやると、タマはしきりに彼の指を舐めて、小さく咬んだりした。

そのまま彼は二階に行き、いつもの仕事をはじめた。あるフランスの詩人の作品を、日に数行ずつ日本語に置きかえてみるのが、病中の彼の退屈しのぎの仕事だった。

「おーい、夕飯を食べよう」

祖父が階下からどなった。彼は、ちょっと躊躇してから腰をあげた。どうせ二階からどなったって、祖父は聞こえないふりをするだけだ。

祖父は自分で膳に食器を並べていた。

「お姉さまが帰るでしょうから、そしたらいっしょに」と、彼はいった。

「夕食にかえる人が夕食をつくって行きますか？」祖父はいった。

「もすこしお前も気をきかせなさい。きっと、二本立てを見てんのだよ」

「でも……」

「とにかくわしは夕食は六時半にきめてるんだ。お茶を沸かしなさい。わしは食べる」

彼は祖父とまずい夕食を食べた。

八時を過ぎても長姉は帰らなかった。彼は異常を感じはじめていた。九時になった。もう一時間して帰らなかったら、東京の母に電話をしよう、と彼は決心した。家出は考えられなかったが、彼女がなにをしでかすか、見当がつかなかった。直接本人の所へことわりに行っているのかもしれない。でもそれならまだいい。死にさそわれるのが、どんな人間にさえ――たとえ小学生にすら――あるのを、彼は思った。

無為にいたたまれず、彼は二階の机の前に戻った。九時半ごろ、玄関が開いた。かるい跫音がし、祖父の部屋の前で、ただいまという長姉の声が聞こえた。何故かむしょうに腹が立って、彼は下りて行く気になれなかった。

ひそやかな長姉の動作の音にまざり、小皿の触れあう音が聞こえた。タマが甲高い声で鳴いた。

「……タマ、タマ。元気」

長姉の声がいった。彼は辞書をほうり出すと、階下に下りて行った。

「おかえりなさい。映画だって?」

「あ、ただいま。そう、ちょっと平塚へ行ってきたの」

「そう。二本立てかい?」

「そう。二本立て」

長姉と言葉をかわしながら、彼は不安がさらにふくらみ、明瞭になるのがわかった。たとえ二本立ての映画を見に行っても、彼女はもっと早く切り上げて帰ってくる性質のはずだ、と思った。また、わざとらしいそのさりげなさも、心にひっかかってくるのだ。

「タマ、お風呂場のたき口にいるよ」

「うん。いま、肉饅頭買ってきたんで、それをやろうと思って」

だが、長姉は立たなかった。うつむいたまま、肉饅頭を小さく指で千切り、その一つを口に入れたりしていた。

突然、犬が吠えた。猛烈な、喧嘩のような勢いだった。はっと聞き耳をたてた二人に、まるで侮辱を受けたような憤然としたタマの長い鳴声が聞こえた。

飼犬の一匹が、タマの残した食事を食べにきたのである。繋いであった鎖が切れ、たき口の前で、犬はタマを組み敷き、牙を剝き出して唸っていた。

かつては敏捷に、その犬の顔を引っ掻いて五分に渡りあった気丈なタマが、いまは為すところなく仰向けにされ、その犬の下で怒りに身を硬くして震えていた。

彼が犬を叱り、新しい鎖で繋ぎなおす間に、長姉はタマをたき口の前の彼女の座布団にもどした。肉饅頭を皿に入れた。

「大丈夫かしら」

「平気さ。タマは死なないよ……。太郎が身代りになっちゃったからね。タマは長生きをするよ、きっと」

彼はそんなことをいった。タマはガツガツと肉饅頭を食べはじめていた。

茶の間で火鉢に手をかざしたとき、彼は訊いた。

「映画、なに？」

「……いいじゃないの」

「安心させてもらいたいね、なにを見たの」

「いいじゃないの。もう」

「……そうだね。聞いたところで安心するとは限らないや。……じゃ、聞かない」

彼はわざと朗かに笑って、「結婚したら、タマも連れて行くつもり？」とたずねた。

「それがねえ、困るの。最初はそのつもりだったけれど、あれじゃだれだってギョッとしちゃうでしょ？　あんなひきつれちゃったような顔じゃあ……」そして、姉はつづけた。

「じつはね、話ちがうけど、今日ね、池袋に行ってきたの」

「池袋？」

「うん。ほら、易者のとこ。……絶対に、待つべきだ、三月すぎに必ずいい相手があらわれる、保証します、っていったわ」

「あきれた、どうして、そんなバカな……」

絶句しながら、そんなものを楯にしてまでこの結婚から逃れたい長姉の勝手さに、彼は頬に血を昇せた。が、彼は、なにもいうことができなかった。

「私、もし易者が、これで我慢しとけっていったら嫁く気になっていたのよ」

「都合いいほうしか信じるもんか」

「そりゃそうね、人間って」

「で、どうするつもりなのさ」

結納は五日あとにせまっていた。

「いまんところ、わからないけど。……どうしたらいいと思う?」

「……そんなに嫁きたくないのか」と、彼はいった。長姉は、真剣な目で彼をみつめ、目を伏せながらいった。

「みんなに悪いと思うわ……でも、どうにもならないのよ」

おれにはどっちの肩ももてない、もつ力がない、と彼は思った。母の感情も、長姉の納得も、どっちもおれの手にはおえない。彼は、人間が個でしかないことの残酷さを、その痛みを、払い捨てることができなかった。

「お姉さまが処理するほかないね」

と、彼はいった。彼は立ち上った。

「そうね、……どうにかするわ、私」

長姉は、炭火に目を落したまま答えた。

そして彼は二階へ上り、寝た。

その夜おそく、いや、すでに次の日の朝だったかも知れない。彼は短い夢を見ていた。大学で同級の女子学生が、彼の蒲団に入ってきた。女子学生は裸だった。白くやわらかいその胴のくびれを、彼は腕の内側に感じた。目を閉じ笑ったような顔のままで、だが、よく見ると彼女は死体なのだ。緑いろの水の底に彼女は沈んで行く、彼は両手で抱えあげる。突然、彼の目の前に真赤な血しぶきが飛ぶ。彼女の唇から噴出する血なのだ。そして、ふと気づくと、彼のすぐうしろに、やはり唇から血を滴らせた長姉の死顔がある。いつのまにか、彼は血みどろの死んだ裸女たちの中に埋っている……。

翌朝、彼が起きて階下に下りて行くと、茶餉台の上に彼宛の友人からの葉書が置かれていた。「I教授の追放運動を開始した」と書いてあった。これは、かならず試験のときになると立消えになる秋から冬へかけての例年の年中行事なのだ、と上級生から聞いた記憶がある。同級生も伝統に忠実なわけだ。彼は欠伸をし、顔を洗いに台所から井戸端にあるいた。長姉がそこに立って、ぼんやりと空を見ていた。

「タマ死んだわよ」

一瞬、彼は立ちつくした。彼を見ずに、長姉は空《うつ》けたような声でいった。

「そこの炭俵の上、見てごらんなさい」

命令されたように、彼は家の軒下に立掛けてある炭俵をのぞいた。

病気で面変りした無残な姿のまま、タマは炭の上に、風に吹き倒されたみたいに四肢を突張って死んでいた。案外、ゆたかに毛でふくらんだ手肢に見えたのは、黒い炭の上のためだろうか。

「……凍死かしら?」

「……私も、それを考えていたとこなの」

「いや違う。凍死だったら、まるまって死んでるはずだ」

そういいながら、彼は長姉と肩をならべ、その視線を追うように、青く美しく晴れた冬の空を仰いだ。眩しく、彼は額に手をかざした。寝坊して、十時をすぎていたのである。

「はい、これ」

長姉が彼に四角い紙包みを渡した。それは、元気なころのタマと太郎の写真だった。無言のまま、彼は二十枚以上もあるその大小の写真に見入った。

太郎のすぐ隣に、タマを埋めた。長姉は憚らずに泣いた。

今日は枯れたダリアの茎を燃している祖父の姿が、遠い庭の隅にあった。祖父は近づいて来なかった。大きな白いマスクで、祖父は口と鼻を覆っていた。

「お祖父さまが見つけたのよ」

　と、長姉はいった。

「なんでも、死ぬときにね、動物は毒気を出すんだって。それでマスクかけて、うんと遠くにはなれてるのよ」

「薄情なやつだ」

　彼は笑った。

「でも立派よ。ああいうエゴイストも」

　彼が土をかけ終ると、どこからか、枯れのこった安っぽい淡紅色の野菊を摘んできた長姉が、それを二匹の墓の前に挿した。黒いスラックスの膝を折って、手を合わせた。

　井戸で新しい水を汲むと、彼も二匹の墓の前に、二つのアルミ皿を並べた。ついでに垣の向う側の犬の墓にも、水を入れた茶碗を置いてやった。

「……私、なんだか、もうなにもすることがなくなっちゃったみたい、……なにもする気が……」

　立ち上って、長姉はそう呟いた。

　彼は、わざと聞こえないふりをしたまま、猫を埋めた土から目をはなした。そのとき、彼はいま自分が長姉と同じものを――生きているものが一つもない、だれひとり愛するもののない荒涼とした空間を、じっと眺めていたような気がしたのだ。

視野の隅で祖父の焚く煙がゆっくりと高く伸びて、やがて青空に溶けこむように吸われていた。煙は、なかなか尽きなかった。

月とコンパクト

朝鮮での戦争がはじまったのは昭和二十五年である。私が最初に北鮮軍三十八度線を突破の報道を耳にしたのは、六月二十五日。たしか、土曜日であったと思う。

その年のことは、私は奇妙によく憶えている。勤労動員中の過労と栄養不足がようやくあらわれてきたのか、その一年間には、中学時代の同級生の三人が死んだ。はじめての女友達が、私を棄てた。そして、ふたたび黒い翼をひろげてきた戦争。ふいに私にとり現実は、刑（たぶんそれは「死」なのだったが）の宣告を待つ牢屋の中のような日々とかわり、未来は、それまでの不透明な猶予に変貌した。その夏、私は神経衰弱にかかった。

私は医師に半年間の静養をいいわたされ、大学二年の秋からの学期を休学した。湘南海岸にある伯父の家で、私は、いつも目の高さにある青い瓦屋根のような海を眺め、いつはじまるかわからない戦争におびえていた。しだいにそのおびえは強くなって、しまいには自分の生命という負担の重たさ、自分一人でそれを始末せねばならぬ面倒で退屈な平和の重苦しさを呪って、いっそのこと、とむしろ夢に見入るように、戦乱の拡大の期待に光をもとめたりした。

だが、といって私はいま、その季節を語りたいのではない。いささか奇怪な話で、私にはまだそのトリックさえ明らかではないのだが、私はいま、ある体験につき語りたいのである。……海岸での休養を父に命じられて、私はその年の秋の半ばの夜、蒼白く頰のこけた顔に目ばかりを不安げに光らせ、たった一箇のスーツケースを片手に、まるで夜逃げをするように東海道沿線の伯父の家へと向かった。湘南電車はまだなく、私は夜汽車の向かい側の席に、でっぷりと肥り頭髪の禿げかかった大柄の紳士とならんで、髪に白い花を挿したまだ若い女を見た。

花は一輪のカーネーションで、女はときどき髪に手をやってそれを気にしていた。——順序として、話はその若い女からはじめなければならない。

中年の紳士は窓際の座席でゆったりと股をひらき、私の乗りこんだ品川では、すでに居汚なく口をあけて睡っていた。若い女は、その横で薄茶のスーツの肩をせばめ、きちんと膝を揃えていた。私には女は二十二か三に思えた。

が、女の顔には華やかな化粧の痕があって、ぼんやりと目を窓に向けているその横顔には、やはり重い疲労が透けて見えた。おそらく、この二人づれは父娘だろう。私は、はなやかなパーティからの父娘しての帰途を想像した。肩にもたれかかる肥った紳士の胸のハンカチを抜いて、分厚いその唇の端にひかる涎をやさしく拭いてやる女の態度には、たしかに、そんな父娘らしい距離と気配があった。

形のいい濃い眉。細くなめらかな鼻すじ。明確な線で結ばれた薄い小さな唇。そして、かなり強く匂う香水。私は、ちらとそれだけのものを意識すると、もう正面きった視線を注ぐことができなかった。十九歳の私には、そんな匂やかな美しい女の前にいること自体がすでに恥ずかしく、目のやり場がなかった。仕方なく私は医師にゆるされた週刊誌を読みはじめた。もちろん、注意は絶えずその若い美しい女に向かっていた。女は、一度だけ拳を口にあてて、小さく欠伸をした。

女が箱型の白いハンドバッグをとり、立ち上ったのは茅ケ崎を過ぎた頃であった。たしかめるように髪に挿した花に手をふれると、なぜか女はそれを抜いて、自分の立ったあとのシートに落した。そのまま、車体の震動に気をくばった歩き方で、通路を後方のデッキに消えた。

ごく自然に、私はそれを手洗いに立ったのだと思った。私は解き放たれ、雑誌を伏せ頬の右側の窓をながめた。びっくりするほど円い大きな月が中空にかかっているのを見た。

暗い墨絵のような松林の向うに、青白く光って海があった。汽車は海岸と平行に走っていて、だが、青く照る現実のその海より、玲瓏《れいろう》とかがやく月をめぐって犇《ひし》めく、青黒く濁った大空のはてしない暗闇の深さとひろがりのほうに、はるかに大海原の印象は濃いのだった。私は、不思議なことのようにそれを心にとめたりした。

そして、そのとき、まったく奇妙な——まったく無邪気な感想なのだったが、突然、私は自分がいま、あの女を愛している、と思った。白い花が一つだけころげている目の前の空席、そこに見る現実の彼女の不在に、ふと私はなまなましく白い暖かな女体を感じとれた。私は、自分の愛がその空間を充塡《じゅうてん》して、そこに彼女を出現させるような気がしたのだ。そうだ。愛はその不在の感覚によってのみ存在するなにかなのだ——

私は幸福げに空を眺め、時のたつのを忘れていた。と、汽車の轟音が硬い金属質のよく響く音に変り、鉄橋の黒い巨大な橋桁《はしげた》がつぎつぎと窓を掠め去って、列車は馬入川を渡っていた。ひろい河口にきらきらと一面に白銀の月光が拡がり、月の微片を浮かべたゆるやかな小波が、ひっそりと音もなく岸を洗っていた。月は、黒い河の真上にあった。

全車輛が鉄橋を渡りおえた直後だった。どこか遠くで慌てたような男の大声が起り、赤い腕章の車掌が通路をどたどたと駆け抜けると、やにわに汽車は急ブレーキをかけて止った。ショックで急激に前のめりになった人びとの怒声や悲鳴やの中から、自殺だ！　という叫び声がひときわ高く聞えた。なに、飛びこみ？　ちがう、飛び降りだよ！

「どなたか、飛び降りた方のお心あたりはありませんか？　茶色の服の若い女の方です」

私は、呼吸のとまるような気持ちで、大声をあげながら車内を歩いてくるその車掌の手の、箱型の白いハンドバッグを見た。やっと目をさました紳士が、シートのカーネーションをつかむと、跳びあがるように立ち上った。

紳士は車掌に連れ去られた。私は、はじめて網棚の上の彼らのものらしい荷物を見た。新品らしい青と黒の大型トランクにならび小さな黄革の鞄があり、奇妙なことにパラフィン紙で包まれた花束が一つ、謎のようにその鞄の上に置かれていた。

翌日の新聞で私は紳士が四十五歳の金融業者であり、鉄橋越しに馬入川に投身した女が当日式をあげたばかりの二十二歳のその新妻なのを知った。写真があり、箱根への新婚旅行の途中だったとも書かれていた。もっとも私の見たのは神奈川版なので、どれだけのスペースで中央で報じられたかは知らない。

当日の私の日記は、だが不思議なことに、その事件には一字もふれていない。私を棄てた幼な馴染みの新劇女優の卵への未練げな悪口や、突飛で兇暴なファシストめいた意見でそれは埋まり、ただ、その夜、月が美しかったことだけが簡単に誌してある。

それから、すでに長い歳月が流れた。A製紙に入社し、資材課に籍を置いてからでさえ、八年がたつのだ。その間、私はこの事件を思い出したこともなかった。過ぎさった朝鮮での動乱と同じに、それは遠い過去の底に埋もれ、忘れられてしまっていた。

ところが、突然その記憶が私をたずねてきた。そのとき、ふと私が心の奥にかくしもった秘密の扉に、突然のノックを受けたような狼狽をかんじたのも、思えば、そんな過去と現在の自分との、距離のあまりのはるかさに理由があったのかもしれない。……とにかく、それは誕生日の祝いに部長の家に馳せ参じた、ついこのまえの日曜日の夜であった。部長には子供がない。そのせいか社員を自宅に呼びたがる癖があったが、なぜか私は部長夫人のお気に入りで、その夜もあとに残り、ポーカーのお相手をせねばならなかった。部長自身は庭にしつらえた水槽の、無数の出目金《でめきん》や蘭鋳《らんちゅう》、珍種の金襴子《きんらんし》などへのお世辞に疲れきって、社員たちと飲み直しに出かけて行き、十時になると、残ったのは私ともう一人の見知らぬ男だけになった。

「まあ、たったお二人だけ？」

自分の計画どおりのくせに、肥満体の夫人は熱いコーヒーの盆を持って部屋に入りながら、うれしそうにそう声をあげた。見知らぬ男に私を紹介した。部長の遠い親戚にあたるという私と同年配程度のその男は、色が黒く動作も尊大で、私ははじめから虫が好かなかった。彼は、どこか天皇の兄弟に似ていた。

「やっと静かになったと思ったら、すこしひっそりしすぎちゃったようね。でもあなた、まだ平気なんでしょ？　どうせ遅くなるんなら、ここがいちばん安全だし」

賑やかに私に笑いかけながら夫人はカードを机にのせ、慣れたディラアの手つきで横に撫でた。一列にゆるく弧を描いてひろがる得意の技術だったが、掌が粘ったのか、一枚がこぼれてひらりと床に落ちた。

拾おうとして私がかがんだとき、斜め前の椅子にいた男が、同じようにカードに手をのばした。そのとき硬い音がきこえ、彼のポケットから円い金色のコンパクトのようなものが落ち、私の目の前にころげた。蓋がひらき、それは私の手の近くで停った。

カードは彼が拾い、私は椅子を下りてそれを取った。が、どうやらそれはコンパクトではないみたいで、鍍金《めっき》の剝げかけた古ぼけた蓋の裏は鏡ではなく、黒をバックにして白っぽい洋装の女の肖像が細密に描かれてあり、絵の女はこちらを向きひっそりと微笑していた。一瞬のことだったが、おやと私は思い、もう一度その女の絵をながめた。清潔な、しずかな表情の若い美しい女で、どこかで見た記憶があるような気がしていた。

でも、とっさに思い出すことができず、失礼だと思い私はすぐ蓋を閉めそれを男に返した。一種のロケットのようなもので、女はきっと彼の恋人なのだろう。だが、私はしばらくはその遥かな国の人のような美しい女の肖像が、奇妙に甘くなつかしい印象で目の底に残されているのに心を奪られていた。

ポーカーの最中、ひとり上機嫌な部長夫人の前で、男は無表情な沈黙をつづけていた。それに感染したのか、ふだんは饒舌な私までが言葉少なだった。彼はK大の工学部出身の技術屋だという話で、河西という名前だった。

「河西さんは独身ですか？」

なにか喋りたくて私はそう話しかけた。あんなごていねいな肖像など持ち歩いて、現物には手のとどかぬ証拠だと思っていた。

「ええ」

沈黙がきた。私はムズムズしてきた。ばかばかしいことだが、私は彼のその天皇家の親戚みたいなもったいぶった様子に、一種の敵意に似たものをおぼえていた。

「ははぁ、いまの人が恋人ね。でも、どうして結婚しないんです？」

そのとき河西氏の目が光った。彼は、まるで奇跡でも見るような目で私をみつめた。

「ご覧になったんですか？　女を」

さも意外そうな彼の口調に、私はうろたえて答えた。

「だって、勝手に蓋が開いていたんですよ。失礼とは思ったんだが……」

夫人が目を手札に注いだままでいった。だが、河西氏の目は依然として私を見ていた。

「なによ、いったい」

「あの女、死んだんです」

「ほう、そうですか。それはそれは」私は、奇妙に彼にたいし意地悪くなる自分を抑えきれなかった。「それはその人を思いつづけるための絶対の条件ですよ。はは。なんだか、うらやましいくらいだ」

「――フル・ハウス」

夫人が華やかな手札をさらした。彼女の勝ちであった。が、その夫人がなにかをいいかける間もあたえず、河西氏はおっとりした語調ながら、きっぱりと宣言した。

「あなたがうらやましがるのは自由だ。だが、ぼくが同じそのことについて、死ぬまで自分への嫌悪をもちつづけなければならないのを、あなたにからかわれる理由もない。この女は、ぼく以外の男との新婚旅行の途中で、汽車から飛び降りて自殺してしまったんです」

「え？　知ってますよぼく、その人。……馬入川に飛びこんだ人じゃないんですか？」

突然、するすると幕があけて行くように私は思い出した。肖像の主は、あの秋の夜の髪に白い花を挿した女だった。眉の濃い、唇の小さい、中年の金貸しといっしょに坐っていたあの女なのだ。……だが、そのとき河西氏の見せた驚きの表情は異様だった。むしろ恐怖にちかい目で、彼は、まじまじと穴のあくほど私の顔をみつめた。

「ぼく、同じ汽車の、それもあの新婚だという二人の前にずっと坐ってたんです。そう、あの人、白い箱型のハンドバッグをもっていました」

「そうでしたか。ご存知だったんですか。でも、どうして……」

河西氏はやがて目を伏せていいかけたが、私の強い眼眸を避けるように語尾を濁した。

「ぼくの恋人でした。あの人が、親子ほど年齢の違う相手との結婚を決意したとき、ぼくはあの人といっしょの部屋にいました」

こんど異様な興味を示したのは部長夫人だった。気ぜわしくカードをしまいながら、夫人は私いままであなたの艶聞なんてまるで想像できなかった、たぶんポーカー向きのそのお顔のせいだわといい、熱烈にせがんだ。

河西氏は、両手を卓に組むと、やっと決心したようにうつむきがちに話しはじめた。

「あの人――典子《のりこ》というんですが、典子とぼくがどうして知りあったか、そんなことは省略させて下さい。小母さまの全然知らない人なんだし、いまは意味のないことです。じつは、典子の自殺には、一人の目撃者があったんです。女の人ですが、どうやら中年の上品な中流の婦人のようです。もちろん、いま生きているかどうかも知らない。一通の手紙をもらっただけの関係です。その人は夜汽車の人いきれに酔い、涼みがてらデッキで休んでいたのだそうです。典子はそこにやってき、しばらくは二人はいっしょに月を見ていた、なんの不吉な予感もなかった、ということです。……じっさい、その夜は月がとても綺麗だった。ぼくもそれは憶えている。ぼくはその夜、外苑を一人でぶらぶらしながら森の上に月を眺め、典子のことを考えたりもしていたのですから。

やがて若い女は、つまり典子ですが、かがんでどこからかコンパクトを出して顔をなおし、じっと鏡の自分をみつめてからにっこりと笑って、それを突然婦人に渡しぼくの住所を告げ、ぜひ送ってくれるようにと頼みました。どういう事情かわからず、婦人がただ静かだが奇妙に切迫した語勢に押されうなずくと、ふいに典子は立ち上り大空に向かって、まるで兎のはねるようにひょいと跳び上りました。あっと思うとそこは長い鉄橋の上で、典子の姿はいったん橋桁にぶつかり、まるで一本の万年筆のように光ってまっすぐ橋の向こう側に墜ちて行った。瞬間、自分もすぐつづいてデッキから飛びたいような誘惑をかんじて、私はあわてて手すりの鉄棒にしがみついた、と手紙には書いてあった。——婦人は典子の遺志に忠実に、車掌には遺留品として白革のハンドバッグしか渡さず、手紙といっしょにコンパクトをぼく宛てに送ってきたのでした。……それは、典子への、ぼくのただ一つのプレゼントだったんです。

送り返されたそのコンパクトを手にしたとき、ぼくがまず感じたのは何か。それは、解放でした。彼女はぼくへの借りは返した。もう、ぼくと彼女とは赤の他人なのだ。だから、その後に起った彼女の死は、ぼくにはなんの責任もない。そんな解放感だったんです」

呻くような声をあげて、夫人が口をはさみかけた。私がそれを制した。目で感謝をあらわすと、河西氏はつづけた。

「もちろんぼくは新聞で典子の死は知っていました。ぼくに責任があるみたいな重苦しい気分で、やりきれなかった。その気持ちが、急に典子のその行為で、形だけでも救われるように感じたんです。典子は、ぼくのあたえたものを送り返してきた。きっぱりとそしてぼくと縁を絶った。自殺は、それからの彼女一人の問題だ。……卑怯もの、勝手な理由づけ、とお怒りになってもかまわない。たしかに、ぼくは臆病な小心者なんです。——が、ぼくはどうしてもそのコンパクトの蓋を開けて見る気にはなれなかった。そこには典子が最後に自分を映した鏡がある。典子がそこに見たのは、清潔な、美しいままの彼女、そんな自分をどこまでも守り抜く強い意志だっただろう。だがぼくは同じその鏡に、さまざまなぼくの醜さ、不潔さ、自分の弱さばかりをありありと眺めるのに相違ないのだ。で、ぼくはそのコンパクトを開けなかった。そのまま、ぼくは未練に、感傷的に、拒絶された自分の幼い恋の記念として、机の引出しにそれをしまいました。ええ、うんと奥ふかくに……。

ぼくは、そのように、それを単なるぼくのプレゼントの回送だとしか考えなかったのです。それが彼女による、一つの『ぼく自身』というものの新しいプレゼントだったとは、ずっとあとになってから気づいたのです。

ぼくはまだ学生でした。それから恋人にはまる二年間めぐまれませんでした。そして、次の恋人を、ぼくはまた自ら失ったのです。ぼくは結婚を拒否しました。きっとぼくは、相手の女性よりも、ぼくの彼女への愛そのものを愛し、大切にしたかったのです。彼女は二カ月後、他の男と結婚しました。ぼくは典子の例を、またくりかえしたのでした。

結婚を侮蔑し、おそれながら、でも彼女の結婚を知ったときの気持ちは、棄てられた男のそれと同じでした。ぼくははじめて机の奥から典子のコンパクトを取り出し、兇暴ななつかしさに駆られてそれを開きました。と、どうでしょう、そこには小さな絵姿になった典子が微笑していました。その目や眉の細部までがはっきりと目に映って、典子はぼくを迎えるようにやさしく笑っているのでした。……何故か、わかりません。瞬間、異常を感じるよりぼくは自分の一生の過失を見るような気がして慌てて蓋を閉じ、掌で抑えたのです。

だが、ぼくのあげたのはただのコンパクトのはずだったが。あの老婦人の細工、いや、それとも生存中の典子の細工なのだろうか。ぼくはいそいでまた蓋をひらきました。すると――いや、お話をするより、もう一度じっさいに見ていただくほうが早いでしょう」

河西氏は悲しげな表情で、見おぼえのあるさっきの古ぼけたコンパクトをそっとポケットから出し、私に渡した。ためらわず私は蓋をあけた。夫人が顔を寄せ熱心にのぞきこんだ。

だが、女の肖像はなかった。それはパフもない使用不可能な一個の平凡な古いコンパクトにすぎなかった。蓋の裏は、ただの薄汚れた円い小さな一枚の鏡だった。ああ、取り替えたのだな、と私は思い、黙って河西氏に返した。どうやら、すべては彼の座興なのだ。

「……見えましたか？」

「ええ」

わざと私はいった。彼はコンパクトを手にのせたまま首を振った。目をつぶった。

「もう一度、ゆっくりと見て下さい、顔を近づけて」

私はふたたび渡されたコンパクトを手にして、彼の言葉に従うべきかどうか迷った。——ねえ、なにも見えやしないわねえ、と夫人が私の耳に口をつけてささやく。まったく、私はなぜ彼がこんな奇妙な手品とわけのわからないお話のタネとを、それも大真面目に、こうしてポケットに入れ持ち歩いているのか見当がつかなかった。それに、彼は私にサクラを強制しようとしている。ナルホドこれは不思議、とっくり見ようと思ったらノリコさんは恥ずかしいのか姿を消してしまいました、とでも私が大声で叫べば気がすむのか。

「……ねえ、もう一度よく見て下さい。ぜひ」

河西氏は、一種抵抗のできぬ訴えるような口調でくりかえした。私に、ふと勃然とポーカーのときの反感がよみがえった。それに、正面から見た魚みたいな顔のくせに、澄ましかえって愛だとか二度目の恋人とか、どこか人を人とも思わないような態度での、ぬけぬけとしたお喋りを聞かされていた間の嫌悪のくすぶりが、急に猛烈に私をあおりたてた。よし、では正直に、女なんか見えないただのコンパクトだ、さあ、この手品か冗談かの意味を教えてくれと開き直ってやれ。私は戦闘的な目つきで蓋をあけた。……夫人が、またのぞきこんだ。

やはり、女の姿は見えなかった。が、瞳をその裏蓋に近づけ、ふいに私は胸をつかまれたような気がした。私の顔が映らず、部屋の調度や灯りすら見えないのだ。鈍く青く光るそれは、どうやら、鏡ではなかった。

異常を感じ、私は上からかがみこんでよく見た。と、それがぽっかりとべつな大空に向け開かれた小さな円窓のように思えて、私は、ふとそこから涯しない黒い神秘な宇宙がひろがるのを、かすかに立ち昇る冷気とともに感じたような気がしてきた。

もう、私はそこから目を放すことができなかった。すると、やがて円い窓の奥にぼんやりと淡い煙か靄のようなものが動いて、蒼白い光の漂いだすその奥から、冷たく冴えた円い月が、雲をはらうようにゆっくりと浮かび出した。……私は、戦慄して叫んだ。それはあの夜、東海道線の列車の窓から見た、秋の中空にかかっていた月にちがいなかった。

「月が見えたでしょう」

たしかめるように、むしろ沈痛に河西氏がいった。

私は言葉を失くしていた。呆然と彼の暗い表情をみつめていた。突然、夫人が大声をあげて笑いだした。

「なあに？　ただの鏡じゃない。古くてずいぶん汚れているけど」

夫人は私からコンパクトを奪い、音を立ててそれを閉めると、けたたましく笑いかけようとして、慌てて私たちの目を見た。

「なによ、いったいどうしたの？　ねえ、二人ともなぜそんな顔してるの？」

河西氏はだが夫人には取りあわず、ただじっと私の顔をみつめながら口をひらいた。
「ぼくが二度目に開けたときも、いまあなたが見たのと同じように、そこに現われてきたのは月だったのです。まるで、のぞきこんだそれがお前の顔なのだというみたいに。……あの夜、典子がデッキから見、ぼくが外苑を歩きながら見、たぶんあなたも見ただろう月、そして彼女の死を無言で眺め、照らしていただろう月。そんな、まるい美しいあの秋の夜の孤独な月だけが見えたのです」

帰路。――人気ない夜の道を、私はわざと遠まわりをして一人でぶらぶらと歩いた。たしかに、それはいかにもわけのわからない奇怪な経験だったが、よしそれが河西氏のトリックであれなんであれ、その究明には私の関心はなかった。それより、どうして彼があんな奇妙な話を後生大切に持ち歩いているのか、なぜ私にあの女の顔が、月が見えたりしたのか、またなぜ自分が、彼の話に真剣に聞き入ってしまったかを考えたかった。

私は、はるかな、かつての海岸の町での日々を想った。あれから半年もたたぬうちに、私は回復し、私は「前」を向いた。大げさなとりこし苦労や、過去にしがみつこうとする自分から別れた。……いつのまにか、私はそして平穏な日常の、平凡なくりかえしの中の多忙さに適応し、恐怖や思いつめたような気持ちを青くさい青年の事大主義と嗤い去って、かつて負債だと感じたものを預金だと考え、つまり現在を生きる術を身につけてしまっている。

その現在から考えれば、けんめいに人間や人間たちの生活をおそれ、拒みつづけ、その不在の空間にさまざまな観念をつくりあげて、その観念で現実と対抗しようとしていたあのころの自分は、それ自体がはかないガラスの虚像のようなものだ。だが、あるいはそれはもはやこの現在からは手のとどかぬ季節の、貴重なダイアモンドのような謎なのかもしれない。——あの季節、思えば私もまた河西氏と同じように、いつも生真面目になにかを思いつめて、なにものにも替えがたく、自分の、自分だけの愛と恐怖とを守りぬくことだけに夢中だった。

天皇のように片手で帽子をあげ、背を向けて夜道をすたすたと小さくなって行く河西氏の、さっき見たうしろ姿がうかんできた。彼こそが、いわばすでに死に絶えた私の若さなのだ、と私は思った。イメージの中で、私はその彼の孤独で淋しげなうしろ姿に重り、彼の背負っていたあの話が、そして聞き入っていた私の中のなにかが、まるで大時代なコートを着た青年のような姿でともに小さくなり、同じように背を向けて遠ざかるのを見ていた。

森閑とした秋の夜ふけの道に、私一人の跫音が空ろに響いていた。顔をあげると、静かな屋敷町の上に青黒い夜空が海のようにひろがり、半ば虧《か》けた月が、その中央に冴えざえと白く光っていた。月は、あの凍死した古い地球の過去は、ああしていつも若々しい生きている産みの親をはるかな高みから眺め下ろしながら、無言のままいつまでもそれを巡りつづけている。――私は、月をみつめたまま歩きつづけた。

ふいに、お土産だといって渡された食べのこしのケーキの包みが、指に重たかった。二年まえ、部長夫婦の世話でもらったお喋りな妻と当歳の赤ん坊とが待つ家へと足を向けて、そして私はふと、まるで救いをもとめるみたいな目で、自分のはじめての女の面影を、執拗にその月の面にさがしつづけている、いささか滑稽な私に気づいた。

旅恋い

悦子が身支度をすませ家を出ようとしたとき、生後四ヵ月の孫が泣きはじめた。女の子のくせに癇がつよく、息子の通治がまるで電撃ショックだと苦笑するほど、その泣声はやかましく、はげしい。……悦子には、でも母としての経験から、すぐその意味がわかった。十中八九、おしめが濡れているのだ。嫁の香苗はよく気がつく働き者だが、ただ一つ、しもの世話だけはふしぎとだらしがない。だから孫は、いつも股が赤くただれている。

悦子は、しかし知らん顔でそのまま玄関へ向った。店から小走りに送りに出てきた香苗にも、わざとなにもいわなかった。

もちろん、悦子だってはじめからこんなに悟りきっていたわけではない。しもの世話だけはこまめに面倒をみてやらなければいけない。寝小便をたれる子供になる。子供の寝小便は親の恥といって、つまり親の不始末がその原因だ。ことに孫は女の子だ、大きくなっても、もしそれが癒《なお》らなかったらどうする。……自分が姑《しゅうと》からさんざんいわれてきたこの叱言を、悦子もくどくどと何度くりかえしたかしれない。が、香苗ははじめはおとなしく聞いていたが、近ごろは露骨にふくれ面《づら》を見せるようになった。そして、ある日こう答えた。「昼間くたくたになるほど働いているんですもの。夜中にそう何度も目のさめるわけはないわ。なんなら、お義母《かあ》さまがそっちのほうの係りになって下さればいいのに」

以来、しもの始末のことをいいだすと、二人はとたんに気まずくなる。孫だと思うから腹も立つし、いらいらもしてくるのだ。もっと冷たく考えよう。通治がそれで得心《とくしん》しているのだったら、それでいいじゃないか。勝手に一人でヤキモキして、おかげで厭味の一つも聞かなくてはならなくなる。よけいなことを気にするだけ、こっちの損じゃないか。最近では、悦子はそう考えることにしている。それに今日はせっかくの旅行の日だ。なにも、出しなにわざわざいやな思いを残していくこともあるまい……。

そうは思いながら、でも悦子は上野駅への都電の中で揺られながらも、まだ孫のしもの始末への気がかりが消えなかった。

悦子の一人息子の通治は、近所でも「親孝行」という定評のある男である。機械が好きでエンジニアになりたかったが、母の希望で家業の洋菓子店をついだ。が、それだけに営業面はむしろ妻の香苗にまかせ、自分は工場で配電線や水道管を修理したり、職人たちの間で、工具を握っているときのほうが多い。彼は、おそらく物心づいてこのかた、一度も母に逆らったことはないし、母の意思を生かそうとせずには、何事も決めたためしがない。

——もっとも、通治にいわせれば、母の悦子はそれだけのことはしてきたのだ。悦子はそろそろ六十歳に近い年齢だが、戦後すぐ夫が死に、女手一つで通治に大学を卒業させ、その上下にいた二人の娘を嫁にやって、通治に香苗という嫁をとらせた。その間、夫の両親の葬式も出し、戦後苦心して再開したドライ・ケーキに特徴のある家業の小さな洋菓子店も、いまは店の裏――つまり家の裏手に、独立した工場をもつほどにもした。いわば悦子は、戦災でいったん失くしかけた「家」のバトンをつくりなおし、それを見事に次代へと引き継いだのである。

が、意地でもその「責任」を果そうという気持ちが強かっただけ、悦子には、それからの解放感も大きかったのだろう。通治の結婚と同時に店のすべてを若い夫婦にまかすと、もう自分の役目は終ったとばかり、まったく働く気力を喪失した。積年の疲れが出たように一月ほど寝こんだあと、悦子は、もはや積極的に家事を手つだう素振りさえ見せなかった。干渉になるのがいやだという理屈で、店についての二人の質問にも、ろくに答えようとはしない。「もうあての役目はすんでしもたはずや。あとはあんたらの責任や、したいようにしたらええし、あてのことはもう、あてにせんといてほしいわ」

そして悦子は、同じ東京に住む故郷の京都の女学校時代の同級生と、やれ北海道だ南紀だ雲仙だと、旅行に出かけるのだけを唯一つの積極的なたのしみとするようになった。……すこしばかり店が忙しくても、同業者や親戚やらの来客で都合が悪くても、悦子はかまわずに予定どおり出発した。いちいち気にして気がねや遠慮などしてたら、結局、いつまでたっても遊びになど行けへん、というのがその理屈である。彼女はいま、やはり旅行好きのかつての同級生たちといっしょに、三つの旅行会に加入していた。

悦子のそのグループは、もちろん嫁として母としての責務を、一応はたしてきた連中ばかりである。洗剤会社の社長夫人。大学教授夫人。もう一人は悦子と同じ未亡人で、息子が証券会社につとめている。——十和田湖の紅葉を見るのが主眼の秋のその旅行会には、それに悦子を加えた四人が参加していた。

「この、汽車がガタッと動き出すときの気持ち、ほんまになんともいえんな」

「ほんま、極楽やね、この気持ち。……もう家のことは考えんでもええ、今日のおかずは何んにしよう、なんて心配もいらへん」

「あて、なんべんくりかえしても、そのたんびにニヤッと笑えてくる……」

彼女たちの言葉には、やはり、ごく自然に昔の京都弁がまざってくる。いや、しだいに京都弁だけになってしまう。……熱帯魚の卵の孵《かえ》しかたの話、庭にこっそり移植したこの前の旅行土産の高山植物の話、ディズニイの動物映画の話。若いテレビの男優や、野球や相撲の花形たちの噂、温灸《おんきゅう》やクコ茶や漢方薬、神経痛や癌の話。さすがに年齢にふさわしい話題を織りこみ、しかし彼女たちの声は、女学生の当時にかえったように若々しい。

帯をゆるめながら、ふと社長夫人がいう。

「けど、悦子は羨しいわ。ご主人が死なはったのに、でもこうしてのん気に旅行できる身分になれてるのやもん。あてら、主人がいんようになったら、ケイザイ的にたちまちアウツや」

「そんなら、節子かてそうやわ。あてら、えらい苦労をしたんやもん。な、節子？」

「それだけやないわよ」と教授夫人がいう。

「あんたら、息子さんがしっかりしてはるおかげや。大いに感謝せんといけまへんわ」

「あてのとこな」と、未亡人の節子がいう。

「ほんまのとこ、いい顔しよらへんのよ。死んだ主人に似て、ケチな息子やから」

「でも、遠慮はいらん思うわ」と悦子。「あてら、ちゃんと一応のお役目ははたしてきてるんやないの。これくらいのことさせてもろたかて、バチはあたらへんわ」

いつのまにか、そして話はきまって自分たちの年代の者の「損」に移ってゆく。彼女らは、その話題だけは、ふしぎにいくらくりかえしても飽きないのである。

「ほんま、うちえらい損やと思うわ。若いときは、自分のからだをいじめていじめ抜いて、それが嫁の仕事やて思って歯アくいしばって我慢してきて、……それが、こんどは嫁にまで気イ使わなならんしなあ」

「そやの。うちも嫁には歯がゆいことばかりやけど、それをゆうてええのんか悪いのんか、それがわからへん。ある程度は必要なしつけやと思うけれど、自分らが嫁やったときのあのつらさを考えると、ゆうたら気の毒やし、そやかていわへんなんだったら、こっちゃがいらいらするばかりで、……な？」

「結局、干渉しないのがいちばんや、ていうことになってしまうんやね」

「だから早う、子供たちをかたづけて、自分はもう、お役ごめんやて思えばええのよ」

「まだオヤジがのこっとりますわ、うちら」

「オヤジ、うるさいのん？」

「ま、いまの時代や。子供や孫に叱られて、昔みたいなことはないけれどね」

「旅行にもいい顔しよらへんの？」

「旅行はええのよ。そりゃ一週間もやったらブツブツいいだすけど、二、三日ならかえって大歓迎ですわ。お前、こんどのクラスの旅行はまだかい？　なんて聞きよる」

「へえ。浮気のチャンスや思うのかしらん」

「とんでもな。もうそんな精力、しぼったかてようありよらへん」

「つまりやね、ホラ、旅行に行くとなるとうちら、やはりちょっと勝手させてもらう気がして、気がとがめまっしゃろ？　そやから、その前はせいぜい機嫌ようしてるし、帰ったかて、フン、遊び疲れよって、なんていわれるのも癪やし、せいぜいまめにつとめますわな？　それで先方は、旅行があるとサーヴィスがようなる、て気イよくするらしいの」

「それに、こう何十年も顔つきあわして暮してると、たまには顔を合わさん日イつくるほうが、おたがいにサバサバもするしな」

「結局、文句いうのは、嫁やね。よう飽きませんね、なんて……それに、何故パパとお二人で旅行なさらないのかしら、とかな」

「わからへんのやろねえ、いまの人には」

と悦子はいった。一人だけ洋服の教授夫人が、大きくうなずきながらいった。

「……ほんと、わからへんのどすなあ、あてらのこの解放感が。……パパなんていていたら、旅行の意味ありまへんわ。それこそ、いつも主人のことばかりに気イ使うてしもて……」

肥った社長夫人も嘆息した。

「ま、わからへんのが、いまの人には当然やのやろがな……。あてらの時代の嫁いうもんは、いつも自分のことは後まわしにして、なんでも誰かのために我慢することが当然のしきたりやった。自分を殺してつかえることばかりで、自分の意思、自分だけの時間なんて、全然認められなかったんやものなあ」

「そういう習慣から自由になれへんのよ、こういう機会でもなきゃ」

「だいたい、紅葉見に行くゆうたかて、それは口実やもんなあ。あてら、旅行なら、どこへ行くのでもええのよ。たのしいのよ。家の外に出て、家のことを考えんでええのがうれしいのよ。……つまり、ぼうっとして、なにも考えんでいることがうちらの旅行なんや」

「ほんまに、なあ」

朝はやく青森に着き、すぐ貸切りのバスで十和田湖に向う。——その年は、さいわい嵐も来ず、また季節の変化も緩《ゆる》やかではなく、不意に寒波が来て霜が一時に降ったおかげとかで、湖畔はガイド嬢さえ声をあげるほど豪奢なあざやかな錦繡《きんしゅう》に埋まっていた。それが、秋の日に照り映えて輝く。

「……すごい、紅葉」

「嵐山の比やないなあ」

「あて、紅葉てもん、もっとくすんだ色をしてるもんてばかり思てた」

「うちら、ツイてるわあ、ここでかて何年に一度なのやて。こないな綺麗な紅葉」

「ほんま。いま染め上げたばかり、ていう色やね、赤も、黄イも……」

遊覧船のデッキで、悦子たちは口々に無邪気な嘆賞の声をあげて倦《う》まなかった。

湯瀬《ゆぜ》、繫《つなぎ》、と温泉をまわって、その三泊四日の旅行会は上野駅のホームで解散した。通治が迎えにきている。彼の愛用の店のライトバンは、駅前の駐車場に停めてあった。

悦子は助手席に坐って、車が動き出すと、鞄から土産の小さな藁《わら》でできた南部馬の郷土玩具を出し、器用に紐をつけてフロントの窓に吊した。

「なに？　お守りかい？」

「あて午年《うま》やろ？　記念や」

「ありがとう」

うれしそうに、通治は答えた。

「直子は、元気にしてたか？」

「うん。元気にしてるよ、香苗も」

いって、通治は昨夜の香苗との会話を思い出した。さり気なく黙りこむと、彼は、運転に専心する顔になった。

「お義母さま、もう少し建設的なほうに気分を向けてもらえないのかしら」

近ごろ、香苗は母の旅行に批判めいた口出しをすることが多くなった。たぶん彼女には、まったく働くことをしない悦子が、ふつうの姑と違うようにしか考えられないのだ。

「あれが個人主義っていうの？　私には、ただの手前勝手だとしか思えないわ。個人主義ってのは、生活の中に、つまり他人といっしょに働くことの中にあるもんでしょ？」

「もう働くことに疲れたのさ。さんざん苦労をしてきたんだ」

おとなしい通治は、七つ年下の気がつよく、口も手も達者な妻にも弱気で、すぐ逃げ腰になる。が、香苗は、いったんいいだしたらなかなかやめないのだ。

「でもさ、お帰りになったら、きっとまた旅行の話ばかりよ。そりゃ、それをたのしんでいらっしゃるのは結構な話だけど、こっちはいいかげんウンザリしちゃう。労働意欲だってそがれちゃうわ」

「そういうなよ。旅行は、いまの母の、ただ一つの生甲斐なんだからさ」

「それはいいわ。あなたの、好きなことをさせてあげたいっていう気持ちもわかるわ。でも、人間て、生きているかぎり、なんらかの役目を生きるものじゃなくて？　もう私の役目は終りました。あとは勝手にさせてもらいますよ、って、あんまり自分のことにしか関心のない顔をされると、私、なんだか抵抗を感じるのよ」

「わかってるよ。……つまり、ふつうのお祖母さんなみに、孫の面倒でもみるのをたのしめ、っていいたいんだろう？　でも、……」

「まだ年寄りっていうお年でもないのに、どうしてああ働くのがいやなのかしら」

「うん。でも、いつかいっていたろ？」通治は、やはり母のことに関してはいささかムキになってしまう。「ほんとの年寄りになって身体が不自由になったら、それこそもう好きなところにも行けなくなる、今のうちにこそ、だから旅行しておくんだって」

「だって、そのお金だって家から出てるんですもの、すこしは……」

「ま、聞けよ。母は、今じゃちょっと考えられないような厳格な家族制度の時代に育ってきた女なんだ。いつも、なにかのために、まず自分を殺すことばかりを強いられてきたんだ。ことに、古い京都の女だ。……母は、妻として、嫁として父に、父の両親につかえ、母として僕ら子供たちを、けんめいになって育ててきた。それが母の役目だったんだし、母にはそういう役目を生きること以外に、生き方がなかったんだ。つらいこと、苦しいことは、それが自分の義務、役目だと思うことで我慢してきた。……ところがその義務、役目が消滅してしまった今、母には、もうつらいことは我慢できない。我慢する気力も根気も、そのつっかい棒だった義務といっしょに、母はすっかり失くしてしまったんだ」

「でも、でもたとえば、孫が可愛くはないのかしら？」

「そりゃ可愛いだろう。名古屋に嫁いだ姉に初孫ができたときなんか、すっ飛んで行ったものね。でも、万一怪我させたら、という心配が先に立って、孫の相手をするのは死ぬほど疲れる、ともいっていたな。つまり、それだけ充分に気をつけて遊ばせてやるだけの気力がない、と同時に、万一のことがあったら、母でもなくもう若くもない自分には、責任のとりようがない、という不安もあるんだ、っていってた。……こわいそうだ」

「そんなものかしら」

「さいわい、今のところ、母を旅行にやるぐらいの余裕はあるんだ、頼むよ、僕としたら、たとえ借金をしてでも母には好きなことをさせてやりたい。旅行にせよ何んにせよ、本気でたのしめるものがまだ残っていただけ、僕は、母のためにうれしいんだ」

「なんだか、私、よくわからないわ」

上野駅の広場を出発したころはまだ明るかったのだが、いつのまにか日は落ち、街には夜がひろがりはじめている。ライトに照る通治の表情が硬い。じっと暗い街をみつめたまま無言のその息子に、悦子はふと、一生父母に頭の上がらなかった亡夫の俤《おもかげ》を見ていた。……もちろん、香苗にまだ面と向って不満をぶちまけられたことはないが、悦子には、自分の気ままわがままな旅行とその頻繁《ひんぱん》さが、息子夫婦にはさまざまな経済的、気分的な負担をあたえているだろうことがわかる。きっと、通治は香苗に私のことで文句をいわれたのだろう。

自分にやさしすぎるほどやさしく、従順すぎるほど従順な通治が、しかしその母への献身をつらぬく上での頑固さで、香苗に呆れられているだろうことも容易に察しがつく。通治のもつその気弱さには亡夫が、その頑固さには、おそらく他人のために「義務」をきびしく生き抜いた自分がいる。たしかに、この子は私たちの両方によく似ている——。

悦子は、突然、そんな通治が、ひどく不憫《ふびん》な人間に思えてくるのだった。悦子はわざと晴れやかな、ほがらかな声でいった。

「……ほんま、素敵やったわ、あの十和田湖の紅葉。あんな綺麗な、あんな豪華な紅葉、想像もつかへなんだわ。それが、真青な湖に映ってるの。……あんなん、生まれてはじめてや。行った甲斐があったわ」

「よかったねえ、母さん」

心から、通治がいう。期せずしてそのときこの母子は、そろって相手を喜ばすことだけを、自分の心からのよろこびとしていた。

旅行会で集るたびに、次の計画が生まれる。悦子たちの次のプランは、伊豆の山奥の温泉に猪《いのしし》を食べに行く一泊旅行だった。猪の肉は身体が暖まるという。ちょうど十一月の半ばであり、季節的にも申し分なかった。

もちろん団体旅行に小グループで加わるので、経費も安いし一泊なら出かけやすい。他の友達も誘ってみようということになり、悦子は鉢植えの観葉植物の肥料を買いに行くついでに、同じ区に住む昔の同級生を訪ねるのを思いついた。最近道でぱったり出逢ったときの立ち話で、その同級生も、やはり「一応の義務」をすませた仲間だと知っていたからである。

が、教えられた番地の、乱雑に三輪トラックや荒縄や古タイアや、梱包《こんぽう》された荷物やの置かれたその運送店のガラス戸を開いて、悦子はおどろいて足を止めた。「くたばっちまえ！　このクソ婆あ！」と、そのとき、ちょうど土間にいた大男がどなりつけたのである。男は上りがまちを向き、そこにぺったり坐りこんで、髪を振りみだし真赤な顔で喘《あえ》いでいるのが、かつての同級生の珠子だった。珠子は、大きく肩で呼吸をしている。

「いい年して、ものの限度ってのを知らねえのか？　すこし頭を冷やしたらどうだい！」

どなる男の顔を眺め、もう一度悦子はびっくりした。その目といいまるい鼻の形といい、男が珠子の息子なのは明白だった。男が振りかえった。「あんた、誰だい？」と、低い声に慣れないかすれた声がいった。

それに答えず、「……お珠はん」と、思わず悦子は京都弁で叫んでいった。「いったい、どないしやはったん？」

「ああ、悦子はん……」

駈け寄る悦子にとりすがって、突然、珠子は声をはりあげて泣きはじめた。

「なんだ、お婆ちゃんの友達かい」男はニヤニヤして、誰にともなく弁解のようにいった。「なに、お婆ちゃん、今、うちのやつと取っ組みあいの喧嘩をやらかしてね。……ちょいちょい、やるんだけどね」

――泣きじゃくる珠子から事情を聞きだすのは、簡単なことではなかった。要するに珠子は台所をあずかっているが、嫁が金を使いすぎる、と文句をいったらしい。それに珠子が応戦して、それから二言か三言かの間に、珠子はもう嫁の胸ぐらを摑んでいたのだという。

「違うよ、エミ子が先に手を出したんだよ」

と珠子は男のその説明にけんめいに反対をしたが、悦子にはそれはどうでもよかった。

旅行は、誘ってもまず無駄にきまっていた。が、意味もなくその暮しぶりをのぞきに来たのだと思われてもと考え、悦子は用件を話した。と、トラックのうしろにかがみこんでいた大男がふいに笑いだした。

「猪かい。シシ食ったむくいはこわいっていうぞ、お婆ちゃん。そんなゲテもの食って、本当にくたばっちゃうかもわからねえぞ」

「いいとも。くたばらしてもらいましょう」

戦闘的に珠子はすぐいいかえした。

「おどかしたりしてお前、旅費が惜しいんだろ。そんなら正直にいったらどうだい。あたしゃそしたら邦夫のとこへ行くからね」「フン、あいつのとこに金がありあまってるとでも思ってんのか？」

「金はどうでも、あそこにゃうるさい子供もいないし、邦夫はきっとお前より親切だよ。たまの旅行にもやらせてもらえないで、何故こんなとこで働かなくちゃならない？　フン、その上、文句ばっかりいわれて」

「うるせえ。お婆ちゃんには、ここでくたばってもらうことになってるんだ」

「困るよお婆ちゃん」と、すると嫁らしい女が悦子の茶を持って出てきた。灰色のカーデイガンの釦《ボタン》がはずれ、髪もまだくしゃくしゃのままの姿だった。

「お婆ちゃん、この節、うちの忙しいのはわかってるじゃないの」

「一泊だよ、ただの」

「一泊でもさ。……うちにはこまかいのが四人もいるんだからね」

「フン、自分たちで面倒もみきれないで、よくもそんなにつくったもんだよ」

たった今、取っ組みあいの大喧嘩をしたばかりだというのに、嫁はもうケロリとしていて、その点は珠子も同じだった。悦子は、かぎりなくつづく口汚い罵《のの》りあいのような三人の口論をあとに、機を見て表に出た。あんな、まるで同等の喧嘩仲間みたいな親子なんて、はじめて見た気がしていた。

……でも、かわらないものだ、と電車通りを歩きながら、悦子は苦笑していた。昔から珠子は向う見ずで、善人で、すぐ熱くなる性格の女だった。現在の彼女からは信じにくいことだが、珠子はもと京大教授の当時はかなり有名だった文学博士の一人娘で、卒業後すぐ当時の無政府主義者とかけおちをしたのだった。その後、東京で魚屋をやっていると聞いたことはあったが、それにしてもこの前道で出逢ったとき、珠子がこんな暮しをしているとは予想もできなかった。彼女の口から、あんなに威勢のいい東京の下町ふうの言葉がポンポン飛びだすのも、考えられなかった。

悦子は自分の訪問が、ひどく場ちがいな、罪ぶかいものだったように思え、気がとがめた。一方、あの家族たちの親しく肌をぶつけあうような関係が、ひどく暖い、ひどく正直で気らくなもののような気もしてきて、ふとそれを羨む気分が胸をかすめた。悦子は思った。でも珠子のあの素直さ、血の熱さは、自分たち一家の血には流れてはいない……。

店には客がなく、香苗の姿も見えなかった。肥料のハイポネックスの紙袋を片手に、久しぶりに吟味するようにケースの中の菓子を覗いてから、悦子は店から家に上りかけた。

――すると、話し声が聞えてきた。

「そりゃお義母さまからいただいた財産よ。その歩合として利益の何パーセントかをさしあげるのはもっともだわ。でも、私たちの預金を削ってまで旅費をつくるなんて、非常識だと思うわ。私は反対です」声は、香苗だった。

「なにも僕たちの預金に手をつけているわけじゃない」めずらしく、通治の声も大きかった。「それに、いつかもいったろ？　借金してでも僕は母に……」

「私たちの預金、たしかにまだ手をつけてはいないわ。でも、この一年間、一円も増えていません。実質的にはマイナスだわ」

「だって、僕たちべつに不自由してないじゃないか」

「今はね、というより、今まではね。でもあなた、直子のことを考えたことある？　私たち、親として、直子の分の貯金だってしとかなくちゃならないのよ。今までとは違うわ。そのことをお義母さまに申し上げて、すこし控えていただくのがどこが悪いの？」

「でも、僕は母の健康なうちに……」

「あなたは子供としての責任しか考えていないみたい。でも、もうあなたは父親なのよ。

子供への責任だってあるのよ。……お義母さまだって、話せばきっとおわかりになるわ」

「……」

「いやないい方だけど、いうわ。私たち、なにもお義母さまを気分よく好きなだけ遊ばすためにだけ生きているんじゃないわ。そりゃお義母さまは、立派にご自分の役目を果しちゃって、あとはのんびり遊ぶだけの毎日をおたのしみになりたいんでしょう。あなたがそうさせてあげたいと考えるのもわかるわ。でもこの家には、べつな人間たち、まだまだ働いて、自分たちの生活をこれから築いて行こうとしている人間たちもいるのよ。直子が生まれたのは、よけいそれをはっきりさせたことだわ。ね、お義母さまにいって頂戴……」

悦子はそっと後ずさりをし、入ってきた店につづく出口から表に出た。しばらく附近の小公園を歩いて、やがていつものとおり、店の裏にある通用門から玄関に入った。

「——やあ、お帰りなさい」と、居間から通治は声をかけて、顔の前に大きく新聞紙をひろげた。店に出ているのか、すでに香苗の姿はなかった。

悦子が、自分から口を切ろうとした瞬間だった。通治は立ち上り、テレビのスイッチを入れるとチャンネルを廻した。

「母さん。母さんの好きな新喜劇だぜ」

彼は笑いながらいって、工場のほうに消えた。悦子は了解した。通治は母に顔をかくしたのではなく、新聞を見てテレビの母の好きな番組をさがしてくれていたのだった。

だが、いかにも平常とかわらないその態度が、悦子に、かえって香苗との口論が一つの日常に化しているのを教えていた。悦子はなにかに耐えるように、睨むようにテレビの画面をみつめていた。

やがて、いつのまにか劇に引き入られて、一人で声を出して笑っている自分に、悦子は気がついた。一瞬、笑ったまま頬が硬くなって、それから、悦子はしずかにまた笑った。


伊豆への旅行は、朝の八時に新橋の駅前から、特別仕立ての大型バスで出発する予定だった。当然悦子たちのグループは集ったが、珠子が来ていたのには、悦子は予想を裏切られた。珠子は目を細め、しまいこんであったらしい樟脳《しょうのう》の匂いのする和服を着て、威勢よく東京弁で喚いたり泣いたりしていた彼女とはまるで別人のような、神妙な、幸福げな顔をしている。彼女だけが、昼の弁当を持参していた。

もう一人、電機会社の重役の夫人が来て、グループは六人になった。彼女たちはバスの中に一団となり席をとったが、動きはじめるとすぐ、例の未亡人の節子がいった。

「あのなあ、奥田はんの話、聞いた?」

「より子はんのこと?」

「なんやの? 病気?」

皆がいつもの噂ばなしの合槌《あいづち》のような返事をする。悦子もいった。

「あの人、去年やったかいな、ご主人が亡くならはったんやろ？　たしか息子さんが一人あったはずやけど……、どうかしたの？」

「その一人息子に、嫁をもらはったの」

「なんや、おめでたい話やないの」

「より子はんも、いよいよ仲間入りや」

はしゃぐようにとたんに賑やかになるグループを、節子は手で制した。

「それがや、結婚さしたら、息子さんが、このさい、財産を全部ぼくの名義に書き替えてくれへんか、ゆうてね。あの人、人がええやろ？　ついその通りにしてしもたん」

しかし節子は、いいながらいつもと違い、愉しそうではなかった。むしろ陰鬱《いんうつ》な暗い顔で、突然、ニヤリとその浅黒く皺の深い頬に、不気味な笑みをうかべた。

「全部すんで、十日ほどしたころやて。その息子さんが、嫁と並んで坐って、お母さん、あんたは家にいてても邪魔やから、養老院へ行って下さい、もう手続きはすんでますから、てふいに切り出さはったんやて」

バスのその一隅に、かすかなどよめきがおこった。

節子はつづけた。「もう遅いわ、何をゆうても。より子はん、一文の財産も一坪の土地もあまさず、全部、息子さんの名義にしてしもたあとやさかいね。……より子はん、いま、それで泣く泣く水戸の養老院で一人で暮してはるのやて。……こわい話や」

「……手塩にかけた、一人息子になあ」

と一人がいう。みんな、しばらくは口をきかなかった。

やがて、重役夫人がいった。

「ひどい、息子やね」

「まるで、だまし討ちやないの」

「それが常識やの？　いまの若い人の」

「……うちらも、主人が死んだら、やはり息子に養老院行きをさせられるのかしらん」

口々にいいはじめるグループの人びとの中で、しかし、不意に悦子はいった。

「でも、ものは考えようや。養老院、結構やないの？」

「まあ、どうして、……悦子」

「どうして、って」と悦子は答えた。「おたがいに気イ使うて、気がねしたり不満もちながら暮すなんて、くたぶれるばかりや。いっそさっぱり別々に暮すことにしてしもうて、たまに会うほうが無事やし、おたがいの幸福やわ。より子はん、そんな息子夫婦やったら、かえって別れたほうがあの人の幸せと違うかしらん。……とにかく、あては養老院行き、大賛成やわ」

「あんた、評判の孝行息子もってるさかいに、そんなことのん気にゆうてるのよ、自分にはそんな運命、こん思てからに……」

「ちがうわ」と、悦子は笑った。「あて、前々からそうせんならんて覚悟してたの。そのほうが、きっとおたがいのためや思て……」

「……あの、なあ」と、するとそれまで黙っていた社長夫人がいった。「あてもな、じつは前々から考えていたことがあるのよ。……戦争中、疎開してた家が、小田原の海岸近くにあるの。庭は五百坪ほどで、家は、そやなあ、建坪三十坪ほどの古いボロ家やけれど、それ、あての名義になっているの。そこを、あてらみんなの養老院いうか、老人ホームいうか、そんなんにしてみたら、て思うの」

「……それ、ほんま?」節子が身を乗り出していった。

「ほんまよ、みんなで当番きめて、仕事分担して。生活費はみんなで出しおうたお金をもとに、やりくりしたてええし。……どやろ、こんな考え、けったいかしらん?」

「どうして。けったいなことないわ」

「素晴らしいわ、グッド・アイデアや」と悦子もいった。「もしそれが実現するのやったら、いうことないわ。気らくやし、話し相手もあるし、……うち、ぜひ入れてほしいわ」

「ぜったいや、それ、お願いや」

すぐ、節子もいい、教授夫人もいった。

「あてもお願い。予約しときますわ。……なにしろ、うちら、主人が死なんかぎり、おあずけやからね」

「うちも予約や。ああ、早ようサッパリ一人になれんかいな」

重役夫人がいい、笑い声がまだ消えなかった。珠子が真剣な声でいった。

「あても、入れてもらえまっしゃろか」

「珠子はん、……あんた、本気やの？」と悦子はびっくりした顔で訊いた。

「本気やとも」珠子は頰を紅潮させて答えた。

「悦子はんは知ってるやないの。いつでもあの通りや。コキ使われて、なぐったり蹴ったりや。負けんとこっちゃもやったるけど、もう身体があかん。……口惜しいけど、うち、疲れきってしもたんどす。……で、あの、お金、いくらぐらい出したら、入れてもらえますやろ」

「その人のできるだけでええのよ」と、肥った社長夫人が答えた。「なんとかなるわよ、家賃はいらへんし、やりくりにかけてはみんなベテランやし、ただ食べるだけやったら、そないにかからへんしな」

「家を提供したかわりに、あんた怠け者やし、掃除は免除したるわ」

「そらうれしい。文句ないわ」と社長夫人は腹を波うたせて快活に笑った。「前々からあても自分の将来を思って、それが理想やなあ、と考えていたの。さっきの悦子の言葉聞いて、やっとゆうてみる気になったの」

悦子も、笑いながらいった。「でも、そうときめたら、あんた、ご主人より先に死んだらあかんよ。せっかくのプランも、おじゃんやがな」

「ほんと、すべてはあんたの未亡人待ちや」

「こら悪い、早う死ねといわんばかりや、社長さんに」

渦巻く笑い声の中で、老女たちは朗らかに、競いあうようにしゃべっていた。

「うち、電気器具寄附しますわ、テレビも」

「お金の一部で、株を買うのはどないでっしゃろ。うちの息子はケチで危険やけど、死んだ主人の親友がいますの。その人に少し預けとくのも、一つの手やと思うわ」

「庭はまかせといて」と悦子。「きれいにきれいにしまっさかい」

「畠もつくりまひょ、あて、うまいの」と、これは珠子だった。珠子はすっかり夢中になった顔をしていた。

「なんや、世の中がバラ色に見えてきたわ」と教授夫人がいった。「ああ、そうときめたら安心した。もう、いつなんどきうちの先生に行かれても平気や。……スッとしたわ」

附和雷同というのでもなかった。六人のメンバーのすべてが彼女たちの「老人ホーム」の案に賛同し、さかんな熱意を示した。彼女たちは、他の客たちの存在など忘れていた。

藤沢の近くでの小休止を終えても、東海道をはしるバスの中で、彼女らはとめどもなく夢のようなその「老人ホーム」につきしゃべりつづけた。話はいつか愚痴《ぐち》にうつり、それぞれが問わず語りにその「家庭の事情」を、はじめて打ち明けたりもしていた。

悦子も、しゃべっていた。

「……うちの息子は、たしかに孝行もんどす。なんでも、あての好きなようにさしてくれています。……けどなあ、いま思うと、息子が、なんでもあての好きなようにするのを応援してくれたことは、結局はあてが家の中で、遊ぶのだけが生甲斐の、役立たずの人間になるのを、けんめいに応援してくれてたことどしたわ。そして、あてはもう、ほとんどそうなりきってしもていはります。……ほんまに、これから生きるのに必死な若い人たちの間で、こんな人間は、腹を立てて追い出されるのがあたり前や。……これは、おたがい、はなればなれに暮すほうが、どんなに自然で、どんなに傷つけあわずにすむことかしれへん。——うち、こないだうちから考えてな、もう、こないな人間になってしもたら、これはもう、昔ならナラヤマ、いまなら養老院か老人ホームに一人で死んで行くほかには、どっこにも行き場所がないのやいうことがようわかりました。家にいては、若い者の邪魔や し、自分でもつらい。こうなったら家や息子にひっついていとうもない。のんびり暮すためには、家にいたらあかんのや、てな……」

節子が、不吉な怪鳥のような顔の目をうるませて、大きくうなずく。多血質の珠子は当然といえば当然だったが、意外なことに、一見なんの苦労もない社長夫人までが、さかんに洟《はな》をすすっていた。

「なにも、悲しいことなんかあらしません」と、びっくりしたように悦子はいった。「あとは、あてのしたいことをするのやもん。な?」

が、誰もそれには答えなかった。

晴れた日だった。大型のバスは相模湾の海岸に沿った国道を快適に走っている。六人の女たちは、しばらくはそれぞれ自分のことしか考えてはいない姿勢を露骨にして、バスに揺られていた。

伊東での昼食をすませ、しだいに空気の冷えてくる山中の道を走ってバスが目的地の温泉に着いたのは午後の三時である。さすがに年齢の厚みもあり、六人はそれぞれふだんの賑やかな旅行気分にかえっていた。話題も笑い声も、食欲も、もはやいつもとなんの変るところはなかった。

が、猪を食うお目あての夕食には、まだ三時間ほどある。旅行会の添乗員《てんじょういん》と、年とった宿の男に案内され、客たちはぞろぞろと近くの小さな滝や、山葵《わさび》畠や椎茸《しいたけ》の栽培所を見物してまわった。宿に向う山道を降りてきたとき、ふいに珠子が甲高い声で叫んだ。

「ひゃあ、猪がいよるわ」

なるほど、宿の裏に、山につづく傾斜面の裾のあたりに、岩丈《がんじょう》な檻《おり》に入れられて二頭の猪が動いている。――例外なく動物好きの彼女たちは、たちまち駈け寄って声をあげた。

「わあ、すごい顔」

「大きいなあ、毛が生えてるわあ」

「猪て、こないに黒い色をしてるの？」

「これ、食べるんでしょうか？」

いい年をした女たちのはしゃぎぶりに笑いながら、山男ふうの宿の男が答えた。

「いえ、これは飼っとりますんで。召上っていただくのは、とうに肉になっとります」

「この猪、夫婦《めおと》どすか？」

「いや、二頭ともメスでして。……もう、相当の年齢ですなあ、猪としては」

「あんた、これでもメスやて。両方とも」

「おばあなわけやな、人間でいえば」

「すると、ここは猪の老人ホームてところかいな」

私語して彼女たちは笑いあった。

男は、解説のつもりか声を大きくした。

「ええ、だいたい、猪は群をなさない動物でございまして、一頭ずつ、畑の作物をあらしに出てまいります。それは、冬になると、餌がなくなる。しぜん山奥にはいられない。餌を求めて、仕方なく人間さまの世界に近づいてくるわけでございますが、そこを一発、ズドンとやられましたり、生け捕りにされたりいたしまして、逆に皆さまの餌食にされてしまう、と、こういうことでございますな」

「人間にはかかってきまへんのか？」

「そりゃ、襲いますな。猪突猛進、と申しますように、もともと勇猛な動物でございまして……、でも、近ごろはどうも人間をこわがり、逃げるようですがな、そのくせ人家の明りに近寄ったりもいたしまして、やはり一人ぼっちが淋しいのかもしれませんな……」

黒褐色の剛毛が生えたその背中には、ところどころ白髪が光っている。猪はその背を面倒そうに揺すりながら、餌箱の百合根や藷を食べて、ときどき小さな曇った目で、無表情に客たちを一瞥《いちべつ》した。やや小柄な一頭は鼻が悪いようで、呼吸をするたびに、苦しげな重病人の喘ぎに似た音をたてる。

六人は、宿の男や他の客たちが去っても、なんとなく一塊りになって、檻の中の二頭の年老いた獣を見ていた。もはや山林を疾走することも、敵と闘ったり異性への興奮さえも忘れ、餌さがしに山野を彷徨《ほうこう》する苦労も恐怖も自由もなく、ただのんびりと無心に餌箱を鼻でつつきつづけて倦まないその姿に、彼女たちは、いわば、「老人ホーム」の自分たちを眺めていたのだったかもしれない。

やがて、一列になり宿へと歩きはじめながら、さっきの一人のその冗談にだけは、いい合わせたように誰も一言もふれなかった。

食事は六時からはじまり、七時に終った。四角な炉をいくつか切った山小舎ふうの別棟で、旅行会の連中は炉の数だけのグループにわかれ、牛肉と豚肉の中間のような赤く捲《まく》れた猪の肉のスキヤキ鍋をかこんだ。山中のさわやかな寒気の中で、熱い肉にビールや酒が美味《うま》く、彼女たちも上機嫌で酌をしあい、賑やかに笑いあった。珠子の顔がひときわ真赤だった。

たしかに身体は暖まった。が、食事がすむと、もう何もすることがない。一部屋に三人ずつ割り当てられ、悦子は節子と珠子と組み、未亡人組みや、と笑いながら八畳ほどの座敷に入った。すでに蒲団が敷いてあった。

節子が、急激な腹痛を訴えたのはその直後である。彼女は白目をむき、義歯を飛ばし、大声で呻《うめ》いて指で畳をかきむしった。

「……どないしたん？　どないしたん？」

酔いもさめ、おろおろとその肩に取りすがって、珠子は悲鳴に近い声で叫んだ。なぜか電話が出ない。悦子は、医師を呼ばせるため、廊下を帳場へとはしった。

その間に、珠子はせいいっぱいの力で、苦悶する節子を仰向けに蒲団の上に寝かせた。和服に宿のどてらを着たままの姿で、そのとき、節子は意識を失くしていた。……たぶん、胃痙攣だとは思うのだが、応急の手当てを知らない。珠子は節子の帯をほどき、必死に腰紐も取った。せめて、お腹でもさすっていてやろう、と思ったのである。

が、胸がひろくはだけ、しなびた皺の寄った乳房につづいて、老人特有の黒ずんで弛んだ弾力のない節子の腹が明るい電燈の下にあらわれてきたとき、珠子はそこにしっかりと巻きつけてあるさらしの布をみつけた。もとは白かったのだろうが、それは黄ばみ、垢じみた異様な悪臭を放っている。きっと、つねに肌身はなさず腹に巻きつけてあるのだろうが、それがあんまり強《きつ》く、苦しそうだ。

節子の背の重みで、なかなかそれが取れない。渾身の力でその変色したさらしの胴巻を引き抜くと、はずみで珠子は仰向けに倒れた。同時に、なにか紙のようなものが飛んで、部屋に散った。

起き上り、その一つを手にして、珠子は目をみはった。一万円札が十枚。十万円の札束であった。それが合計三つもある。そして和紙に書かれた株券の預り証。土地の権利書などの証書。印鑑が二種類。

衝撃に煙ったような心のまま、珠子は呆然としていた。そのとき襖が開いた。「お医者さん、三十分以上もかかるのやて。あてが直接に電話に出て、なんとか早う来とくれやすゆうてやったんやけれど……」早口にいいながら悦子は節子の枕もとに近づき、珠子の手にあるものを見て声を呑んだ。

おずおずと、珠子はその視線に答えた。

「あて、……あて、お腹さすってやろ思て、着物脱がしたら、……」

「……胴巻が、やぶけたんね」と、悦子は珠子の手をみつめたまま、静かな声でいった。

「あて、悪いことしたのかしらん。あんまりきつう巻いてあるし、苦しいやろ思て……」

そのとき節子が呻いた。二人は思わず蒲団にいざり寄った。珠子がその腹をさすった。

「節子はん……、節子はん！」

だが、どうやら意識はまだよみがえってはいない。手早く悦子は畳や蒲団の上に散ったその中身を上からさらしでくるむと、上から夕刊で包んだ。違い棚の上にのせた。

悦子が、珠子の表情の変化に気づいたのはそれからだった。珠子は蒼ざめた頰を引きつらせて、まじまじと節子をみつめながら、しかしそれは何も見ていない目つきだった。

「……どうかしたん？」と、悦子はいった。

珠子は悦子に目を向けずに答えた。

「……あて、こわうなってきました」

「なにが？」

「なにが？　こないな、こないなこと……」

「あれ、節子はんの全財産よ、たぶん」と悦子はいった。「節子はん、息子さんが信用でけんのやて。しょっちゅうそういってはったわ。そやからきっといつも、こうして肌身はなさず、全財産をもって歩いてはるのね」

珠子はうなずいた。「可哀そうな、思います。けど、それより先に、なにか、こわうなってしもて……この人の、その気持ちが」

「誰も、信じられへんのが？」悦子はいい、小さく笑った。「けどね、一人になるいうこと、いつ一人きりにさせられるかわからへんいうこと、それは、こういうことなんやわ。……あさまし。みっともない。あんたそう思うか？　そやったら、それはそれだけあんたが幸せやいうことやわ。たしかに、そらあさましい、みっともない、見てええ気持ちのもんやないわ。けど、ほんまは、このあさましさが、老人ホームや養老院へ入ることの資格なんよ。――あては、そう思うわ」

珠子は、ふと罵りあい、目のまわるように忙しい運送店での生活を思い出した。茶の間の、その炬燵の暖かさを思い出した。そこで孫といっしょにテレビの漫画や西部劇に笑っている自分。わざわざ徹夜して弁当をつくり、不足がちな家計から五千円を渡してくれたエミ子。その妻にかくし、こっそり小さく折り畳んだ千円札を渡して、「いいか、くたばり場所を忘れるんじゃねえぞ」といって笑った大男の長男。珠子の乗ったバスを追って、どこまでも手を振りつづけた孫たち……。

「お珠さん、よけいなお節介やろけど、あんた、いまのままでいやはるのが、いちばんええのと違う？」と、悦子がいった。

「え？」

「つまり、あてらの老人ホームに入らはる必要、あらへんのやないの？　お珠はんは」

耳かきをしてやるときの、膝にのせた孫の頭の感触。野球用具くさいその体臭。その孫のくれるキャラメル。自分の冗談や鼻歌に、大笑いをしている家族ぜんぶの顔。……珠子は、たしかに自分は、この節子ほどきびしく一人ぼっちを生きたことも、生きようとしたこともなかったのを思った。私は、いつも家族の一人だった。家族たちからしめ出されたり、突きはなされたことはないのだ。

「……そうどした。あて、老人ホームはやめます。やはり、いまのまま暮すことにしますわ」と、低く、鼻をつまらせながら珠子はいった。「あてなんか、幸せどす。こんな、財産全部を肌身はなさずもって歩くなんて、これほど不幸な、さみしい一人ぼっちの気持ちからは、ずっと、ずっと遠いところで生きてました……」

「私かてね」と、悦子はポンと自分の帯をたたいた。「ここに、いつも自分だけの印鑑を入れて歩いてます。店と所帯を息子らにゆずったとき、万一のことを思て、かくし金を誰にもいわずこっそり自分の名アにしてな。……通帳は銀行に預けたるし、息子も、このことはよう知りまへんやろがな」

「でも、……」と珠子はいった。「あんたはんの息子はんは、評判の……」

「そうどす、通治は、たしかに親孝行な子や。それは信じてます。……けど、それとこれとは、やはり別と思ています」

平然と、きっぱりと悦子は答えた。呼吸をのんで、珠子はその顔をみつめていた。

「あてはもう、遊びに行くのだけが生甲斐の役立たずや。その意味で、いつも家の中で一人きりや。一人きりの人間には、やはりそれだけの覚悟いうか、支えいうかが要ります。……お金でもこっそり握ってな、安心でけへんもんどす」

悦子の目は乾いていた。……いつのまにか節子は寝息をたて、安らかに睡りはじめている。悦子はやさしくその胸を合わせ、蒲団をかけてやると、珠子に笑いかけた。

「あんたが羨しいわ、ほんまに。……あんたにはまだまだエネルギーも、熱い血や素直な心の暖かさも、生活へのファイトもあるんやもん……」ちょっと言葉を切り、こわばりかけた頰で無理に笑い、悦子はつづけた。「そこへ行くと、あてら、もうあきまへんわ。他人のために、意地になって苦労してきて、さて、その他人や役目が無うなったら、することおへんのやもん。もう、することのいっさいが面倒くそう、わずらわしゅうなってしもて、……あても、はじめから自分を、自分本位にだけ生きることからはじめればよかったんやわ、誰のためでもなく。……」

ふと、その声が沈んだ。

「……気になるのは、息子が、あてのためにつくしすぎてくれることどす。通治も、そんな、他人のためやなんて考えずに、もっと自分中心に生きてくれればええ。……あてを立てんと、同等に、喧嘩でもするみたいにして、あてを仲間に引っぱりこむ――そんな親孝行もあったのやな、て、あて、最近になってやっと考えはじめたんどす」

珠子は、膝に目を落した。すぐどなる口汚い長男。なんの遠慮もなくずけずけ文句をいうその妻。応戦して、本気に怒り、泣き、どなり、笑う自分。自分のいいつけどおり寝坊の父を起しに行き、犬ころのようにふざけて取っ組みあう孫と長男。……貧しい、しかし親しく暖い特別な仲間たちの繋《つな》がり。自分を、いつも仲間の一人に加えてくれる家族。

そういえば、あれもたしかに親孝行の一つなのかもしれない――。

「……通治、あてが皆の老人ホームに行くゆうたら、行かすやろか。……そやな、すんなりとは、よう賛成せん。けど、二日か三日、考えて悩みつづけてから、やはりお母さんの好きなように、て思て決心して、結局はあてを老人ホームに行かしてしまうやろな、やっぱり。……」

独言のように悦子がいう。その語調に、珠子ははっと顔を上げた。悦子の目に涙が膨《ふく》れあがり、一粒が頬をすべり落ちた。

が、声をかける間もなかった。悦子は素早く指で涙を拭き、立ち上った。「やっとお医者さん、来たらしいわ」と呟き、小走りに襖のほうに歩いた。なるほど、廊下に数人のあわただしい跫音《あしおと》が近くなった。

断念から始まる

解説
川本三郎

海と青空が好きな作家だった。

海が好きだったのは、彼が住んだ神奈川県二宮町が相模湾に面する海の町だったからだろう。家のすぐ前がもう海だったという。

青空が好きだったのは、昭和二十年の八月十五日、二宮の町で迎えた敗戦の日、空があくまでも青かったからではないか。

海と青空が好きな作家。だからといって山川方夫が明るく、強い作家なのではない。むしろ海と空という広大な自然は、それを見つめる自分がこの世界に一人だという孤独感を強く意識させる。山川方夫は、海と青空に向かって一人で立とうとする。孤独な意識こそを作家としての核にしようとした。

その意味で「海の告発」には心に残る言葉がある。伊豆大島から東京に向かう汽船の上から幼ない子供を海に投げ込んだ女性のことが気になり、取材を続けていた新聞記者の「私」は、女性の裁判を傍聴し、彼女が執行猶予五年の判決を受けたあと、自分とさほど年齢の変らないその「子供ごろしの母親」の孤独を思い、こう考える。

「その、自分が単独であるということの他には、なにひとつ確実なものはないのだという考え、それこそが、戦時の経験がいつの間にか身に沁みつけたわれわれの唯一つの信仰ではないのか」

「私」が「子供ごろしの母親」の裁判を傍聴して気づいたこの単独者の意識は、「私」の「戦時の経験」と結びついた世代的なものであることがまず語られている。さらに、「私」のこの個の意識は青空と結びついている。「人びとがばらばらな点でしかなくなり、それぞれが単独に青空とだけ直結していたあの時代を唯一つの故郷として、われわれはまだ今日を生きているのだ」（傍点、引用者）

山川方夫は昭和五年（一九三〇）、東京生まれ。終戦の時は十五歳。この世代の少年として「自分が単独であるということの他には、なにひとつ確実なものはないのだ」と考えて無理はない。何かが失なわれたという喪失感とも、これから新しい何かが始まるという開放感とも違う。単独者であるという孤絶の意識。ただ、海と青空だけに向かい、対峙するひとりの意識。それを自分の核にした。

本書には収録されていないが、初期の代表作に「煙突」がある。終戦直後、中学生の一人の同級生が現れる。「ぼく」は同じように、「地上」の世界を嫌う同級生に親しみを感じるようになるが、結局は相容れない。気づいてみると「ぼくは一人だった」。

「ぼく」は学校の屋上で一人の時間を過ごす。その自分だけの隠れ家のような屋上に、一人になった「ぼく」はいつものように、壁にボールを投げる。「プレイ・ボール」と叫んで。戦後の、信じられるもののない社会に向かって、単独者として歩き出そうとしている少年の決意が浮かびあがる。

山川方夫は、「海の告発」で、世間一般から見れば「子供ごろしの母親」に、「煙突」の「ぼく」と同じ、孤独への強い思いを見た。

この女性が子供を殺したかったのは、一人になりたかったからなのだと「私」は思い至る。彼女は「手記」のなかで、こう書いている。「今こうして留置場の厚いコンクリートの壁の中に、ひっそりと世の中から隔離されていることが、私にはとても安らかな、なぜか落着いた気分すらあたえてくれるのです」。この孤独への思いは、「煙突」のいつも屋上に一人でいようとする「ぼく」の思いと重なりあう。

母親は執行猶予付きの判決を受けた。ということは、もう一人でいることは許されず、また社会のなかへ、現実のなかへ、わずらわしい人間関係のなかへ、引き戻されるということを意味する。だから傍聴した「私」は思う。執行猶予が付いた判決は彼女にとって「いちばん残酷できびしい刑のように感じられた」。

ここに山川方夫ならではの逆説がある。本当は一人でいたいのに、一人で海と青空に向かっていたいのに、現実社会はそれを許さない。孤絶の意識を抱えて、人間関係のしがらみのなかを生きるしかない。そう知った「ぼく」は屋上を降りなければならない。「プレイ・ボール」とは、この覚悟の表明に他ならない。

自分は単独者である。にもかかわらず、社会のなかで他者と生きる。そう考えたところに山川方夫の早過ぎる成熟があり、断念があり、それゆえの悲しみがあったと言える。

山川方夫の文学は、ここから始まっている。「煙突」も「海の告発」も二十代の作品であることは驚くに足る。普通なら青春のただなかにあって、恋愛の苦しみや生きる怖れに身悶えするのに、山川方夫は早くも成熟し、断念し、醒めて周囲を、そして自分自身を見ている。

山川方夫を語る論者の多くが「都会的」と評するのは、この断念を言っているのだと思う。早くに断念を知った作家は叫ばない、大仰な身振りをしない、深刻にならない、熱狂しない。生のただなかに入ろうとするより、外側にいて「見る人」になろうとする。「見る人」に徹する。

「氏はいつも見るのである。見ることは拒むことだ。『見』て『もの』にしてしまうことは、対象をピンで止めて、遠ざけてしまうことだ」「氏は正確な風景のなかで孤立し、誰とも連繫をもたなくなる。氏は美しい陶器のように孤独である」。

山川方夫が、敬する先輩作家、永井龍男を論じた小文（「永井龍男氏の『一個』」）のなかの文章だが、ここで山川方夫は永井龍男を語りながら、ほとんど自分を語っているのではないか。「見る」「美しい陶器のように孤独」。山川方夫自身に当てはまる。

「遠い青空」は、断念から出発した作家らしい素晴しい小説である。海があり、青空があり、孤独がある。この作品が二十代で書かれたとはにわかには信じられない。文章は落着いている。決して走らない。他者を、そして自身を冷静に見つめている。

「僕」は十八歳。「K大の旧制予科の仮校舎に通学」「お坊っちゃん」である。相模湾に面した町、二宮に住み、東京の大学に通っている。山川方夫自身の十八歳と重なっているだろう。

「僕」はある時、東京からの帰り、東海道本線の途中駅である平塚で降りてみる。途中下車して、はじめての知らない町を歩く。町を歩いているうちに「僕」は「快感」を感じはじめる。見知らぬ町のなかで、それまでの日常からかけ離れた、自由な個人になっているから。わずらわしい家のことや学校のことは考えないでいい。「僕」は「知らない男」「一人の任意の男」になっている。都市のなかの快い孤独である。

「いま、ボクはカラッポである。ボクは居ない。ボクは無である。……何故かその意識が、僕を青空の恍惚にさそう。ひろびろとした自由の天国に誘う」。

「煙突」の「ぼく」が屋上にいる時と同じである。平塚というそれまで知らなかった町が「僕」にとって隠れ家になる。そこでは、家や学校の日常から遠ざかり、純粋な個になれる。隠れ蓑願望であり、世捨人志向でもある。十八歳の少年が早くも世の中から降りてしまう「快感」を知る。

この小説は青春小説でありながら、老人を主人公にした永井荷風の『濹東綺譚』を思わせる。ともに、現実の向こうにある隠れ里を求める物語である。「僕」は、平塚に行く時、服を換える。変装する。『濹東綺譚』の「わたくし」が私娼の町、玉の井へゆく時、わざと粗末な服に着換えるのと同じ。

ちなみに「遠い青空」を書いた当時、山川方夫は「三田文学」の編集をしていた。言うまでもなく、荷風は創刊当時の「三田文学」の編集に関わった。山川方夫は当然、荷風を読んでいただろう。

『濹東綺譚』の「わたくし」は玉の井という隠れ里で、気立てのいい娼婦お雪に会う。ひかげの女がミューズ（美神）になる。

「遠い青空」の「僕」は平塚で、大五郎という「与太者」と、美佐という少女と親しくなる。そして、「一種の精神耗弱者」である少女に惹かれてゆく。美佐は言わば「僕」のミューズになる。

しかし、ここでも断念がやって来る。「僕」は、美佐を抱くことは出来ない。最後の最後で、平塚の町は隠れ家でなくなってしまう。「僕」はまた、元の日常に戻ってゆく。青空はいつか特別の輝きを失なっている。

現実の向こうに行きたい、日常のわずらわしさから解放されたい、一人になって青空を見上げていたい、海に向かっていたい。孤絶への思いは、現実の前についえさってゆく。

山川方夫は、若くして断念の悲しみ、痛みを知った。本書は、二十代の作品を主に編まれているが、現代の読者は、どの作品にも、すでに青春が終ってしまったあきらめ、静けさを感じるのではないか。

「娼婦」の俳優養成所に通う二人の若い女性は、アルバイトで娼婦をしていた時は生き生きしていたのに、いざ娼婦を演じることになった時、無残に現実を思い知らされる。「春の華客」の男女は、恋人を演じることによって非日常の時間を楽しむが、結局は、また元の日常へ戻ってゆく。

しかし、一度、一人で青空を見てしまった者が、普通の生活に簡単に戻れることはないだろう。悲しみ、痛みを抱えて日常を生きてゆくしかない。そこには、他者を意識しながら、自分は孤独であるという冷え冷えとした思いが残る。

他者のなかに生きざるを得ないが、他者は他者でしかない。「月とコンパクト」のように、男は婚約者である女性の心が理解出来ない。「旅恋い」の母親は、結局、息子と自分は他人でしかないと思う。「お守り」の妻は、同じ団地に住む男を夫と間違えてしまう。恋人どうしのあいだにも、親子のあいだにも、夫婦のあいだにも、そして、自分と自分のあいだにも、冷たい距離がある。一人で青空に向かおうとする者の定めだろう。

山川方夫より上の世代の詩人であり、作家であった清岡卓行の、よく知られた詩「空」を思い出す。

「わが罪は青　その翼空にかなしむ」。

精緻な思いやり

人と作品

坂上　弘

講談社文芸文庫に『愛のごとく』が編まれたのは一九九八年で、解説を書いた私は、三十四歳で交通禍に遭い亡くなった山川を支えていたものを、必死に見落すまいとしていた。いま歿後五十年を経て、もう一冊文芸文庫が編まれることになった。山川の文学は、時代を超えて光を放っている。戦後を生きた山川の描く作品はどれも優しく、精緻だからだ。

山川嘉巳が、日本画家であった父秀峰の師鏑木清方からの一字と、自分の成長に手をさしのべてくれた慶應義塾大学仏文科の先輩だった梅田晴夫からの一字をもらい、方夫というペンネームをはじめてつかったのは、二十歳のときだった。昭和二十五年、慶應義塾大学文学部会の機関誌「文林」九号に、山川方夫の名で「バンドの休暇」を発表した。

これが彼の、小説で生きることを示した意識的行為であり、以後ゆらぐことはなかった。父の秀峰は、若くして帝展無鑑査になっていたが戦時中の昭和十九年、山川が十四歳のときに疎開先の二宮の家で斃れ、母綾子は、良人の師清方や支持者の力を借りて、五人の子供たちと、同居している秀峰の父を含めた一家を養う。山川は、後に「海岸公園」に書いたように、この母を援けながら大学時代を送るが、一家にとって現実は、一男四女の子供たちが巣立って行くことが急務だった。

山川が十七歳のとき知った梅田晴夫は、同じ二宮に住み、華やかなサロン的家庭と豊かな蔵書をもつ演劇人で、その蔵書を山川に開放する。慶應義塾大学の教員としても山川の師であるが、内外の文学世界を山川にひらいてくれた。梅田は、東京駅近くの梅田ビルで演劇の研究所である芸術協会をもっていて、そこにも山川を入れ、演劇の世界に引き込んでくれた。その環境は新鮮で、梅田は、山川を小説以外の広がりに連れ出した恩人であった。

戦後復刊した「三田文学」を読めたのも梅田の蔵書のおかげだった。そして、佐藤春夫、丸岡明、木々高太郎、北原武夫らによって潑溂と復刊されていた「三田文学」を手伝うことになったのが、山川たち同世代の学生たちの好運だった。山川の学友には、水上瀧太郎時代から「三田文学」で育った文人や学者たちの子弟後輩にあたる人々が、何と豊穣なつながりをもって、戦後の文芸復興活動をはじめていたことか。

山川は、この学生時代から、「仮装」「娼婦」「猿」「安南の王子」「歌束」「昼の花火」

「外套」などの初期作品を山川方夫と署名し、二宮の家で書きためて小さな茶箱一杯持っていた、と蟻川茂男は筑摩書房版の全集の月報に記している。

山川が執筆に使っていた亡父秀峰の二宮の家は、砂地に建つ吉田五十八設計になる一軒家で、その二階には、湘南の海の、穏かなときも荒れるときも、変化に富む深い音がとどろいている部屋があった。学生の頃の私は、山川のこの海とともに棲んでいるような二階の書斎に、何度も遊びに行っては、海の響きが好きな山川を、不思議に思ったものだ。

英文科から仏文科に転じた山川が、仏文の田久保英夫、国文の桂芳久と組んで「三田文学」の復刊を引き受けた昭和二十九年十月号からの二年半を、三人は「戦後第三次三田文学」と呼んだ。それは戦後世代を引き継いで行く行為だった。

編集という無償の仕事に力を傾ける三人は、編集プランを綿密につくる山川を中心にまとまっていた。彼等は、新しく編集する「三田文学」とともに生きようという意志を固く抱き、それを「共和制」とよんでいた。誌面を見れば、彼等が編集に求めた理想がわかる。三田の先輩が自由に書く「驢馬の耳」というコラム欄いがいは、大学などにかかわらず広く新人のためのページだ。新世代の詩人に散文を書かせる欄、新人小説家のための創作欄。8ポ二段組の八十ページの誌面に、山川たちは自分たちの文学を表わした。

山川は、自分の作品を書くとき何度でも清書し直す。エンピツで原稿用紙に向かい、繰り返し推敲しておびただしい下絵をかくように、書く。山川の描写の柔軟で精緻なところ

米「ライフ」誌に掲載された「お守り」のページに見入る新婚の山川方夫夫妻

は、同時代の文学者からおどろきの賛辞をきくが、そこには父秀峰が描くのに似た姿があるように、思う。一番手頃な原稿用紙を買い込み、書いては直しするのが彼の書く行為であり、対象の内面に向かう行為だった。私は彼の、ほくほくとうれしそうに清書する姿に、華麗な秀峰の手つきを思わずにはいられない。そうやって仕上げていく作業が苦痛でもなく、その逆に楽しいのだ。

山川は二年間で「三田文学」の編集から手を引き、私たちが待ち望んだように処女長篇を書きはじめる。「日々の死」を。ここで彼は初期の作品群から離れ、自分と母の労苦と戦後を、真正面から書くことを発見する。

山川に育てられ、いまだに彼を不思議に思う私は、彼の創造した人物のその声に耳を傾けている。

〈「文学」は私にとり、まず私の存在のしかたであり、態度なのだ〉（「灰皿になれないということ」より）

〈ぼくは耐えられない。ぼくは人形なんかじゃない！　あやつり人形ではない！　いったい、自分が自分以外のだれでもないという確信ももてずに、どうして自分の生活を大切にすることができる？　妻を愛することができる？　妻から愛されていると、信じることができる？〉（「お守り」より）

人間宣言が、彼のどの作品からも伝わってくる。精緻な思いやり、愛とよべるものが山川の生きようとした世界にある。

年譜

山川方夫

一九三〇年（昭和五年）

二月二五日、東京市下谷区（現東京都台東区）上野桜木町一六番地に父山川嘉雄（明治三一年四月三日生）、母綾子の長男として生まれる。本名嘉巳。四人姉妹の真中として育つ。父は鏑木清方、池上秀畝を師とする日本画家であり、雅号は秀峰。京都生まれで三歳のとき父玄治郎にともなわれて上京した。一五歳の頃から絵を習い、大正八年二一歳のとき帝展に入選。昭和三年「安倍野」で帝展特選。続いて昭和五年「大谷武子姫」で帝展再特選、無鑑査となる。山川玄治郎（明治五年一月九日生、昭和四三年七月一八日没、嘉巳の祖父）は京都の染物問屋の下絵を描く模様師。上京後日本橋浜町で染物業を営み、大正一二年に隠居。嘉雄一家と同居し、かたわら狂歌、俳句、琵琶を趣味とする。玄治郎妻しな（明治二年九月一三日生、昭和一四年一月一四日没、嘉巳の祖母）は京都生まれで生家は縫製業。母綾子（明治三九年六月三日生、昭和五八年六月二六日没）は京都四条の染物問屋の長女であり、京都府立高女卒。大正一四年一月に山川嘉雄と結婚のため上京。

一九三三年（昭和八年）　三歳

一月、一家は麹町に仮寓。四月、品川区下大崎二ノ一八三番地の通称島津山に転居。以後当地に育つ。一二月には父秀峰はこの島津山に画室を建て、画業にますます脂がのり出す。書生（内弟子）四人、女中四人をつかっていたので一家は嘉巳の祖父母をいれて一六人の大人数であった。

一九三四年（昭和九年）　四歳

芝白金三光町の聖心附属幼稚園に通う。

一九三六年（昭和一一年）　六歳

四月七日、慶応義塾幼稚舎に入学。一学年三学期から天現寺の新校舎に移転した。煙突のある白堊の近代的な建物でセントラルヒーティングであった。これは作品「煙突」の校舎である。同級生に小池晃、同学年に岡谷公二、伊藤忠三がいる。嘉巳は書生に送り迎えされ、書生の袴をはいた姿が珍しがられた。

一九三七年（昭和一二年）　七歳

この頃から母綾子の発案で子供たちは夏二ヵ月ほど大磯に遊ぶようになり海に親しむ。

一九四二年（昭和一七年）　一二歳

幼稚舎修了卒業。国民学校初等科第一回の卒業生であった。四月、慶応義塾普通部に進学。

一九四三年（昭和一八年）　一三歳

普通部二年。病弱のため読書、作文に興味をもつ。父の蔵書には美術関係ばかりでなく近代日本文学、百科事典などが多数ありよく読む。家族は大磯に毎年海水浴に行っていた。そのため家を借りていたが戦時中の住居難の時世でもあり別荘を借りつづけることは不可能になった。そこで一家は疎開のことも考え、二宮の海岸近くに家を建てる。家は吉田五十八の設計で一二月に建った。

一九四四年（昭和一九年）　一四歳

普通部三年。二月にはじめての東京空襲がある。二学期には勤労動員がはじまり授業は全くなくなる。山川のクラスは芝浦方面の工場へ動員された。「日々の死」には山川らの動員の記事が新聞にのったエピソードがある。

夏休みに入るので嘉巳は健康上の都合で動員をさけ、休学手続きをとり、八月、祖父、父母、姉妹とともに神奈川県中郡二宮町二宮九七番地の新居に疎開。当時、秀峰の後援者であった青山の高津伊兵衛邸が空襲で焼け、秀峰の絵の多数が失われた。一二月二九日、父秀峰、二宮の家で脳溢血で急逝。享年四六。嘉巳は下大崎の家の管理で上京していた母に単身で知らせに行く。後の作品「最初の秋」でこの時期を書く。蒲田妙覚寺山川家の墓に埋葬。嘉巳はわずか一四歳で家長になったと母から云い渡される。

一九四五年（昭和二〇年）　一五歳

東京は空襲が激しくなる。四月、普通部三年に復学。この春、三田の普通部校舎も空襲で焼失し、天現寺の幼稚舎校舎に同居していた。嘉巳は動員で生徒の少なくなった校舎に居残り組として登校した。作品「煙突」の背景になった時期である。八月一五日の敗戦を二宮の家で迎える。

一九四七年（昭和二二年）　一七歳

二宮在住の劇作家、梅田晴夫を母に連れられて訪ねる。以後梅田家と親しく交際し、梅田晴夫には文学的影響を強く受ける。三月、普通部卒業。四月、慶応義塾予科英文科一年C組に進学。級友に蟻川茂男、六車昭がいる。間もなく偶々C組の担任に梅田晴夫が招かれる。英文科のフランス語担当は白井浩司であった。梅田邸は二宮の海岸縁りの山川の家から歩いて一五分の山手にあり足繁く通い夜遅くまで遊ぶことが多かった。梅田は嘉巳の病弱からくる引込み思案の性格を直そうと、野球をやらせたり、行動を共にする。梅田は大濫読をすすめ蔵書を開放した。当時本が手に入らない時代であり、嘉巳は梅田邸からリヤカーで本を運んで来ては読む。文学全集、翻訳小説、評論、演劇、随筆、雑誌などを借り、その数は六百冊に及んだ。フランス文学、近代日本文学を網羅し、とくにヴァレリイ、コクトオ、ラディゲ、太宰治、堀辰雄はよく読み堀の生き方には自分の病弱もあって興味をもった。この年はたかまる文学への関心と自分の躰との関係において、書くこと、文学をやることを選んだ時期でもある。梅田はこのような山川を励まし、小説家か劇作家になるよう勧める。暮れに梅田邸で仮装寸劇が催され山川は女装させられる。作品「仮装」の材料になる。

一九四八年（昭和二三年）一八歳

予科二年。母は下大崎の画室をつかって某電機会社の寮として料亭風の商売をはじめる。山川は抵抗を感じたが生活のためには仕方のないことであった。学校へは祖父のいる二宮の家から通ったり下大崎の家に寝泊りしたりして通った。映画狂になったのもこの頃である。五反田、恵比寿、日比谷の映画館に週に二、三本は観にでかけ名画類を悉く観る。

一九四九年（昭和二四年）一九歳

三月、予科制度が終わり、四月、新制大学二年にきりかわる。梅田晴夫の影響もあってフランス文学に興味をもつようになっており仏文科へ転出する。当時二宮孝顕、佐藤朔が教鞭をとっていた。仏文同級生に、長島喜一郎、薩摩忠、横光象三、片桐邦郎、久保庭敬之助、浅野信二郎らがおり以後親しく付き合う。

一九五〇年（昭和二五年）二〇歳

四月、慶応日吉校舎返還され文学部一年が移る。「三田文学」四月号新人特輯に若林真、三木雄介、伊藤忠三ら同年輩の学生が創作評論を発表して刺激をうける。六月、朝鮮動乱がはじまり山川の住む二宮の近く茅ケ崎は米軍キャンプの風景がみられる。八月、九月にかけて「バンドの休暇」をかき文学部会の機関誌「文林」九号（一二月発行）にのせる。はじめて活字にした作品であり、筆名に山川方夫をつかう。父秀峰の師鏑木清方の「方」と私淑していた梅田晴夫の「夫」をとってつけたという。この頃から習作をかき後に改稿をほどこし発表した作品の母体になったものが多いと見受けられる。「猫の死と」もこの年一二月の作に、改稿をほどこしたものである。この時期、東京渋谷のトリスバー「ボン」は佐藤朔、白井浩司、沢田允茂、金沢誠、奥野健男、西島大、芥川比呂志など新進の大学教師、文壇、演劇人や文学志望の学生たちの溜りであり、さながらボン時代の観があった。桂芳久、山川らもよく出入りし多くの先輩知友との交際ができた。

一九五一年（昭和二六年）二一歳

この年までに「仮装」「娼婦」「猿」「安南の王子」「歌束」「昼の花火」「外套」といった作品の原型をすでにまとめていたらしく後の発表の基となる。又この年になると同人誌「文学共和国」に加わったり、「文林」或いは復刊された「三田文学」に関心をよせるなど文学活動意欲、創作意欲共に旺盛になる。一方では又、内村直也、梅田晴夫によって発足した芸術協会に出入りし演劇にも大いに興味をよせた。この年五月、戦後第二次の「三田文学」が復刊された。「文林」十号（一二月発行）に「安南の王子」を発表。下大崎の家では母が料理人、女中をつかって采配をふるい、二宮の祖父は姉妹が交替で世話をしに行く。嘉巳は両方の家に寝泊りする。年末のクリスマス頃から「日々の死」に書かれた時期である。

一九五二年（昭和二七年）二二歳

卒論「ジャン・ポオル・サルトルの演劇について」を一月に書く。同月、「約束」を書く。後に「三田文学」に「春の華客」と改題し改稿したものを発表する。二月、「仮装」を「文学共和国」二号に発表。三月、仏文科卒業。四月、大学院文学研究科仏文専攻に入学。これより先主任教授佐藤朔や梅田晴夫に将来を相談する。大学院には仏文同期生が多く進学した。つまりこの頃は期せずして皆社会に出たがらなかったのである。同月、「娼婦」を「文学共和国」三号に発表。五月、民放ラジオ発足し、脚色ものの帯ドラマを園垣三夫名でかく。昭和二六年度下半期の芥川賞を堀田善衞、直木賞を柴田錬三郎が受賞し、山川らはその祝賀会を手伝う。「三田文学」は五月号より一〇月号まで佐藤春夫が編集主幹となり柴田錬三郎がすすめていた。「文学共和国」のメンバーだった林峻一郎、桂芳久、若林真の原稿が「三田文学」にのるようになる。山川もこの頃から三田文学編集部に出入りするようになった。五月八、九日、戯曲「埴輪」を千代田生命講堂で芸術協会第二回試演会に上演。七月、「歌束(一)」を「文学共和国」四号に発表。同誌はこの号をもって廃刊。「歌束(二)」は未発表に終る。大学院生活のかたわら小遣に不自由だったのでラジオドラマを手がける。後の「日々の死」の時間的背景はこの時期を截りとったものである。

一九五三年（昭和二八年）二三歳

二月、第二八回芥川賞に「三田文学」掲載の松本清張の『或る「小倉日記」伝』がなる。祝賀会を山川らが手伝う。三月号より復刊した「三田文学」に木々高太郎が主幹となり若い編集協力者として桂芳久、田久保英夫、林峻一郎、守屋陽一、若林真、山川方夫ら「文学共和国」のメンバーが積極的に企画や編集実務にたずさわった。「昼の花火」を「三田文学」三月号に、「春の華客」を「三田文学」七月号に発表。七月、大学院を中退。月謝が続かないと母から洩らされ中退を決意した。八月、第二九回芥川賞を安岡章太郎受賞。九月、折口信夫死去。「三田文学」一一月号で折口信夫追悼号を山川が中心になって企画編集する。一二月、加藤道夫の自殺を知り、ショックを受ける。
一九五四年（昭和二九年）二四歳
「煙突」を「三田文学」三月号に発表。「三田文学」が五月号の加藤道夫追悼号で再び休刊したので引き続き、新たな構想のもとに、桂芳久、田久保英夫らと復刊準備をすすめる。七月、「猿」を「制作」に発表。山川らは自分たちの手で「三田文学」を一〇月号より復刊。所謂戦後第三次三田文学と称した。編集担当に桂、田久保、山川の三人がなり、編集委員には内村直也、北原武夫、佐藤朔、戸板康二、丸岡明、村野四郎、山本健吉がなる。編集発行人は奥野信太郎で、発行所は三田文学会とした。しかしこの三田文学会はべつに会員がいるわけでもなく会費も入って来ないので、広告収入によって雑誌の採算をとる方針をとった。事務所は曾ての同級生六車昭の紹介で中央区銀座西八丁目七番地日本鉱業会館三五号室に間借りした。印刷所は浅草北清島町の五峰堂であった。山川は再刊第一号の評判が予想外に高かったことを編集後記にかき喜ぶ。第一号の目次に「燕買い」曾野綾子、「逆立」安岡章太郎、「雅歌」矢代静一をそろえ、毎号演劇、詩にも力をそそぐ方針をもつ。文壇情勢から新人発掘に使命をおいた。家庭の生計も楽ではなかったがこの編集に従事することを母も賛成して喜ぶ。山川は小遣五千円とラジオの脚本料として入る収入を全部編集のためにつぎこんでいたという。
一九五五年（昭和三〇年）二五歳
三田文学編集で多忙を極める。「三田文学」八月号に「遠い青空」を発表。編集に従事する山川は新人発掘を得意とした。同人誌の多くに目を通し、よい新人に目をつけると直接会って何をかくかを話し合った。銀座並木通りに面した事務所に居候していたので近くの喫茶店をよく使う。坂上弘に「息子と恋人」、江藤淳に「夏目漱石論」をかかせる。

一九五六年（昭和三一年）二六歳

山川らの「三田文学」は門戸を開放していたので、曾野綾子、安岡章太郎、矢代静一、川上宗薫、遠藤周作、佐藤愛子、奥野健男、八木柊一郎、村松剛、谷川俊太郎、服部達、江藤淳、坂上弘といった多彩な顔ぶれが編集誌面に登場しその新鮮さが高い評価を得た。「頭上の海」を「三田文学」八月号に発表。「三田文学」は一〇月号で満二年を迎えた。復刊当初の計画で編集を若手にバトンタッチする構想をもっていたがちょうど大学院に行きはじめた江藤淳と学生の坂上弘が手伝いはじめていたので編集担当に二人を加え、編集事務を引き継ぐ。編集を退いてよりかねてからの構想によって「日々の死」の執筆にとりかかる。九月、「月とコンパクト」をかく。

一九五七年（昭和三二年）二七歳

「『文明』の無力さと『力』とについて」を「三田文学」一月号にかく。「日々の死」を「三田文学」一月号〜六月号まで連載。この六月号で山川らのはじめた「三田文学」は休刊した。赤字を出さないという山川らの編集方針が徐々に崩れつつあったからである。

一九五八年（昭和三三年）二八歳

「日々の死」によって注目され商業誌に作品を発表しはじめる。「演技の果て」を「文学界」五月号に、「その一年」を「文学界」八月号に、「帰任」を「文学界」一〇月号に、「海の告発」を「文学界」一二月号に発表。「演技の果て」は第三九回芥川賞候補に、「その一年」「海の告発」は第四〇回芥川賞候補になる。一一月、岸内閣の警職法改正案に反対して石原慎太郎、開高健ら新進作家、詩人、映画人、演劇人でつくる「若い日本の会」が発足した。山川もこれに最初から参加した。これより先一〇月、「海の告発」をかく取材のため姉と大島に旅行する。

一九五九年（昭和三四年）二九歳

三月、短篇集『その一年』を文藝春秋新社より刊行。父秀峰の友人であった佐野繁次郎に装幀を依頼する。五月、『日々の死』を平凡出版より刊行。真鍋博に装幀を頼む。同作は「三田文学」に連載したものより改稿して約百枚ふえる。同月、「三田新聞」早慶戦特輯号に「昼の花火」を改稿再録。同月、銀座米津凮月堂にて『その一年』『日々の死』の出版記念会がひらかれる。七月、「文学界」九月号に「画廊にて」をかく。読売テレビの芸術祭参加番組を依頼され広島へ取材。八月、「声」秋季五号に「にせもの」をかく。同月、「三田文学」企画のシンポジウム「発言」のために「灰皿になれないということ」をかく。同月三〇日、三一日東京築地の灘萬で開かれた二日間にわたるシンポジウムに参加。司会は江藤淳。このシンポジウムは浅利慶太、石原慎太郎、大江健三郎、城山三郎、武満徹、谷川俊太郎、羽仁進、吉田直哉が参加し、各紙で反響があり、日本の「怒れる若者たち」の発言とみられた。一〇月から約一年、世田谷区下馬町のアパートに四畳半の仕事部屋を借りる。同月末、広島に再度取材旅行してテレビ台本「今日を生きる」（原題「朝の真空」）をかく。一一月、「宝石」翌二月号に「十三年」をかく。当時流行しはじめたショート・ショートの山川の第一作であった。「まどまあぜる」翌二月号に「猿」（五四年頃の作）を改作し発表。

一九六〇年（昭和三五年）　三〇歳

一月、「新潮」三月号に「ある週末」をかく。二月、ニッポン放送民放祭参加番組「音の檻・けものの声」をかく。プロデューサーは柳治郎。三月、「お守り」を三社連合にかく。八月、「宝石」一〇月号に「ロンリー・マン」をかく。ショート・ショートは山川の得意とする分野であった。一一月、「ヒッチコック・マガジン」翌二月号に「箱の中のあなた」をかく。一二月、ニッポン放送で構成ドラマ「オペレーション一九六〇」を武満徹らとつくる。一〇月から年末にかけて、母の疲労と病気のため一二年間続けてきた商売をやめる話がもち上る。下大崎の家での寮をやめ、永年住んできた画室の棟を売り払い、改築して住む話が家族の間でまとまる。家は経済的転機にきたのである。

一九六一年（昭和三六年）　三一歳

二月、ニッポン放送のラジオドラマ「フル・ハウス」を藤田敏雄と横浜のホテルに泊りこみ共作する。このとき「海岸公園」の想を得る。三月、「新潮」五月号に「海岸公園」をかく。同月、「現代挿花」にショート・ショート「彼のえらんだ道」（後に「予感」と改題）をかく。五月、「宝石」別冊号の座談会「ショート・ショートのすべて」に星新一、都筑道夫と語る。「宝石」六月号に、「山川方夫コーナー」としてショート・ショートが再録される。この方面での文名があがり、脚色して放送されたりする。九月、「映画評論」に「目的をもたない意志――マルグリット・デュラスの個性――」をかく。これより先七月、「海岸公園」が第四五回芥川賞候補になる。いわゆる万年候補としてインタビューを週刊誌よりうける。「海岸公園」は受賞を逸したが井伏鱒二ほかに推され、又永井龍男から励ましの言葉をうける。九月、短篇集『海岸公園』を新潮社より刊行。中原弓彦のすすめで年末より「ヒッチコック・マガジン」に連載ショート・ショートとして「親しい友人たち」をかきはじめる。

一九六二年（昭和三七年）　三二歳

二月、「軍国歌謡集」をかくが未発表になる。四月、安岡章太郎の紹介で寿屋（現サントリー株式会社）のPR誌「洋酒天国」の編集にたずさわる。結婚のことを考えてか、家の経済的逼迫を予想してか、恐らくこの両方の理由から定収入をうるために、初めてのサラリーマン生活を試みた。七月、北海道放送から芸術祭参加作品の依頼をうけ八月、テレビドラマ「不知道」（原題「りゅうれんじん」）をかく。

一九六三年（昭和三八年）　三三歳

一月、「風景」三月号に旧作「猫の死と」を改作してのせる。二月、「中部日本新聞」に「カナリヤと少女」をかく。三月、「シナリオ」四月号の座談会、「映画と文体」で松本俊夫、羽仁進と語る。同月、「文芸」九月号にのった「街のなかの二人」をかく。四月、「芸術生活」に「外套の話」（五一年頃の旧作「外套」の改作か）を発表。日本教育テレビの帯ドラマ「バラ色夫婦」をかく。五月、「文学界」七月号に「夜の中で」をかく。同月、ショート・ショート二十枚以下のものを集めて掌篇集『親しい友人たち』を講談社より刊行。本書は好評でニッポン放送から「夜のメニュー・山川方夫特集」と題して脚色放送された。八月、「小説新潮」に「月とコンパクト」をのせる。一〇月、TBSでテレビドラマ「おかあさん」のシリーズをかく。友人蟻川茂男の演出。「文芸朝日」一二月号に「クリスマスの贈物」と題して三つのコント「星の光」「海がくれた花束」「お金と信頼」をかく。一一月、洋酒天国編集部を退く。

一九六四年（昭和三九年）　三四歳

一月、「クリスマスの贈物」が第五〇回直木賞候補になる。東海テレビPR誌に「テレビの効用」をかく。IBMのPR誌に「相性はワタシ」をかく。二月、「愛のごとく」を「新潮」四月号にかく。三月、「EQMM」に「トコという男」を連載しはじめる。このはじめてのエッセイは、マリノフスキー、フロイト、リフトン、ローレンツなど山川のよく読んでいた本の話が盛りこまれている。五月、『長くて短い一年』を光風社より刊行。

五月一六日、佐藤朔夫妻の媒酌により赤坂・ヒルトンホテルにて生田みどりと結婚式を挙げる。司会を遠藤周作がうけもった。新居を疎開先だった二宮の家にもつ。五月、TBSに「おかあさん」の台本をかく。同月、「婦人の友」七月号に「夏近く」をかく。七月、「小説現代」に「旅恋い」をかく。同月、「愛のごとく」が第五一回芥川賞候補になる。「お守り」(『親しい友人たち』所載)がアーサー・ケストナーの推薦で「ライフ」のアメリカ国内版九月一一日号日本特集に掲載される。訳はエドワード・サイデンステッカーであった。これを機に「お守り」は「週刊新潮」、「ライフ」国際版一〇月一九日号、イタリア・ミラノの「パノラマ」にも再掲載される。又「コムソモリスカヤ・プラウダ」にも転載された。プラウダ紙の題名は「ダイナマイト」、ベレーベル・イ・コビーチェフの訳。九月、「新潮」一一月号に「最初の秋」をかく。「朝日新聞」の文芸時評で一貫して山川を理解してきた林房雄に賞される。一〇月、「小説現代」一二月号に「千鶴」をかく。同月、「科学朝日」一一月号よりSFショート・ショートの連載をはじめる。「文学界」一一月号に旧作「煙突」(「三田文学」五四年三月号)を改稿して発表。一一月、「日本」翌一月号に「ゲバチの花」をかく。一二月、「新潮」翌二月号に「展望台のある島」をかく。

一九六五年(昭和四〇年)

一月、「小説現代」三月号に「春の驟雨」をかく。PR誌「東海テレビ」にショート・ショートの連載をはじめる。「風景」に「Kの話」(「帽子」として五五年頃かいたものを改作)をのせる。二月、「婦人公論」四月号に「遅れて坐った椅子」をかく。二月一九日午後一二時三〇分頃、二宮駅前の国道横断歩道で輪禍に遭い頭蓋骨折の重傷を負う。山川は郵便を二宮駅前の郵便局や二宮駅の鉄道便受付で出す習慣でありその帰り道であった。通りがかりの地元タクシーが山川を大磯病院まで運んだ。夜になると同級生や先輩が病院にかけつけたが意識は戻らなかった。翌二〇日午前一〇時二〇分、大磯病院の病室で家族に見守られ死去。二二日、二宮の自宅にて葬儀。葬儀委員長山本健吉。友人代表で蟻川茂男が弔詞をのべた。四月九日、蒲田妙覚寺の山川家の墓に埋葬される。三月、『愛のごとく』が新潮社より刊行。一〇月、『トコという男』が早川書房より刊行。

一九六九年（昭和四四年）

五月、『山川方夫全集』全五巻が冬樹社より刊行開始（七〇年七月完結）。

（作成・坂上弘）

著書目録

山川方夫

【単行本】

その一年　昭34・3　文藝春秋新社
日々の死　昭34・5　平凡出版
海岸公園　昭36・9　新潮社
親しい友人たち　昭38・5　講談社
長くて短い一年　昭39・5　光風社
愛のごとく　昭40・3　新潮社
トコという男　昭40・10　早川書房
目的をもたない意志　平23・3　清流出版
歪んだ窓　平24・9　出版芸術社
展望台のある島　平27・11　慶應義塾大学出版会

【全集】

山川方夫全集（全五巻）　昭44〜45　冬樹社
山川方夫珠玉選集（上・下）　昭47　冬樹社
山川方夫全集（全七巻）　平12　筑摩書房
現代文学の発見15　昭43　学芸書林
現代文学大系66　昭43　筑摩書房
現代の文学39　昭49　講談社
昭和文学全集32　平1　小学館

【文庫】

夏の葬列　平3　集英社文庫
（解＝山崎行太郎）

安南の王子　平5　集英社文庫
（解＝山崎行太郎　年）

親しい友人たち　平27　創元推理文庫
（解＝法月綸太郎　エッセイ＝岡谷公二）

愛のごとく　平28　講談社文芸文庫ワイド
（解＝坂上弘　年）

【文庫】は本書初刷刊行日現在の各社最新版解説目録に記載されているもの。（　）内の略号は、解＝解説、年＝年譜を示す。

（作成・編集部）

本書は『山川方夫全集』全七巻（二〇〇〇年、筑摩書房刊）を底本とし、明らかな誤植は改め、多少ルビを調整しました。なお作中にある表現で、今日から見れば明らかに不適切なものもありますが、作品の発表された時代背景、文学的価値などを考慮し、そのままとしました。よろしくご理解のほどお願いいたします。

春《はる》の華客《かきゃく》／旅恋《たびこ》い　山川方夫名作選《やまかわまさおめいさくせん》

山川方夫《やまかわまさお》

二〇一七年五月一〇日第一刷発行
二〇二一年八月二三日第二刷発行

発行者――鈴木章一
発行所――株式会社　講談社
東京都文京区音羽2・12・21　〒112-8001
電話　編集（03）5395・3513
販売（03）5395・5817
業務（03）5395・3615

デザイン――菊地信義
印刷――豊国印刷株式会社
製本――株式会社国宝社
本文データ制作――講談社デジタル製作
2017, Printed in Japan
定価はカバーに表示してあります。

講談社文芸文庫

ISBN978-4-06-290346-2

講談社文芸文庫

原民喜 ――原民喜戦後全小説　関川夏央――解／島田昭男――年
東山魁夷―泉に聴く　桑原住雄――人／編集部――年
久生十蘭―湖畔|ハムレット 久生十蘭作品集　江口雄輔――解／江口雄輔――年
日夏耿之介-ワイルド全詩（翻訳）　井村君江――解／井村君江――年
日夏耿之介-唐山感情集　南條竹則――解
日野啓三―ベトナム報道　著者――年
日野啓三―地下へ|サイゴンの老人 ベトナム全短篇集　川村 湊――解／著者――年
日野啓三―天窓のあるガレージ　鈴村和成――解／著者――年
平出 隆――葉書でドナルド・エヴァンズに　三松幸雄――解／著者――年
平沢計七――一人と千三百人|二人の中尉 平沢計七先駆作品集　大和田 茂――解／大和田 茂――年
深沢七郎―笛吹川　町田 康――解／山本幸正――年
深沢七郎―甲州子守唄　川村 湊――解／山本幸正――年
深沢七郎―花に舞う|日本遊民伝 深沢七郎音楽小説選　中川五郎――解／山本幸正――年
福田恆存―芥川龍之介と太宰治　浜崎洋介――解／齋藤秀昭――年
福永武彦―死の島 上・下　富岡幸一郎-解／曾根博義――年
福永武彦―幼年　その他　池上冬樹――解／曾根博義――年
藤枝静男―悲しいだけ|欣求浄土　川西政明――解／保昌正夫――案
藤枝静男―田紳有楽|空気頭　川西政明――解／勝又 浩――案
藤枝静男―藤枝静男随筆集　堀江敏幸――解／津久井 隆――年
藤枝静男―愛国者たち　清水良典――解／津久井 隆――年
富士川英郎-読書清遊 富士川英郎随筆選 高橋英夫編　高橋英夫――解／富士川義之-年
藤澤清造―狼の吐息|愛憎一念 藤澤清造 負の小説集　西村賢太――解／西村賢太――年
藤田嗣治―腕一本|巴里の横顔 藤田嗣治エッセイ選 近藤史人編　近藤史人――解／近藤史人――年
舟橋聖一―芸者小夏　松家仁之――解／久米 勲――年
古井由吉―雪の下の蟹|男たちの円居　平出 隆――解／紅野謙介――案
古井由吉―古井由吉自選短篇集 木犀の日　大杉重男――解／著者――年
古井由吉―槿　松浦寿輝――解／著者――年
古井由吉―山躁賦　堀江敏幸――解／著者――年
古井由吉―聖耳　佐伯一麦――解／著者――年
古井由吉―仮往生伝試文　佐々木 中――解／著者――年
古井由吉―白暗淵　阿部公彦――解／著者――年
古井由吉―蜩の声　蜂飼 耳――解／著者――年
古井由吉―詩への小路 ドゥイノの悲歌　平出 隆――解／著者――年
古井由吉―野川　佐伯一麦――解／著者――年

▶解=解説 案=作家案内 人=人と作品 年=年譜を示す。 2021年7月現在

講談社文芸文庫

水原秋櫻子－高濱虚子 並に周囲の作者達	秋尾 敏――解／編集部――年
道簱泰三編－昭和期デカダン短篇集	道簱泰三――解
宮本徳蔵――力士漂泊 相撲のアルケオロジー	坪内祐三――解／著者――年
三好達治――測量船	北川 透――人／安藤靖彦――年
三好達治――萩原朔太郎	杉本秀太郎－解／安藤靖彦――年
三好達治――諷詠十二月	高橋順子――解／安藤靖彦――年
村山槐多――槐多の歌へる 村山槐多詩文集 酒井忠康編	酒井忠康――解／酒井忠康――年
室生犀星――蜜のあわれ｜われはうたえどもやぶれかぶれ	久保忠夫――解／本多 浩――案
室生犀星――加賀金沢｜故郷を辞す	星野晃一――人／星野晃一――年
室生犀星――あにいもうと｜詩人の別れ	中沢けい――解／三木サニア－案
室生犀星――深夜の人｜結婚者の手記	高瀬真理子－解／星野晃一――年
室生犀星――かげろうの日記遺文	佐々木幹郎－解／星野晃一――解
室生犀星――我が愛する詩人の伝記	鹿島 茂――解／星野晃一――年
森敦――われ逝くもののごとく	川村二郎――解／富岡幸一郎－案
森敦――意味の変容｜マンダラ紀行	森 富子――解／森 富子――年
森孝一編――文士と骨董 やきもの随筆	森 孝一――解
森茉莉――父の帽子	小島千加子－人／小島千加子－年
森茉莉――贅沢貧乏	小島千加子－人／小島千加子－年
森茉莉――薔薇くい姫｜枯葉の寝床	小島千加子－解／小島千加子－年
安岡章太郎－走れトマホーク	佐伯彰一――解／鳥居邦朗――案
安岡章太郎－ガラスの靴｜悪い仲間	加藤典洋――解／勝又 浩――案
安岡章太郎－幕が下りてから	秋山 駿――解／紅野敏郎――案
安岡章太郎－流離譚 上・下	勝又 浩――解／鳥居邦朗――年
安岡章太郎－果てもない道中記 上・下	千本健一郎－解／鳥居邦朗――年
安岡章太郎－犬をえらばば	小高 賢――解／鳥居邦朗――年
安岡章太郎－[ワイド版]月は東に	日野啓三――解／栗坪良樹――案
安岡章太郎－僕の昭和史	加藤典洋――解／鳥居邦朗――年
安原喜弘――中原中也の手紙	秋山 駿――解／安原喜秀――年
矢田津世子－[ワイド版]神楽坂｜茶粥の記 矢田津世子作品集	川村 湊――解／高橋秀晴――年
柳宗悦――木喰上人	岡本勝人――解／水尾比呂志他－年
山川方夫――[ワイド版]愛のごとく	坂上 弘――解／坂上 弘――年
山川方夫――春の華客｜旅恋い 山川方夫名作選	川本三郎――解／坂上 弘－案・年
山城むつみ－文学のプログラム	著者――年
山城むつみ－ドストエフスキー	著者――年